Anna Johannsen

Die Vermisste von Holnis

EDITION M

Das Buch

In der Nähe der dänischen Stadt Odense wird eine Leiche gefunden. Der Pass der Toten stellt sich als gefälscht heraus, doch der DNA-Abgleich führt die Ermittler zu Sophia Jepsen, die im Alter von 16 Jahren auf der Halbinsel Holnis spurlos verschwunden ist.
Die Inselkommissarin Lena Lorenzen und ihre Kollegin Naya Olsen tauchen tief in den vier Jahre zurückliegenden Vermisstenfall ein und ermitteln zusammen mit der dänischen Polizei. Bei der Obduktion erhält der Fall eine weitere Dimension, Sophia hatte ein Kind bekommen: Die Ermittler setzen alles daran, es lebend zu finden und den Mörder zu stoppen.

Die Autorin

Anna Johannsen lebt seit ihrer Kindheit in Nordfriesland. Sie liebt die Landschaft und die Menschen der Region, besonders verbunden ist sie den Nordfriesischen Inseln, auf denen die Krimireihe »Die Inselkommissarin« spielt. Mit Begeisterung schreibt sie auch an ihrer Reihe um die alleinerziehende Kommissarin Enna Andersen. Beide Reihen werden parallel veröffentlicht.

ANNA JOHANNSEN

Die Vermisste von Holnis

Die Inselkommissarin

Kriminalroman

EDITION M

Deutsche Erstveröffentlichung bei
Edition M, Amazon Media EU S.à r.l.
38, avenue John F. Kennedy, L-1855 Luxembourg
Juni 2024

Umschlaggestaltung: semper smile, München, www.sempersmile.de
Umschlagmotiv: © kuzmaphoto © Viktoria Bondarenko
© Queen of Swords © Aastels / Shutterstock
Lektorat: Kanut Kirches
Lektorat und Korrektorat: Rotkel Textwerkstatt
Gedruckt durch:
Amazon Distribution GmbH, Amazonstraße 1, 04347 Leipzig /
Canon Deutschland Business Services GmbH, Ferdinand-Jühlke-Str. 7,
99095 Erfurt /
CPI Books GmbH, Birkstraße 10, 25917 Leck

ISBN: 978-2-49671-219-3
e-ISBN: 978-2-49671-220-9

www.edition-m-verlag.de

1

Hauptkommissarin Lena Lorenzen lief über den Flur im Kieler LKA-Gebäude. Auf dem Weg von Husum in die Landeshauptstadt hatte Kriminalrätin Nielsen sie angerufen und darum gebeten, dass sie als Erstes bei ihr im Büro vorbeikommen möge.

Lena klopfte an und trat ein. Ihre Chefin saß mit Naya Olsen am Besprechungstisch. Sie stand auf und reichte Lena die Hand.

»Ich habe Frau Olsen gleich dazugebeten.«

Naya begrüßte sie mit einem Lächeln. Lena zog einen Stuhl vor und setzte sich.

»Alles gut bei dir?«, fragte Lena.

Die junge Beamtin nickte.

»Die dänischen Kollegen haben uns um Unterstützung gebeten. Es geht um eine tote Deutsche, die vor zwanzig Tagen in der Nähe von Odense gefunden wurde.«

»Vor fast drei Wochen?«, fragte Lena. »Und die Kollegen fragen jetzt erst an?«

»Sophia Jepsen. Zwanzig Jahre, geboren in Flensburg, aufgewachsen auf der Halbinsel Holnis.«

»Sophia Jepsen?«, sagte Lena. »Der Name kommt mir bekannt vor.«

Kriminalrätin Nielsen nickte. »Sie ist vor etwas mehr als vier Jahren spurlos verschwunden. Zu dem Zeitpunkt war sie noch keine sechzehn Jahre alt. Zunächst gab es große Suchaktionen auf Holnis, die später ausgeweitet wurden. Eine der Theorien war, dass die junge Frau einem Sexualdelikt zum Opfer gefallen ist. Als sie nach drei Tagen intensiver Suche nicht gefunden wurde, übernahm eine SoKo die Ermittlungen. Stellenweise mit bis zu zwanzig Kollegen.«

»Und jetzt hat man ihre Leiche in Dänemark gefunden?«

»Ja, allerdings war das den Kollegen dort nicht gleich bekannt. Ursprünglich gingen sie davon aus, dass sie es mit einer Dänin zu tun haben, da die Frau ausgesprochen gut gefälschte dänische Ausweispapiere bei sich trug. Nachdem sie unter dem Namen im Ausweis niemanden ausfindig machen konnten und auch über den DNA-Abgleich nicht weitergekommen sind, haben sie international gesucht. Sophia Jepsens DNA ist selbstverständlich bei uns in den Datenbanken hinterlegt, und so sind wir schließlich um Rechtshilfe für Ländergrenzen gebeten worden.«

»Verstehe ich das richtig? Sophia Jepsen hat überlebt?«, fragte Lena. »Sie hat sich also die ganze Zeit in Dänemark aufgehalten. Und das offensichtlich freiwillig.«

»Die dänischen Kollegen haben keinerlei Anhaltspunkte, dass Sophia Jepsen in ihrem Land gelebt hat. Sie gehen davon aus, dass Sophia nur zeitweilig in Dänemark war und in einem anderen Land gelebt hat. Eine ihrer Theorien ist die, dass sie erst nach ihrem Tod ins Land gebracht wurde.«

»Wie ist ihr dänischer Name?«, fragte Naya.

Kriminalrätin Nielsen griff nach einem Notizblock und schlug ihn auf. »Jonna Holm, geboren in Kopenhagen, Alter und Geburtstag sind identisch.« Nielsen reichte Lena einen schmalen Aktenordner. »Hier finden Sie einen ersten Überblick über die damaligen SoKo-Ermittlungen. Die restlichen Akten sind auf dem Weg zu Herrn Grasmann ins Büro. Er wird Ihnen zuarbeiten.«

Johann Grasmann war Lenas langjähriger Kollege, mit dem sie zusammen an einer Reihe großer Fälle gearbeitet hatte. Nach seiner Elternzeit hatte Johann für zwei Jahre seine Wochenarbeitszeit halbiert und arbeitete überwiegend im Innendienst.

»Der dänische Kollege Kort Asmussen erwartet Sie noch heute in Odense«, sagte Kriminalrätin Nielsen. »Ist das für Sie in Ordnung?«

Lena und Naya nickten fast gleichzeitig.

Nielsen stand auf. »Ich möchte jeden Tag über die Ermittlungen informiert werden.«

»Dänemark?«, fragte Erck, Lenas Mann und der Vater ihres dreijährigen Sohnes Bent. »Kommst du denn heute noch zurück?«

»Davon gehe ich aus. Es könnte allerdings spät werden.«

»Das sollte kein Problem sein. Ich habe keine Termine, und wenn was ist, holt Ole Bent vom Kindergarten ab. Du weißt doch, wie gern er das macht.«

Ole Kotten war bis vor einem Dreivierteljahr als Hauptkommissar in Husum beschäftigt gewesen und hatte bei einigen von Lenas Fällen mitgearbeitet. Inzwischen arbeitete er als Pensionär stundenweise in Ercks Firma, an der er sich auch finanziell beteiligt hatte.

»Ja, ich weiß.« Sie sah ihren kleinen Sohn vor ihrem geistigen Auge und dachte an Johann, der sich konsequenter als sie fürs Kind und die Familie entschlossen hatte. Seine Frau arbeitete als Apothekerin und konnte sich ihre Dienste entsprechend Johanns Arbeitszeiten einteilen. Lena hatte auch mit einem ähnlichen Modell geliebäugelt, konnte sich allerdings nicht zur Büroarbeit durchringen.

»Wann fahrt ihr los?«, fragte Erck.

Naya war kurz in ihr Büro gegangen, um den Computer auszustellen und ihre Waffe zu holen. Sie würde jeden Augenblick in ihrer Tür stehen. »Gleich«, sagte Lena.

»Sagst du Bescheid, wenn ihr auf dem Rückweg seid?«

»Natürlich. Bis später, Erck.«

»Und?«, fragte Naya, nachdem Lena sich einen schnellen Überblick über den Inhalt der Akte verschafft hatte.

»Ich gehe gleich noch mal alles in Ruhe durch«, sagte Lena. Sie saß auf dem Beifahrersitz, Naya fuhr Lenas Dienstwagen. Die junge Kollegin würde sie auf dem Rückweg von Dänemark in Husum absetzen und am nächsten Tag abholen, um anschließend auf die Halbinsel Holnis zu fahren. »Ich wollte gleich Ole Kotten anrufen. Er scheint in der SoKo gewesen zu sein. Zumindest wird sein Name in den Akten erwähnt.«

»Das würde einiges erleichtern«, sagte Naya, während Lena bereits wählte.

»Kotten!«, hörten sie Oles Stimme über die Freisprechanlage.

»Ich bin's, Ole. Naya und ich sitzen im Auto und fahren gerade nach Dänemark. Sie hört mit.«

»Ein neuer Fall?«

»Ja. Vor knapp drei Wochen ist Sophia Jepsen in der Nähe von Odense tot aufgefunden worden. Ich habe gerade gelesen, dass du seinerzeit in der SoKo mitgearbeitet hast. Ist das richtig?«

»Sophia Jepsen?«, fragte Ole. »In Dänemark. Ist sie also doch …«

»Nein. Sie ist erst kurz vor dem Fund getötet worden. Genaues wissen wir aber noch nicht. Du warst in der SoKo?«

»Ja, habe ich das nie erzählt?«

»Ich kann mich zumindest nicht erinnern«, sagte Lena. »Hast du Zeit für ein paar Fragen?«

»Eine halbe Stunde. Dann wollte ich eigentlich Erck im Büro ablösen. Er hat einen Termin.«

»Das reicht. Ich habe gerade die Zusammenfassung quergelesen. Johann wird heute die Akten durchgehen. Kannst du uns einen kurzen Überblick geben?«

»Klar«, sagte Ole. »Ich bin etwa eine Woche nach der Vermisstenanzeige der Eltern in die SoKo gekommen. Viel passiert war bis dato noch nicht. Von der großen Suchaktion auf Holnis habt ihr ja sicher gehört. Da waren mehrere Hundertschaften dran beteiligt. Es ist absolut nichts gefunden worden.« Er seufzte leise. »Aber von Anfang an: Ein Hochsommertag vor vier Jahren, Sophia war mit dem Fahrrad von zu Hause zur Bushaltestelle geradelt, um weiter zum Gymnasium nach Flensburg zu fahren. Es haben sich allerdings mehrere Zeugen gefunden, die sich absolut sicher waren, dass sie an diesem Tag nicht mit dem Bus gefahren ist. Von daher ist die SoKo auch davon ausgegangen, dass Sophia noch auf Holnis war beziehungsweise hier entführt wurde.«

»In meiner Akte steht nichts über das Fahrrad«, warf Lena ein.

»Es ist nie gefunden worden. Wir konnten auch trotz intensiver Suche keine Zeugen finden, die Sophia auf dem Weg zur Bushaltestelle gesehen haben. Sie und ihr Fahrrad waren wie vom Erdboden verschluckt.« Ole hielt kurz inne. »Wenn ich jetzt höre, dass sie bis vor Kurzem gelebt hat, bestätigt das meine damalige Vermutung, dass sie freiwillig verschwunden ist. Leider habe ich bei der SoKo-Leitung kein Gehör für meine Theorie gefunden. Wir sind weiterhin von einem Verbrechen ausgegangen und haben die Ermittlungen auch dementsprechend ausgerichtet.«

»Gab es damals überhaupt keine Hinweise, dass Sophia von zu Hause weggelaufen ist?«

Ole räusperte sich. »Wie gesagt, das war mehr oder weniger kein Thema – auch deshalb ist in diese Richtung nicht wirklich ermittelt worden. Hinweise habe ich aber schon gesehen. Zwei Freundinnen haben ausgesagt, Sophia habe sich in den letzten Monaten verändert und zurückgezogen. Die Kollegen haben das als übliche Teenagerwirren abgetan, ich habe das etwas anders gesehen. Allerdings dachte ich mehr in die Richtung, dass sie einen Mann kennengelernt hat, mit dem sie durchgebrannt ist.«

»Fanden sich dafür Hinweise?«, fragte Lena.

»Wir haben natürlich ihr Zimmer durchsucht. Nichts. Laptop hat sie mitgenommen, Handy auch. Die Handydaten haben allerdings nichts erbracht. Alles nachvollziehbare Telefonate. Sie hat WhatsApp benutzt. Die Daten konnten wir leider nicht einsehen. Unter Umständen hatte sie auch noch andere Apps auf dem Handy. Wie gesagt, das Handy ist nie gefunden worden.«

»Worauf hast du deine Vermutung gestützt?«, fragte Naya.

»Intuition. Zu viel hat nicht gepasst. Niemand hatte sie auf dem Weg zum Bus gesehen, das Fahrrad ist verschwunden. Normalerweise nahm Sophia ihren Laptop nicht mit zur Schule. Es kam wohl hin und wieder vor, dass sie ihn dort brauchte, aber an dem Tag nicht. Zumindest ist das die Aussage ihrer Lehrer.«

»Hat sie Kleidung mitgenommen?«, fragte Naya weiter.

»Das ließ sich letztlich nicht ermitteln. Wenn, dann aber nur wenig Sachen. Sophia hat im Sommer zuvor auf dem Campingplatz gearbeitet und sich auch selbst Schuhe, Hosen, Jacken von dem Geld gekauft. Die Eltern konnten nicht mit Sicherheit sagen, ob etwas fehlte. Die Reisetasche und ihr Rucksack waren allerdings da.«

»Gehen wir mal davon aus, dass sie weder entführt wurde noch einem Sexualdelikt zum Opfer gefallen ist, dann hätte sie ihr Verschwinden aber so aussehen lassen wollen.«

»Auf jeden Fall. Allerdings muss ich zugeben, dass ich seinerzeit nicht so weit gedacht habe. Die Eltern sind beide Lehrer, hatten nie Probleme mit der Polizei oder dem Jugendamt, waren offen für unsere Fragen und wirkten nicht so, als wenn man vor ihnen fliehen müsste. Sophia hatte nicht nur ein eigenes Zimmer, sondern die ganze obere Etage. Mit Bad und Ankleidezimmer.«

»Der Vater ...«

»Keine Anzeichen von sexuellem Missbrauch«, unterbrach Ole Naya. »Ich bin zwar auf dem Gebiet kein Experte, habe aber mehrfach mit den Eltern gesprochen. Mir kam nichts verdächtig vor. Die Mutter war allerdings zunächst kaum ansprechbar, später konnte ich aber mit ihr reden. Du weißt, wie gründlich ich normalerweise bin, Lena. Wenn es da etwas gab, haben sie es gut unter der Decke gehalten.«

»Verstehe«, sagte Lena. »Aber sollte sie freiwillig gegangen sein, muss es einen Grund gehabt haben. Mal abhauen für ein paar Tage, okay, aber gleich für immer und das in dem Alter. Wo ist sie hin? Was hat sie gemacht? Wie ist sie an den dänischen Pass gekommen?«

»Pass?«

»Sorry, Ole. Das hatte ich vergessen zu erwähnen. Sie trug einen extrem gut gefälschten Pass bei sich. Kann es sein, dass sie Verbindungen oder Beziehungen zu kriminellen Kreisen hatte?«

»Wir haben nichts gefunden und wirklich alles auf den Kopf gestellt«, sagte Ole. »Die unterschiedlichsten Theorien sind nach allen Seiten abgeklopft worden, aber die meisten wurden im Laufe der Zeit wieder verworfen. Missglückte Entführung, Vergewaltigung mit anschließender Verdeckungstat, Flucht vor häuslicher Gewalt oder anderen Problemen und noch einiges mehr.«

»Wo würdest du ansetzen?«

Ole zögerte. »Frag mich was Leichteres. Offensichtlich haben wir damals etwas übersehen. Die Frage ist allerdings, ob das für euch überhaupt relevant ist. Wenn sie freiwillig gegangen ist und nicht gezwungen wurde, liegt keine Straftat vor. Euch geht es doch um ihren gewaltsamen Tod.«

»Vielleicht hängt ja beides zusammen«, warf Naya ein.

»Erst mal danke, Ole«, sagte Lena. »Sollte dir noch was einfallen, ruf mich doch bitte an. Ich bin auch heute Abend wieder in Husum. Vielleicht sehen wir uns ja.« Sie verabschiedete sich von Ole und beendete das Gespräch.

»Konnte Sophia eigentlich Dänisch?«, fragte Naya nach einer Weile.

»Ja, fließend. Sollte auch in der Akte stehen. Ihre Großmutter kam aus Dänemark, ihre Eltern sprechen auch Dänisch, und sie war in einem dänischen Kindergarten, in dem beide Sprachen gesprochen wurden.«

»Was hatte sie für Hobbys?«, fragte Naya weiter.

»Segeln. Die Familie hat oder hatte ein Boot, mit dem Sophia häufig auch allein unterwegs war.«

»Nach Dänemark ist es von Holnis nur ein Katzensprung. Erst recht mit einem Boot. Ist in der Hinsicht ermittelt worden?«

»Auf dem Boot ist natürlich nach ihr gesucht worden. Es lag im Hafen. Inwieweit Dänemark bei den Ermittlungen miteinbezogen wurde, ist aus der Akte nicht ersichtlich. Da müssen wir auf Johann warten.«

Lena griff nach ihrem Handy und wählte Johanns Nummer.

»Hier spricht die LKA-Aktenablage«, meldete er sich.

»Sehr lustig, Herr Oberkommissar. Sag mir lieber, ob du die Ermittlungsunterlagen schon bekommen hast.«

»Sie sind auf dem Weg aus Flensburg nach Kiel. Heute wird es nichts mehr. Im Übrigen sollen es über zwanzig Ordner sein. Da werde ich allein ungefähr zwei Wochen dran sitzen.«

»Sprich mit Nielsen. Du brauchst noch zwei Kollegen, die dir helfen. Übrigens: Ole war auch in der SoKo. Ich habe schon mit ihm gesprochen. Du kannst ihn bei Fragen selbstverständlich anrufen.«

»Gut zu wissen. Und ihr? Auf dem Weg nach Dänemark?«

»Wir fahren gerade an Flensburg vorbei und passieren gleich die Grenze. Ich melde mich morgen bei dir.«

2

»Wie war eigentlich deine Grönlandtour?«, fragte Lena, als sie auf der dänischen Seite angekommen waren. »Wie geht es deinem Großvater? Wie lange warst du noch weg? Vier Wochen, oder?«

Nayas Großvater war ein auf Grönland geborener Inuk, der Anfang der Fünfzigerjahre des letzten Jahrhunderts als Kind seiner Familie entzogen und nach Dänemark gebracht worden war. Die sogenannten Grönlandkinder sollten später zurückkehren und eine neue Elite in Grönland bilden. Sie lebten zunächst in Heimen und später bei Pflegeeltern. Einige von ihnen wurden adoptiert und blieben auf Dauer in Dänemark. Nayas Vater, der in Kopenhagen lebte, hatte eine Deutsche, Nayas Mutter, geheiratet.

»Meinem Großvater geht es gut. Eigentlich sogar sehr gut, wenn man sein Alter bedenkt. Und ja, ich war vier Wochen auf Grönland.«

Lena wartete, ob Naya ihr mehr erzählen würde. Auch wenn sie in Dänemark geboren und später in Deutschland aufgewachsen war, zog es sie immer wieder nach Grönland. Lena ahnte, dass der Grund hierfür nicht nur ihr Großvater war.

Aus den Augenwinkeln sah Lena, wie ihre junge Kollegin den Kopf in den Nacken legte und kurz die Augen schloss. »Hatte ich erzählt, dass mein Großvater eigentlich aus Ostgrönland kommt?«

»Nein, und wenn ich ehrlich bin, weiß ich kaum etwas über das Land. Gibt es da einen Unterschied zwischen West und Ost?«

»O ja. Selbst die Sprachen sind unterschiedlich. Im Westen liegen die Hauptstadt und einige Städte. Hier wohnen und arbeiten viele Dänen und andere Ausländer. Natürlich überwiegend Grönländer. Das Leben ist dort – zumindest in den Städten – eher westlich orientiert. In Ostgrönland, wo es nur wenige Ortschaften und Dörfer gibt, ist sozusagen die Zeit stehen geblieben.« Sie seufzte. »Oder eigentlich auch nicht. Nur die Menschen dort sind zum größten Teil nicht mitgegangen oder konnten nicht mitgehen. Mein Großvater ist noch in einem Erdhaus aufgewachsen. Seine Vorfahren waren Jäger, und er sollte auch Jäger werden.«

»Das hattest du nie erzählt.«

»Mir fällt es nicht immer leicht, darüber zu sprechen. Die Geschichte meiner Familie liegt wie eine Last auf meinen Schultern. Aber sie ist nun mal auch meine Geschichte, und wenn ich in Grönland bin, spüre ich das mit allen Sinnen.«

Lena nickte und schwieg.

»Mein Großvater hat mit mir eine Reise an die Ostküste gemacht. Zwei Wochen waren wir unterwegs. Die ganzen Eindrücke über das Leben dort, über die Menschen und die Natur habe ich noch gar nicht verarbeitet. Es war …« Sie atmete tief durch. »… überwältigend. Im wahrsten Sinne des Wortes.«

»Eine Reise in die Vergangenheit deiner Vorfahren?«

»Ja. Auch wenn ich nur zur Hälfte Inuk bin und mein Vater nichts mit der Geschichte seines Vaters anfangen kann, es zieht mich immer wieder in dieses Land. Bisher war es mehr eine emotionale Verbindung, ich bin auf Menschen getroffen, die so aussehen wie ich, habe gespürt, dass ich in gewisser Weise nach Hause komme, aber ich wusste viel zu wenig über die Geschichte meiner eigenen Familie. Mein Großvater wollte mir das zeigen, bevor es zu spät ist.«

Lena legte ihre Hand auf Nayas Arm. »Das klingt nach einer sehr intensiven Reise.«

»O ja.« Naya setzte den Blinker und fuhr, ohne es vorher anzukündigen, auf einen Parkplatz. Sie hielt, sprang aus dem Wagen und lief einige Meter, bevor sie stehen blieb. Lena wartete eine Weile, stieg dann aus und blieb am Auto stehen.

»Soll ich fahren?«, fragte sie, als Naya auf sie zukam.

»Sorry, ich brauchte eine kurze Pause.« Sie reichte Lena den Autoschlüssel. »Vielleicht ist es tatsächlich besser.«

Sie stiegen schweigend ein, Lena fuhr los, und Naya griff nach dem Aktenordner und blätterte zur ersten Seite. So emotional hatte Lena ihre junge Kollegin noch nie erlebt. Sie hatte ihr zwar bei einem ihrer früheren Einsätze erzählt, dass sie sich stark zu Grönland hingezogen fühlt, und Lena hatte auch das Leuchten in ihren Augen bemerkt. Dass es ihr allerdings so naheging, war Lena nicht klar gewesen.

Naya sah auf. »Alles gut. Du brauchst dir keine Sorgen zu machen. Ich bin bei dem Fall voll bei der Sache.«

»Das weiß ich, Naya. Trotzdem, wenn du reden willst …«

»Danke. Aber ich brauche noch Zeit, um das alles zu verdauen. Opas Vergangenheit war bisher mehr eine Geschichte für mich, mehr so wie aus einem Roman. Inzwischen kann ich mehr nachfühlen, was ihm genommen wurde.«

Lena warf einen kurzen Blick zu Naya, nickte ihr aufmunternd zu und konzentrierte sich wieder auf die Straße.

Nachdem sie die über einen Kilometer lange Brücke auf die Insel Fyn überquert hatten, lagen noch knapp fünfzig Kilometer bis nach Odense vor ihnen. Die Stadt war mit über hundertachtzigtausend Einwohnern die drittgrößte Dänemarks. Lena kannte sie von einem ihrer ersten Dänemark-Urlaube und hatte sie in guter Erinnerung.

»Bist du durch mit der Akte?«, fragte sie Naya.

»Ja, das meiste hat Ole ja schon erzählt. Es ist schon verrückt, dass die SoKo sich so auf eine Richtung versteift hat.«

»Die Kollegen müssen sehr überzeugt von ihrer Theorie gewesen sein. Ich kann mir das nur so erklären, dass Sophia oder wer auch immer hinter ihrem Verschwinden gesteckt hat, es bewusst darauf angelegt hat. Das verschwundene Fahrrad, keine Reisetasche oder Rucksack, nicht einmal die beste Freundin hat etwas geahnt.«

»Der alte Fall ist letztlich mit dem Auftauchen von Sophia abgeschlossen, oder?«

»Ja, schon allein aus dem Grund, weil es keinen gegeben zu haben scheint. Die Frage ist, ob es jetzt einen für uns gibt oder die Motive für die Tat und somit wahrscheinlich auch der Tatort in Dänemark liegen. Dann haben wir allenfalls beratende Funktion und sind vermutlich schnell wieder raus aus den Ermittlungen.«

Das fünfstöckige Polizeigebäude streckte sich über mehr als hundert Meter. Kort Asmussen hatte ihnen telefonisch mitgeteilt, dass es auf der Rückseite einen großen Parkplatz gebe, wo er sie erwarten würde.

Der Däne war einen Kopf größer als Lena, hatte naturblonde Haare und ein scharf geschnittenes Gesicht. Lächelnd kam er auf sie zu, begrüßte sie auf Englisch und reichte anschließend Naya die Hand und sprach ein paar Sätze auf Dänisch mit ihr.

»Wollen wir uns auf Englisch einigen?«, fragte Asmussen, als sie in seinem Büro saßen.

»Gern«, antwortete Lena. »Könnten Sie uns kurz auf den Stand bringen?«

Kort Asmussen nickte. »Die junge Frau ist vor genau zwanzig Tagen am Sonntagnachmittag von einem Wanderer entdeckt worden. Er hat sofort einen Rettungswagen gerufen, woraufhin wir dazugeholt wurden. Wir fanden einen dänischen Ausweis bei der Toten und haben die Kollegen in Kopenhagen gebeten, die ermittelte Adresse aufzusuchen. Allerdings fand sich keine Jonna Holm unter der Adresse. Daraufhin haben wir den Ausweis genau unter die Lupe genommen und festgestellt, dass er gefälscht war. Wir haben die Suche dann über die DNA der Toten ausgeweitet und sind auf Frau Jepsen gestoßen.«

»Ist die Todesursache bekannt?«

»Sie ist erstickt worden. Mit einem Kissen oder etwas Ähnlichem. Als wir Frau Jepsen gefunden haben, war sie bereits seit etwa achtundvierzig Stunden tot. Unser Rechtsmediziner ist sich sicher, dass sie nicht am Fundort getötet wurde. Er geht davon aus, dass sie über eine längere Strecke transportiert und erst in der Nacht am Fundort platziert wurde. Der Weg ist bei Wanderern und Spaziergängern sehr beliebt. Die Leiche wäre mit hoher Wahrscheinlichkeit am Tag zuvor gefunden worden, also gehen wir davon aus, dass sie erst in der Nacht oder den frühen Morgenstunden dorthin gebracht wurde, also in der Nacht von Samstag auf Sonntag oder ganz früh am Sonntag.«

»Was sagt die Rechtsmedizin zum Todeszeitpunkt?«

»Leider ist von dem Arzt vor Ort nicht die Temperatur der Leiche gemessen worden. Von daher ist der Todeszeitpunkt nicht so genau zu ermitteln gewesen, wie wir es uns gewünscht haben. Sophia Jepsen war vermutlich schon sechsunddreißig bis vierundvierzig Stunden tot, als sie entdeckt wurde.«

»Also Freitag neunzehn Uhr bis drei Uhr in der Nacht zum Samstag.«

Kort Asmussen nickte.

»Zum Fundort«, fuhr Lena fort. »Es war der Person, die die Leiche dort abgelegt hat, also klar, dass sie schnell gefunden beziehungsweise überhaupt gefunden wird.«

»Davon gehen wir aus. Auch der Ausweis, den wir bei ihr gefunden haben, kann kein Zufall sein. Es sieht danach aus, als sollte Frau Jepsen gefunden und identifiziert werden.«

»Es ist also gar nicht klar, in welchem Land Sophia Jepsen getötet wurde?«, fragte Naya.

»Ja und nein. Wir waren natürlich nicht untätig, haben unzählige Zeugen befragt. Einem Förster ist in der fraglichen Nacht ein Auto aufgefallen, von dem er sich das Kennzeichen gemerkt hat. Leider war es gefälscht, aber wir konnten das Auto anhand von einigen Kameras auf der Autobahn verfolgen. Einen Volkswagen des Typs Caddy. Die Farbe war laut des Zeugen dunkelblau. Das Fahrzeug ist noch in der gleichen Nacht über die deutsche Grenze bei Flensburg gefahren. Wir haben das zunächst nicht zuordnen können, aber nachdem wir die Leiche identifiziert haben, ergab es mehr Sinn. Sie sind also nicht nur wegen der alten Vermisstensache hier. Es könnte sein, dass Frau Jepsen in Deutschland getötet wurde und anschließend nach Dänemark gebracht wurde.«

»Ein Fahrzeug mit einem gefälschten Kennzeichen? Es wäre schon ein großer Zufall, wenn da kein Zusammenhang besteht«, sagte Lena.

Kort Asmussen nickte. »Wir sehen das genauso. Deshalb haben wir auch beschlossen, die deutsche Polizei mit ins Boot zu holen.«

»Gibt es Hinweise, ob sich Frau Jepsen länger in Dänemark aufgehalten hat?«, fragte Naya. »Immerhin hatte sie einen gefälschten dänischen Pass.«

»Diese Frage haben wir uns auch gestellt, aber ich muss sie da etwas vertrösten. Wir brauchen Zeit, um das zu ermitteln.

Es wird gerade geklärt, ob wir das Foto der Toten landesweit veröffentlichen.«

»Wie wahrscheinlich ist das?«, fragte Lena, die aus Deutschland wusste, wie lange es in aller Regel dauerte, bis die Medien um Mithilfe gebeten wurden.

Kort Asmussen zuckte mit den Schultern. »Das liegt nicht in meiner Hand. Es wird aber sicher noch eine oder zwei Wochen dauern, bevor eine Entscheidung getroffen wird.«

»Es gibt also bisher keine Hinweise darauf, dass Frau Jepsen in Dänemark gelebt hat?«

»Nein. Auch nicht unter dem falschen Namen. Wenn Sie mich fragen, deutet das darauf hin, dass der Ausweis fürs Ausland benutzt wurde. In Schleswig-Holstein ist es ja nicht ungewöhnlich, dass dort Dänen leben und arbeiten.«

»In Deutschland ist Frau Jepsen unter dem dänischen Namen nicht gemeldet«, sagte Lena. Johann hatte das überprüft und sie telefonisch informiert.

Kort Asmussen hob entschuldigend die Arme. »Ein großes Rätsel.«

Naya räusperte sich. »Wenn tatsächlich jemand wollte, dass Sophia Jepsen gefunden und identifiziert wird, muss es dafür einen Grund geben.«

»Ja«, sagte der dänische Kommissar. »Ich habe schon an einen Psychopathen gedacht, der uns vorführen will.«

Lena wiegte den Kopf hin und her. »Vielleicht ist es eher eine Warnung. Das ist bei kriminellen Vereinigungen durchaus beliebt. Sozusagen zwei Fliegen mit einer Klappe. Die Person, die in Ungnade gefallen ist, wird aus dem Weg geräumt, andere Gruppenmitglieder werden davor gewarnt, aus der Reihe zu tanzen.«

»Wäre der Aufwand dafür nicht sehr hoch?«, warf Naya ein. »Warum extra nach Dänemark fahren, um dort die Leiche zu präsentieren?«

»Wir wissen noch zu wenig«, sagte Kort Asmussen. Er zeigte auf zwei Ordner, die gut gefüllt waren. »Ich habe Ihnen hier die bisherigen Ermittlungsprotokolle und -berichte kopiert. Sie sind leider in Dänisch verfasst, aber ich denke …« Er warf einen Blick zu Naya. »… das wird sicher auch so gehen.«

»Auf jeden Fall«, sagte Lena und bedankte sich für das Vertrauen. »Wir werden ab morgen die Ermittlungen in Deutschland aufnehmen und Sie täglich informieren. Eventuell können wir uns hin und wieder auch über eine Videokonferenz austauschen.«

Kort Asmussen nickte. »Klingt gut. Wollen wir jetzt zum Fundort fahren?«

3

Lena folgte ihrem dänischen Kollegen. Sie waren auf die E 20 aufgefahren und hatten nach zehn Kilometern Richtung Westen auf die Landstraße gewechselt. Von der Hauptstraße fuhren sie auf eine schmale asphaltierte Straße, von der wenig später ein Feldweg abbog. Die Felder waren mit Baumreihen abgegrenzt, hin und wieder standen eine Scheune oder ein Bauernhaus am Wegesrand.

Asmussen hielt an einer Ausweichstelle neben dem Feldweg, stieg aus und wartete auf Lena und Naya. »Wenn wir den Weg weiterfahren würden, kämen wir zu einem kleinen Badesee. Hier fahren häufig Fahrradfahrer vorbei, aber auch Wanderer oder Spaziergänger.« Er zeigte den Weg entlang. »Es sind noch etwa hundert Meter.«

Sie liefen neben Asmussen her und sahen bereits von Weitem die rot-weißen Polizeibänder im Wind flattern. Neben dem Feldweg war ein etwa zehn mal zehn Meter großer Bereich abgesperrt. Asmussen hielt das Band für seine deutschen Kolleginnen hoch und wartete, bis Lena und Naya den abgesperrten Bereich betreten hatten, bevor er ihnen folgte.

Er zeigte auf den Boden. »Hier haben wir Sophia Jepsen gefunden.« Er öffnete die Mappe, die er aus dem Auto mitgenommen hatte, und zeigte Lena und Naya mehrere Fotos. »Sie lag auf dem Rücken, und wie Sie sehen, war sie angezogen. Wir haben hier Schleifspuren gefunden.« Kort Asmussen zeigte auf mehrere in den Boden gesteckte gelbe Plastikschilder. »Sie ist von dem Feldweg hierher über den Boden gezogen worden.«

»Also war es vermutlich nur eine Person, die sie hierhergebracht hat«, warf Naya ein.

»Davon gehen wir auch aus«, sagte der dänische Kommissar.

»Sind DNA-Spuren an ihrer Kleidung gefunden worden?«, fragte Lena.

»An der Kleidung und unter den Fingernägeln. Sie sind von drei verschiedenen Personen, zwei Männern und einer Frau. Sie sind nicht in unserer Datenbank, international ist bisher auch nichts gefunden worden.«

»Haben Sie aus Deutschland schon Rückmeldung?«, fragte Lena.

»Nein. Die DNA-Funde an der Kleidung haben wir über Europol eingegeben und erst gestern konkret eine Anfrage an die deutschen Behörden gestellt. Sie wissen, wie lange das dauern kann.«

»Ich kümmere mich darum. Gibt es Reifenspuren?«

»Jede Menge. Der Rettungswagen, der Notarzt, die ersten Kollegen, die vor Ort waren, alte Spuren. Wir haben einen Teilabdruck gesichert, von dem wir vermuten, dass er von dem Kleintransporter sein könnte. Nach der Zeugenaussage des Försters wurde hier ein dunkelblauer oder anthrazitfarbener VW-Kastenwagen ohne Fenster gesehen. Die Reifenprofile könnten dazu passen. Sie finden alles in der Akte, die ich Ihnen gegeben habe. Auf der Innenseite klebt ein Datenstick, auf dem auch Fotos des Reifenabdrucks abgespeichert sind.«

Lena sah sich um. »Sie meinten ja bereits, dass diese Stelle täglich von Menschen passiert wird. Wenn ich mich hier allerdings nicht auskenne, würde ich das nicht unbedingt vermuten.«

»Das ist ein guter Punkt, den wir auch in unsere Überlegungen mit aufgenommen haben. Wir sind allerdings immer wieder zu dem Schluss gekommen, dass der Platz hier nicht zufällig ausgewählt wurde.«

»Könnte er noch eine andere Bedeutung haben als die bisher angenommene? Wie weit ist es noch bis zum See?«

»Nicht einmal einen Kilometer. Allerdings ist er nicht bis zum Ende mit dem Auto befahrbar. Ungefähr zweihundert Meter vorher ist ein kleiner Parkplatz, illegal, aber halbwegs befestigt. Ab da muss man zu Fuß laufen.«

»Das wäre zu weit gewesen, um die Leiche dort zu platzieren«, warf Naya ein. »Vielleicht ist tatsächlich der See gemeint, und die Person wusste, dass sie dort nicht vorfahren kann. Vielleicht hatte er oder sie auch Angst, dort auf jemanden zu treffen.« Sie sah sich um. »Hier ist auch die erste gute Möglichkeit, um zu wenden.«

Sie fuhren weiter, parkten auf der abgetrennten Wiese und sahen sich bei dem kleinen See um.

Um kurz vor drei Uhr nachmittags fuhr Lena wieder auf die E 20 auf. Naya ging währenddessen die Kopien der Ermittlungsakte durch, kurz vor Flensburg wechselten sie die Plätze.

»Es macht dir wirklich nichts aus?«, fragte Lena, als die Abfahrt zur B 200 in Sicht kam. Naya hatte angeboten, Lena nach Husum zu fahren und am nächsten Tag dort wieder abzuholen. Anschließend wollten sie auf die Halbinsel Holnis fahren.

»Nein, ich kann dir unmöglich zumuten, dass du mich erst in Kiel absetzt und dann noch nach Hause fährst. Familie geht vor.«

»Danke«, sagte Lena und klappte den Ordner zu. Aufgrund ihrer geringen Dänischkenntnisse hatte sie kaum etwas verstanden und sich lediglich die Fotos angeschaut. »Kannst du mir morgen oder übermorgen erzählen, was in der Akte steht? Heute habe ich keinen Kopf mehr dafür.«

»Alles habe ich auch noch nicht durch, aber heute Abend lege ich noch ein paar Extrastunden ein. Morgen bekommst du einen Bericht.«

»Du musst heute Abend ni...«

»Kein Problem«, unterbrach Naya Lena. »Ich habe ohnehin nichts vor und muss mich auch etwas ablenken.«

»Grönland?«

»Ja.« Naya starrte geradeaus auf die Straße und fügte nach einer Weile leise hinzu. »Ich weiß nicht, wie ich mit den Erfahrungen umgehen soll.«

»Lass dir Zeit.«

»Das klingt immer gut, aber hilft es wirklich? Die Reise in die Vergangenheit hat mich ...« Sie brach ab und schwieg. Erst nachdem sie von der Autobahn abgefahren waren, warf Naya Lena einen kurzen Blick zu. »Du musst mich für ein ziemliches Weichei halten.«

»Ganz sicher nicht.«

Naya seufzte. »Natürlich wusste ich schon vorher von der Geschichte des Landes. Aber es war alles Theorie, und ich habe mich mit dem zufriedengegeben, was ich bei den wenigen Besuchen in Sisimiut gesehen und erlebt habe. Auch wenn die Stadt nur fünfeinhalbtausend Einwohner hat, ist sie doch die zweitgrößte auf Grönland. Dort gibt es alles, was man so kennt. Im Osten kam es mir dann so vor, als sei ich durch die Zeit gereist. Wir waren in dem Dorf, in dem die Familie meines Großvaters gelebt hat. Von den ursprünglich vierhundert Einwohnern sind gerade mal achtzig geblieben. Vermutlich sogar weniger, weil die offiziellen Zahlen nicht stimmen.«

»Wo sind die Einwohner hingezogen?«, fragte Lena.

»In die größeren Orte im Osten, wenige nach Westgrönland. Sie haben die einzige Arbeit verloren, die es dort gab. Ja, es gibt noch immer Jäger, aber sie können nicht davon leben oder nur, weil die Jagd sozusagen subventioniert wird. Der Preis für die Tierfelle wird künstlich hochgehalten. Und warum? Damit wir ein ruhiges Gewissen haben können.«

»Geht es um die Robbenjagd?«

»Ja, alles fing an, als Greenpeace die weltweite Kampagne gegen die grausame Jagd auf die wenige Wochen alten Robbenbabys gestartet hat. Das war in den Siebzigerjahren.«

»Brigitte Bardot?«

»Genau. Das Foto mit ihr im Schnee und dem weißen Robbenbaby in der Hand ging um die ganze Welt. Im Prinzip hatte Greenpeace ja recht. Allerdings ging es um das Abschlachten der Tiere in Kanada. Auf Grönland war das nie ein Thema. Am Schluss stand das EU-Verbot für die Einfuhr aller Robbenfelle. Das Morden in Kanada ging weiter, die Jäger auf Grönland verloren aber ihre Märkte. Das war der Anfang vom Ende.«

Naya redete ohne Punkt und Komma. Die Worte flossen nur so aus ihr heraus, und Lena unterbrach sie nicht. Naya erzählte von dem Niedergang der Dörfer, der unglaublich hohen Suizidrate unter jungen Menschen, über die Alkoholabhängigkeit vieler Inuit und von Kindern, die aus den Familien mit alkoholkranken Eltern herausgenommen wurden. Lena spürte, wie nah ihr die Zeit auf Grönland ging. Sie wirkte zerrissen zwischen den verschiedenen Welten. Ihr Großvater, der nach langer Zeit in Dänemark zurück in das Land seiner Vorfahren gezogen war, ihre deutsche Mutter, die in Flensburg lebte, und ihr Vater, der seine grönländischen Wurzeln verachtete.

Erst als das Ortsschild von Husum in Sicht kam, schien Naya bewusst zu werden, dass sie seit über einer halben Stunde ununterbrochen gesprochen hatte.

»Sorry, ich wollte dich nicht so zutexten.«

»Alles gut. Ich habe gerade viel gelernt. Ich muss gestehen, dass ich kaum etwas über dieses Land weiß.«

»Da bist du nicht die Einzige.« Naya bog von der Hauptstraße ab. »Die zweite rechts rein, oder?«

»Ja. Wann kommst du morgen?«

»Gegen acht. Reicht das?«

»Du kannst auch etwas später kommen. Wir brauchen ungefähr eine Stunde bis nach Holnis. Sagen wir acht Uhr dreißig. Dann kann ich Bent noch zum Kindergarten bringen.«

Naya hielt vor Lenas Haus an. »Gut. Grüß deine Männer von mir. Besonders den kleinen.« Lena hatte Naya vor zwei Monaten zu sich nach Husum eingeladen, wo sie Erck und Bent kennengelernt hatte.

»Mache ich. Bis morgen, Naya.«

Lena nickte ihrer Kollegin zu und stieg aus. In der Haustür stehend warteten bereits Erck und Bent auf sie. Ihr Sohn löste sich von Ercks Hand und lief auf sie zu. Lena ging in die Knie und breitete die Arme aus.

»Ein Glas Wein?«, fragte Lena mit Blick auf Ole, der nach dem Abendessen bei ihnen vorbeigeschaut hatte.

»Immer doch«, antwortete Ole grinsend. »Ich bin schließlich Pensionär. Zumindest fast.« Er hob den Zeigefinger. »Und mit dem Fahrrad hier.«

Lena goss ihm Wein ein und stieß mit ihm an.

»Erzähl schon. Was habt ihr in Dänemark gehört?«, fragte Ole, der keinen Hehl aus seiner Neugier machte.

Lena berichtete in wenigen Worten von dem Treffen mit Kort Asmussen. »Naya geht noch heute die dänischen Ermittlungsakten durch, und morgen fahren wir zu Sophias Eltern.«

»Sind sie noch zusammen?«

»Nein. Er lebt in Flensburg, sie weiter auf Holnis.«

»Dachte ich mir schon. Ich habe die beiden seinerzeit mehrfach befragt, und die Spannung zwischen ihnen wuchs von Mal zu Mal.«

»Sie sind nicht die Ersten und Letzten, die mit solch einem Schicksalsschlag nicht fertigwerden. Wir befragen zuerst den Vater und anschließend die Mutter von Sophia. Hast du Tipps für uns?«

»Wissen sie schon, dass ihre Tochter nicht mehr lebt?«

»Ja, das haben die Kollegen in Flensburg schon am Freitag gemacht. Wie war der Vater?«

»Sehr gefasst. Ich hatte ihn am Anfang sogar in Verdacht, etwas mit dem Verschwinden seiner Tochter zu tun zu haben. Aber das hat sich nicht bestätigt. Und es scheint jetzt ja sicher zu sein, dass Sophia freiwillig ihr Elternhaus verlassen hat.«

»Sehr gefasst? Was muss ich mir darunter vorstellen?«

»Natürlich sah man ihm an, dass es ihm nicht vollkommen gleichgültig war, was mit seiner Tochter passiert war. Aber er schien es eher als vorübergehendes Problem zu sehen, schien fest daran zu glauben, dass sie lebt, es ihr gut geht und …« Ole seufzte. »… Ja, da blieb ja eigentlich nur die Variante, dass sie von zu Hause weggelaufen ist und bald wieder auftaucht.«

»Das hat er so gesagt?«, fragte Lena.

»Nein, nicht direkt. Das war mein Eindruck. Als ich mit ihm gesprochen habe, war seine Tochter ja schon einige Tage verschwunden. Er wusste, dass sie keine Sachen oder nur sehr wenige eingepackt hatte. Trotzdem blieb er ruhig und ist nicht in Panik verfallen. Das scheint seine Frau noch mehr belastet zu haben. Sie stand vollkommen neben sich und war kaum ansprechbar. Das wurde von Tag zu Tag schlimmer. Verständlich, aber für uns natürlich schwierig, da wir immer neue Fragen hatten.«

»… die der Vater nicht beantworten konnte?«

»Genau. Die Mutter hat als Lehrerin gearbeitet, er war und ist wahrscheinlich noch Schulleiter und war ziemlich viel in der Schule. Also eher die klassische Familienvariante. Wie sich herausstellte, wusste er wenig über seine Tochter. Was für Freunde hatte sie, war sie in einen Jungen verliebt, was machte sie nach der Schule, wo hielt sie sich am Wochenende auf. Auf all diese Fragen konnten wir letztlich nur von der Mutter Antworten bekommen.«

»Die ein sehr gutes und enges Verhältnis zu ihrer Tochter hatte?«

»Ja. Allerdings hat sie auch erzählt, dass sich das in dem letzten halben Jahr verschlechtert habe. Sie hat es auf die Pubertät geschoben und gedacht, das würde sich legen. Sprich: Sie hat sie nicht gedrängt, hat ihr den Freiraum gelassen, wie sie es nannte. Im Prinzip sicher richtig, aber in diesem Fall wäre es vielleicht besser gewesen, wenn sie sich mehr eingemischt hätte.«

»Das geht meistens nach hinten los«, warf Lena ein. »Das ist nun mal ein schwieriges Alter.«

Ole nickte. »Noch einmal zum Vater. Wie gesagt, ich habe ihn verdächtigt, etwas mit dem Verschwinden seiner Tochter zu tun zu haben. Es fanden sich aber keine Anhaltspunkte, und deshalb haben wir da nicht weitergebohrt. Aber heute denke ich, dass er vielleicht etwas anderes zu verbergen hatte.« Ole hob abwehrend die Hände. »Frag mich jetzt nicht, was, und auch nicht, wie ich draufkomme. Es ist einfach ein Gedanke, der mir Monate nach Ende der Ermittlungen gekommen ist.«

4

Lena sah in den blauen Himmel. Es schien ein schöner Maitag zu werden. Die Temperaturen hatten bereits in den letzten Tagen die zwanzig Grad erreicht und würden laut Wetterbericht sogar noch weiter steigen.

Naya würde jeden Augenblick um die Ecke biegen, um sie für die Fahrt nach Holnis abzuholen. Lenas Gedanken wanderten zurück zur letzten Nacht. Sie war aus einem Traum aufgewacht, in dem sie mitten in einer riesigen Schnee- und Eislandschaft gestanden hatte. Unendliches Weiß, strahlend blauer Himmel und außer ihren Schlittenhunden kein Leben weit und breit. Sie hatte die Ruhe gespürt, die Einsamkeit, die übermächtige Natur und ihren Herzschlag.

Das Motorengeräusch ihres Dienstwagens holte Lena zurück aus ihren Gedanken. Sie öffnete die Beifahrertür und stieg ein.

»Bist du gut durchgekommen?«

»Kein Problem«, antwortete Naya. »Die Autokolonnen kamen alle aus der Gegenrichtung.«

»Ich weiß. Deshalb fahre ich auch gern ganz früh morgens.«

Naya lenkte den Wagen zurück auf die Straße und fuhr nach den Anweisungen der Navi-Stimme aus Husum heraus.

Auf der Fahrt berichtete Lena von ihrem abendlichen Gespräch mit Ole.

»Wie geht es ihm eigentlich?«, fragte Naya. »Ich hatte bei unserem Fall auf Fehmarn das Gefühl, dass er reichlich Panik vor der Zeit als Pensionär gehabt hatte.«

»Nicht nur du. Aber Ole geht es gut. Er arbeitet halbtags in Ercks Firma und springt auch mal ein, wenn Not am Mann ist. Selbst Bent holt er ab und an vom Kindergarten ab. Er ist vollkommen vernarrt in ihn.«

»Klingt doch gut.« Naya verringerte die Geschwindigkeit, als ein langsam fahrender Lkw in Sicht kam, und überholte ihn. »Ich habe die Akten gestern noch durchgesehen. Die dänischen Kollegen waren sehr gründlich. Es scheint tatsächlich so, als wenn Sophia nie in Dänemark gelebt hat. Natürlich kann man wie in Deutschland auch in Dänemark illegal leben, aber Sophia hätte Unterstützung gebraucht. Schwarzarbeit ist in Dänemark durchaus angesagt, aber Sophia war noch nicht einmal sechzehn, als sie verschwunden ist. Da fällt mir letztlich nur Prostitution ein. Dass deutsche Frauen in Dänemark dazu gezwungen werden, ist wohl eher selten. Bei der Obduktion sind keine Hinweise auf Drogen gefunden worden. Das geht ja häufig einher mit Zwangsprostitution. Um es kurz zu machen: Die dänischen Kollegen treten auf der Stelle. Die Veröffentlichung von Sophias Foto scheint mir die einzige Chance zu sein, mehr Informationen aus Dänemark zu bekommen.«

»Also ist die Wahrscheinlichkeit, dass sie sich in einem anderen Land aufgehalten hat, mindestens genauso groß«, sagte Lena.

»Ja, sehe ich auch so.« Naya hielt kurz inne. »Ich könnte mir auch vorstellen, dass sie nach Holnis zurückgekehrt ist.«

Lena zog die Augenbrauen hoch. »Und keiner hat es gemerkt? Dafür ist es da zu übersichtlich. Der Fall und damit ihr Foto war seinerzeit in allen Zeitungen.«

»Hast du dir das alte Foto und die aus der Gerichtsmedizin und das Ausweisfoto genau angeschaut? Sie hat sich sehr verändert. Kurze Haare, schlank, fast hager. Auf den früheren Fotos hat sie lange Haare, war eher pummelig und bei Weitem nicht so attraktiv. Ich bin mir nicht sicher, ob ich sie aufgrund der Fotos wiedererkannt hätte.«

»Zumindest die, die Sophia persönlich kannten, hätten sie ganz sicher wiedererkannt«, warf Lena ein. »Aber du hast recht. Mir ist das auch aufgefallen. Also haben wir quasi nichts. Ich habe übrigens gestern noch mit Staatsanwalt Cornelsen wegen der Veröffentlichung der Fotos gesprochen. Er will abwarten, was die dänischen Kollegen machen, und sich dann dranhängen. Darauf können wir also auch erst mal nicht hoffen.«

Thomas Jepsens Wohnung befand sich in einem Neubau mit Blick auf den Flensburger Hafen. Lena hatte am Tag zuvor mit ihm telefoniert und erfahren, dass er erst am frühen Nachmittag unterrichten musste und zuvor in seiner Wohnung zu erreichen sei.

Auf Lenas Klingeln knackte es in der Gegensprechanlage. »Sind Sie die Dame von der Polizei?«

Lena nickte und hielt ihren Ausweis vor die Kamera. Kurz darauf brummte der Türöffner. Sie fuhren mit dem Fahrstuhl in den fünften Stock, wo Thomas Jepsen bereits in der geöffneten Wohnungstür auf sie wartete.

»Kommen Sie rein«, sagte Jepsen und trat zur Seite. »Einfach geradeaus ins Wohnzimmer.«

Vor dem Panoramafenster, mit Blick auf die Flensburger Förde und den Sporthafen, standen ein Sofa und zwei Sessel. Thomas Jepsen bot ihnen Kaffee an, den sie dankend annahmen.

»Was kann ich für Sie tun?«, fragte der Vater von Sophia, als sie sich gegenübersaßen.

»Zunächst möchten wir Ihnen unser herzliches Beileid zum Tod Ihrer Tochter Sophia aussprechen«, sagte Lena.

»Danke«, erwiderte Thomas Jepsen.

»Wir unterstützen die dänische Polizei«, fuhr Lena fort. »Da der Leichnam ihrer Tochter im Nachbarland gefunden wurde, sind die Ermittlungen zunächst dort gestartet.«

»Das habe ich alles gestern von Ihren Kollegen erfahren«, sagte Thomas Jepsen. Seine Stimme klang, als spreche er über eine Nebensächlichkeit, die nach seiner Meinung bereits ausreichend erörtert worden war.

»Hat Ihre Tochter in den vergangenen vier Jahren in irgendeiner Weise Kontakt zu Ihnen aufgenommen?«

»Nein. Es wäre auch nicht so leicht gewesen. Ich wohne, wie Sie wissen, inzwischen in Flensburg, meine Telefonnummer ist nirgendwo veröffentlicht, selbst die Schule habe ich vor zwei Jahren gewechselt.«

»Wir gehen im Moment davon aus, dass Ihre Tochter nicht entführt wurde, sondern mehr oder weniger freiwillig gegangen ist.«

»Das ist Unsinn. Sophia ist nicht von zu Hause weggelaufen.«

Lena hatte erwartet, dass Thomas Jepsen emotionaler auf ihre Äußerung reagieren würde. Zwar hatte er widersprochen, dabei aber kaum seine Stimme erhoben oder seine Mimik verändert.

»Herr Jepsen, es geht nicht darum, Ihnen oder Ihrer Frau eine Mitschuld zu geben. Es muss nicht einmal mit den familiären Verhältnissen zu tun haben, dass Sophia ohne Ankündigung oder wenigstens einen Abschiedsbrief verschwunden ist. Wir wissen im Moment noch nichts über ihre Motive. Für uns geht es jetzt darum, ihren gewaltsamen Tod aufzuklären. Es wäre schön, wenn Sie uns dabei helfen könnten.«

Thomas Jepsen zögerte und schien zu überlegen, wie er reagieren sollte. »Sie haben gut reden. Am Schluss läuft es doch immer darauf hinaus, dass die Eltern versagt haben.«

»Für uns steht einzig und allein die Aufklärung im Vordergrund. Wir suchen den Täter, der Ihre Tochter getötet hat. Und das nicht vor vier Jahren, sondern vor gut drei Wochen.«

Thomas Jepsen stöhnte theatralisch. »Was wollen Sie von mir? Ich hatte in den letzten vier Jahren keinen Kontakt zu Sophia. Ich weiß nicht, wo sie war, und auch nicht, was sie da gemacht hat«, sagte er mit genervtem Unterton. »Alles andere habe ich seinerzeit unendliche Male wiederholt. Oder haben Sie die Akten vernichtet?«

»Nein, Herr Jepsen«, sagte Lena ruhig. »Wir haben aber die Erfahrung gemacht, dass Zeugen nach einer gewissen Zeit klarer oder anders auf bestimmte Gegebenheiten schauen.«

Jepsen antwortete nicht, griff nach seinem Kaffeebecher und trank.

Lena wartete, ob er noch etwas sagen würde, und stellte schließlich die nächste Frage. »Lisa Thamen, Sophias engste Freundin, hat damals ausgesagt, dass Sophia sich in dem halben Jahr vor ihrem Verschwinden verändert habe. Sie hätte sich in sich zurückgezogen und mehr allein gemacht. Haben Sie das auch so erlebt?«

»Sophia war genau in dem Alter, in dem die Eltern nicht mehr viel zu melden haben. Ich habe akzeptiert, dass sie in einer schwierigen Phase war, und ihr den Freiraum gegeben. Sie wollte nicht mit mir reden, was sollte ich da machen? Ich habe darauf gesetzt, dass Sophia wieder ansprechbar wird. Vielleicht war das ein Fehler. Aber im Nachhinein ist man nun mal immer klüger.«

»Ab wann haben Sie die Veränderungen bei Ihrer Tochter bemerkt?«

Thomas Jepsen zuckte fast unmerklich mit den Schultern. »Ich habe kein Buch darüber geführt.«

»Ungefähr.«

»Sicher ein halbes Jahr, bevor Sophia verschwunden ist. Vielleicht auch etwas mehr. Sieben oder acht Monate. Ganz genau kann ich das nicht mehr sagen. Es verlief schleichend. Da gab es keinen plötzlichen Start.«

»Wie genau hat sie reagiert?«, stellte Naya ihre erste Frage.

Jepsen sah Naya an, als habe er vergessen, dass sie mit im Raum saß. Schließlich fuhr er sich mit der Hand durch sein dichtes schwarzes Haar und hob beide Hände. »Wie das so ist in dem Alter. Abweisend, uneinsichtig, ihre schulischen Leistungen brachen Fach für Fach ein, sie kam spätabends nach Hause und hat sich geweigert zu sagen, wo sie gewesen ist, aggressives Verhalten, als wenn ich sie zu etwas zwingen wollte. Es kam mir vor, als würde sie mich verachten. Gut, das bin ich aus der Schule gewohnt, aber da kann ich damit umgehen, und es gibt Regeln, die letztlich von allen eingehalten werden müssen.«

»Hat Ihre Tochter sich anders gekleidet?«, fragte Naya weiter.

»Ich komme ehrlich gesagt bei den schnell wechselnden Moden der Jugend nicht mehr mit. Mal sehen sie aus wie geleckt, dann wieder laufen sie in Sack und Asche durch die Gegend. Mal müssen es teure Markenklamotten sein, dann wieder laufen sie zum Secondhandladen und holen sich gebrauchte Klamotten. Wer soll das noch alles verstehen. Es war alles dabei und das in schneller Folge. Ich konnte da kein System drin erkennen. Außer Chaos. Aber das meinen Sie sicher nicht.«

»Haben Sie oder Ihre Frau sich mit ihr gestritten?«, fragte Lena.

Thomas Jepsen zögerte lange, bevor er zum wiederholten Male mit der Schulter zuckte. »Was heißt schon gestritten? Klar, es gab hier und da ein deutliches Wort. Man konnte ja nicht alles durchgehen lassen. Ein Mindestmaß an Vereinbarungen muss schon eingehalten werden, wenn man in einem Haus zusammenlebt.«

»Wie hat Ihre Tochter auf Streit reagiert?«

»Unterschiedlich. Manchmal aggressiv, ein anderes Mal fing sie gleich an zu heulen. Dazwischen gab es jede Menge andere Varianten. Ein wirkliches Gespräch kam nie zustande.« Er hob eine Hand, als wollte er sagen, dass er auch nicht wisse, warum seine Tochter so auf ihre Eltern reagiert habe. »Das war alles Pubertät in Reinkultur. Ich habe damals mit einem befreundeten Psychologen gesprochen. Er hat mir geraten, mich zurückzuhalten und abzuwarten. Auf den richtigen Moment sollte ich warten und Verständnis zeigen. Aber Verständnis wofür? Für ihr Chaos im Kopf? Für den ganzen Ärger, den sie uns bereitet hatte?« Er atmete tief durch. »Das klingt jetzt alles ziemlich dramatisch. War es aber nicht. Eher normal, wie ich von anderen Eltern gehört habe. Deshalb habe ich das damals auch nicht an die große Glocke gehängt, als mich die Polizisten befragt haben. Die hätten da doch nur etwas daraus konstruiert. Ich wollte, dass Sophia gefunden wird, und nicht, dass uns die Schuld angehängt und die Suche eingestellt wird, weil sie ja bald wieder auftaucht und es ja bei allen Ausreißern so ist.«

»Darf ich noch einmal auf die Streitigkeiten zurückkommen?«, fragte Lena und fuhr fort, als Thomas Jepsen nickte. »Ihre Tochter hat also unterschiedlich reagiert. War das ein ständiger Wechsel oder gab es am Schluss eine klare Tendenz?«

»Am Schluss haben wir gar nicht mehr miteinander gesprochen. So hat es sich zumindest angefühlt. Die eine oder andere Sache musste schon geklärt werden, aber das waren alles Formalien. Über sie und ihr Leben haben wir nicht mehr gesprochen.«

»Und davor?«

»War wohl die aggressive Phase. Alles, was ich gesagt habe, hat ihr nicht gepasst. Mal war dies falsch, mal das. Richtig machen konnte ich in der Zeit offensichtlich nichts.«

5

Naya sah auf das Display des Navis. »Groß ist die Insel nicht, oder?« Sie schüttelte den Kopf. »Da habe ich so lange in Flensburg gelebt und bin nie hier gewesen. Verrückt. Ich kenne das Land meines Großvaters besser als den Ort, wo ich aufgewachsen bin.«

»Seid ihr nie mit der Schule auf Holnis gewesen?«

»Nein. Aber wer weiß, vielleicht war ich da krank. Diese Tagesausflüge habe ich nie geliebt.«

Nachdem sie die Stadt Glücksburg passiert hatten, fuhren sie auf der Holnisser Noorstraße Richtung Nordosten an Bockholm vorbei.

»Vierhundert Hektar, die Hälfte davon ist Naturschutzgebiet. Nicht einmal fünfhundert Menschen leben hier.« Lena zeigte aus dem Seitenfenster nach rechts. »Das ist Bockholm. An der Westseite liegt Schausende und im Osten die Ortschaft Drei. Schausende hat einen Sporthafen. Da liegt oder lag auch das Segelboot der Familie.«

Die Navi-Stimme forderte sie auf, in zweihundert Metern nach rechts abzubiegen. Kurz darauf ging es nach rechts und wieder links, bevor sie laut Navi das Ziel erreicht hatten. Sie parkten an der Straße und gingen auf eines der Häuser zu.

»Das liegt ja direkt am Wasser«, sagte Naya. »Mit Strandzugang?«

»Scheint so.« Lena öffnete die Gartenpforte und ließ Naya den Vortritt. Auf ihr Klingeln öffnete ihnen eine Frau mit kurzen blonden Haaren.

»Frau Jepsen?«, fragte Lena und stellte sich vor, nachdem die Frau genickt hatte. »Wir hatten gestern kurz telefoniert.«

Christina Jepsen trat zur Seite und schloss die Tür, als Lena und Naya im Flur standen. »Gehen wir doch in die Küche«, waren die ersten Worte, die sie aus dem Mund von Sophias Mutter hörten.

In der geräumigen Küche setzten sie sich an einen alten Holztisch, Christina Jepsen bot ihnen Tee an und schenkte in die auf dem Tisch stehenden Tassen ein.

»Wir möchten Ihnen unser herzliches Beileid zum Tod Ihrer Tochter aussprechen«, sagte Lena.

Christina Jepsen nickte und senkte den Kopf.

»Meine Kollegin und ich unterstützen die dänische Polizei bei den Ermittlungen.«

Christina Jepsen sah auf. »Wie ist Sophia gestorben?«

»Das wissen wir noch nicht genau«, wich Lena der Frage aus, da sie befürchtete, dass Sophias Mutter die Nachricht so schockieren würde, dass sie nicht mehr ansprechbar wäre. »Wir gehen auf jeden Fall von Fremdeinwirkung aus.«

»Sophia ist ermordet worden?«, flüsterte Christina Jepsen.

Lena nickte und wartete eine Weile, bevor sie ihre erste Frage stellte. »Ich muss das leider fragen, Frau Jepsen.« Sie hielt kurz inne. »Haben Sie in irgendeiner Weise in den letzten vier Jahren Kontakt zu Ihrer Tochter gehabt?«

Christina Jepsen schüttelte den Kopf.

»Hatte Sophia Kontakte nach Dänemark?«

»Sie hat gut Dänisch gesprochen. Sehr gut eigentlich. Sprachen lagen ihr. Englisch, Französisch.«

Lena wartete, ob Christina Jepsen ihre eigentliche Frage beantworten würde, und wiederholte sie schließlich.

»Kontakte? Wir hatten einige dänische Freunde, die wir hin und wieder besucht haben. Die eine Familie – Carl und Ida Nielsen aus Pattburg – hat auch ein Kind in Sophias Alter. Ella Nielsen.« Sie zuckte zusammen. »Also damals, als die beiden Kinder klein waren. Wir sind auch mal zusammen in den Urlaub nach Rømø. Das ist eine Insel hinter Sylt. Da waren wir zwei Wochen im Sommer. Die beiden Mädchen waren noch nicht in der Schule. Das weiß ich noch. Sie haben wunderbar miteinander gespielt. Es war ein schöner Urlaub.«

»Hatte Sophia später auch noch Kontakt zu der Familie oder zu der Tochter der Familie?«

»Ja, natürlich. Ich glaube, die beiden haben sich auch hin und wieder in Flensburg getroffen. Da ist Sophia ja zur Schule gegangen, und mit dem Bus ist das nur eine halbe Stunde nach Pattburg. Also gar nicht so weit.«

Christina Jepsen sprach leise und ohne Betonung, als würde sie einen Text ablesen. Sie hatte den Kopf gesenkt und sah jetzt auf. »Die beiden Mädchen haben sich gut verstanden.«

»Wir haben vor einer Stunde mit Ihrem Mann gesprochen. Er …«

»Ex-Mann«, unterbrach Christina Jepsen sie. Ihre Stimme hatte sich schlagartig verändert, klang rauer und aggressiver. »Die Scheidung läuft. Ich warte auf den Termin vor Gericht.«

»Wir waren bei Ihrem Ex-Mann. Er sagte uns, Sophia habe sich ungefähr sechs bis acht Monate vor ihrem Verschwinden verändert. Sehen Sie das auch so?«

»So, sagt er das?« Sie stand auf, griff nach der Teekanne und setzte Wasser auf. »Sie möchten doch sicher auch noch einen Tee?«, fragte sie, ohne sich zu Lena und Naya umzudrehen.

Wenige Minuten später kam sie zurück an den Tisch, stellte die Kanne aufs Stövchen und setzte sich. »Der muss noch einen Augenblick ziehen. Hat Ihnen der Tee vorhin geschmeckt?«

»Ja, danke«, sagte Lena.

»Wie war noch Ihre Frage?«

»Hat sich das Verhalten Ihrer Tochter in den Monaten vor ihrem Verschwinden geändert?«

»Ja, ihrem Vater gegenüber. Sie lagen aber schon seit einiger Zeit im Streit. Er tut immer so pädagogisch, ist aber autoritär bis in die Fußspitzen. Das kann er gut verbergen. Ja, reden konnte er immer schon. Viel zu viel reden. Wenn jemand Sophia aus dem Haus getrieben hat, dann war er das.«

»Gab es große, lautstarke Auseinandersetzungen zwischen Sophia und ihrem Vater?«, stellte Naya ihre erste Frage.

»Ich war nicht immer hier, weil ich zu der Zeit mit voller Stundenzahl gearbeitet habe. Aber jedes Mal, wenn ich nach Hause kam und Sophia und er schon hier waren, lag Streit in der Luft. Sophia war eigentlich ein sehr liebes, rücksichtsvolles und eher stilles Mädchen. Ihr lag viel daran, dass wir alle friedlich miteinander ausgekommen sind. Selbst wenn es Streit gab, war sie diejenige, die versucht hat, zu schlichten. Als sie noch kleiner war, ist sie immer in ihr Zimmer gelaufen, wenn die Stimmung nicht so gut war.«

»Worüber haben sich Ihr Ex-Mann und Sophia gestritten?«, fragte Naya weiter.

Christina Jepsen sah sie irritiert an. »Ist das jetzt noch wichtig? Das ist über vier Jahre her.«

»Ob es für unsere Ermittlungen wichtig ist, können wir natürlich jetzt noch nicht sagen«, sprang Lena ihrer jungen Kollegin bei. »Aber sollte Sophia freiwillig gegangen sein, könnte der Grund dafür einen Hinweis darauf geben, wer ihr geholfen hat.«

»Freiwillig? Was reden Sie da? Sophia wäre nie auf so eine Idee gekommen. Sie fühlte sich hier wohl. Sie hat mich geliebt. Sie wäre niemals freiwillig gegangen.«

»Das ist eine von mehreren Optionen, Frau Jepsen. Wir sind verpflichtet, allen nachzugehen. Die Pubertät ist für viele Jugendliche nicht einfach. Sie reagieren manchmal irrational und kommen dadurch in Situationen, die sie nicht mehr kontrollieren können. Im Moment haben wir keinerlei Hinweise, wo Sophia sich in den vier Jahren aufgehalten hat. Von daher bleibt uns erst mal nur, dort anzusetzen, wo sie zuletzt gelebt hat. Und das ist hier bei Ihnen.«

»Ja, vielleicht haben Sie recht«, sagte Christina Jepsen leise. »Was wollen Sie wissen?«

»Meine Kollegin fragte, worüber sich Ihre Tochter mit Ihrem Ex-Mann gestritten hat.«

»Über alles und nichts. Er konnte nicht akzeptieren, dass Sophia erwachsen wurde und ihren eigenen Kopf hatte. Es gab ständig Streit über völlige Nichtigkeiten. Erst als Sophia ihn einfach ignoriert hat, ist ihm klar geworden, was er angerichtet hat. Da ist er zurückgerudert, aber es war schon zu spät.«

»Ging es um politische oder religiöse Dinge?«, fragte Naya.

»Richtig religiös sind wir nie gewesen. Ja, zu Weihnachten und Ostern sind wir fast immer in die Kirche gegangen, mehr aber auch nicht. Mit Politik hatte Sophia nichts im Sinn. Ich auch nicht. Außer dass ich zu den Wahlen gegangen bin, habe ich nie etwas mit Politik zu tun gehabt.«

»Sophia war also nicht religiös oder hat sich für etwas anderes sehr engagiert? Vielleicht im Umweltbereich?«

»Warum fragen Sie das?« Christina Jepsen warf Naya einen misstrauischen Blick zu.

»In dem Alter suchen Teenager häufig nach Vorbildern oder Idealen, an denen sie sich orientieren können. Ich zum Beispiel habe mich tatsächlich für die großen Weltreligionen interessiert. Der Buddhismus hatte es mir angetan.«

Christina Jepsen zögerte lange, bevor sie antwortete. »Ich weiß, dass manche Teenager sich sehr für Umweltfragen interessieren. Bei Sophia war das aber nicht so. Zumindest habe ich nichts bemerkt.« Sie hielt kurz inne. »Meine Tochter ist mit zur Kirche gegangen, konfirmiert wurde sie auch, aber nur, weil sie es wollte. In dem Alter ist einem die Religion doch vollkommen egal. Da ging es mehr um die Geschenke zur Konfirmation. Ich hätte gemerkt, wenn sie da in irgendwas verstrickt worden wäre.« Sie sah Naya herausfordernd an. »Sie wäre nicht auf irgendeine dubiose Sekte hereingefallen. Dafür war sie viel zu klug. Das war es doch, was Sie meinten, oder?«

»Ich habe an gar nichts Konkretes gedacht«, sagte Naya ruhig. »Es ist im ersten Schritt einfach wichtig, dass wir so viel wie nur möglich über Ihre Tochter erfahren. Nur so können wir uns ein Bild von ihr machen und uns in sie hineinversetzen.«

Christina Jepsen atmete tief durch. »Entschuldigen Sie, ich bin etwas durcheinander seit gestern. Ich habe immer noch gehofft und hatte recht damit. Sophia hat noch gelebt und war nicht tot, wie alle dachten. Und jetzt …« Sie schluckte schwer, ihre Augen waren feucht. »Warum ist sie nicht zu mir gekommen? Ich hätte ihr helfen können, egal was passiert ist. Vier Jahre, vier lange Jahre habe ich auf sie gewartet.«

Lena reichte ihr ein Taschentuch und wartete, bis sich Christina Jepsen aufrichtete, sie ansah und sagte: »Ich bin seit fast zwei Jahren krankgeschrieben. Ich konnte nicht mehr unterrichten. Nicht mehr in die Gesichter der Kinder sehen.« Sie schluchzte. »Warum? Was ist mit Sophia passiert? Können Sie mir das sagen?«

6

Eine halbe Stunde später verließen Lena und Naya das Haus. Christina Jepsen hatte ihnen von Sophias Kindheit erzählt und den ersten Teenager-Jahren. Sophia schien ein eher ruhiges und zurückhaltendes Kind gewesen zu sein. Die Grundschulzeit hatte sie mit Bestnoten abgeschlossen, und auch im Gymnasium war sie zunächst die Klassenbeste. Erst zwei Jahre vor ihrem Verschwinden verschlechterten sich ihre Noten in einigen Fächern, kurz war sogar ihre Versetzung gefährdet gewesen. Laut ihrer Mutter fing sie sich wieder, und erst in den letzten Monaten bekam sie in einigen Fächern wieder Probleme. Christina Jepsen notierte ihnen die Adressen der dänischen Freunde und versprach, sie zu informieren, dass die Polizei mit ihnen sprechen möchte.

»Wie kann sie eigentlich dieses Haus finanzieren?«, fragte Naya, als sie wieder im Wagen saßen.

»Es gehört ihr. Sie hat es von ihrer Großmutter geerbt.«

»Verstehe«, sagte Naya. »Was sagst du zu ihr?«

»Sie scheint psychisch ziemlich am Ende zu sein. Ich hoffe, sie hat Unterstützung durch Freunde oder Verwandte.«

»Hat sie zumindest behauptet, als du gefragt hast.«

»Ich bin mir nicht so sicher, ob sie da die Wahrheit gesagt hat. Wir sollten die Flensburger Kollegen bitten, dort jemanden vom Kriseninterventionsteam vorbeizuschicken.«

Naya nickte. »Und sonst? Glaubst du ihr? Die Schilderungen wichen ja doch etwas von denen ihres Ex ab.«

»Für sie war es sicher die Wahrheit. Merkwürdig nur, dass beide die Streitigkeiten nicht erwähnt haben, als sie nach dem Verschwinden ihrer Tochter befragt wurden. Vielleicht erfahren wir mehr von Sophias Freundin.« Lena sah auf die Uhr. »Ich habe uns um dreizehn Uhr bei ihr angemeldet. Wir haben noch etwas Zeit. Wie wäre es mit einem kleinen Spaziergang am Strand?«

»Ist das da drüben schon Dänemark?«, fragte Naya.

Sie hatten das Auto in der Straße stehen gelassen und über einen schmalen Fußweg den Strand erreicht.

»Willst du rüberschwimmen?«, fragte Lena schmunzelnd.

»Wie weit ist das? Drei Kilometer? Würde ich schaffen.«

Lena zeigte auf ein großes Segelboot. »Wenn du vorsichtig bist, vielleicht.«

»Oder ich warte, bis es zufriert. Aber wir sind hier ja nicht in Grönland. Da hätte ich einen Schlitten und acht Hunde. Oder mehr.« Naya blieb stehen. »Bist du schon mal mit solch einem Hundeschlitten gefahren?«

»Nein.«

»Ein alter Freund meines Großvaters ist Jäger. Er lebt in Isortoq. Wir haben ihn besucht. Vier Tage waren wir in dieser verlassenen Gegend.« Naya sah übers Wasser. »Wir hatten Glück, dass wir noch mit dem Schlitten rauskonnten. Jedes Jahr gehen das Eis und der Schnee früher.«

»Du warst mit auf der Jagd?«

»Ja. Ich wollte unbedingt miterleben, was mein Großvater so sehr vermisst. Wir haben Robben gejagt.« Sie stockte. »Also ich nicht, ich war nur dabei. Aber mein Großvater und sein Freund.« Naya zeigte den Strand entlang. »Haben wir noch Zeit? Ich würde gern bis zur Nordspitze gehen. Weit kann das nicht sein.«

Die Adresse, die Lisa Thamen Lena durchgegeben hatte, lag am Rande von Bockholm. Hier hatten Künstler ein altes Bauernhaus zu Ateliers und Ausstellungsräumen umgebaut. Sophias alte Freundin töpferte in einer kleinen Werkstatt, verkaufte die Produkte vor Ort und auf Kunsthandwerkermärkten in ganz Schleswig-Holstein.

Lena parkte auf einer ausgewiesenen Freifläche vor dem eigentlichen Hof. Nachdem sie sich durchgefragt hatten, standen sie vor Lisa Thamens Atelier. Als die junge Frau sie bemerkte, legte sie ihren Arbeitskittel ab, wusch sich die Hände und kam zu Lena und Naya auf den Flur.

»Sie sind von der Polizei?«, fragte sie mit Blick auf Lena.

»Ja, Lena Lorenzen. Wir haben telefoniert.«

Lisa Thamen zeigte den Flur entlang. »Wir können uns in die Lounge setzen. Ich gehe voraus.«

Nachdem sie in gemütlichen Sesseln Platz genommen hatten, stellte Lena Naya vor und erklärte den Grund ihres Kommens.

»Ich weiß Bescheid, dass Sophia tot ist. Ihre Mutter hat mich gestern angerufen.«

»Sie haben weiter Kontakt zu ihr?«, fragte Naya.

»Nicht regelmäßig, aber damals, als Sophia so plötzlich verschwunden ist, war ich einige Male in Sophias Elternhaus. Damals war Christina ja noch mit Sophias Vater zusammen. Dann gab es eine lange Pause, bis wir uns zufällig hier im Atelier getroffen haben. Das ist jetzt … ja, ungefähr ein Jahr her. Wir hatten Ateliertage. Da ist immer viel los, und Christina war gekommen, ohne zu wissen, dass ich hier arbeite.«

»Sophia ist einem Gewaltverbrechen zum Opfer gefallen«, sagte Lena. »Wir wissen noch nicht, wo sie sich in den letzten vier Jahren aufgehalten hat, und müssen quasi bei null anfangen.«

Die junge Frau nickte.

»Darf ich zunächst etwas über Sie erfahren? Soweit ich weiß, waren Sie zusammen mit Sophia auf dem Flensburger Gymnasium.«

»Das stimmt. Ich habe aber nach der zehnten Klasse die Schule verlassen und eine Ausbildung als Keramikerin gemacht. Seit etwa eineinhalb Jahren arbeite ich jetzt hier.«

»Sie sind älter als Sophia?«

»Ja, spät zur Schule gekommen, und dann habe ich noch eine Ehrenrunde gedreht.« Sie hob die Hände. »Fragen Sie mich nicht, warum das so heißt. Eine Ehre war es nun wirklich nicht. Aber ab da war ich mit Sophia in einer Klasse. Wir haben uns sofort angefreundet und waren … ja, was soll ich sagen, wie eineiige Zwillingsschwestern. Zumindest wurde uns das nachgesagt.«

»Waren Sie bis kurz vor Sophias Verschwinden so eng mit ihr befreundet?«

Lisa Thamen zuckte mit den Schultern. »Ja und nein. Ich hatte bis einen Tag, bevor Sophia von jetzt auf gleich verschwunden ist, Kontakt mit ihr. Aber in den letzten Monaten vor ihrem Verschwinden hat sich unser Verhältnis tatsächlich verändert. Wir waren noch Freundinnen, aber ich hatte das Gefühl, dass sie mir nicht mehr alles erzählt. Jetzt, wo ich weiß, dass sie noch so lange gelebt hat, sehe ich das natürlich in einem ganz anderen Licht. Sophia hat mir wohl bewusst verschwiegen, was sie vorhatte.«

Die junge Frau machte auf Lena einen reiferen Eindruck, als sie es für ihr Alter erwartet hatte. Sie war offen und kooperationsbereit.

»Gab es also keinerlei Andeutungen, in welcher Form auch immer?«

»Sie können mir glauben, genau darüber habe ich nachgedacht, nachdem ich von Sophias Tod gehört habe. Aus heutiger Sicht könnte ich mir gut vorstellen, dass ich eingeschnappt war, weil Sophia sich mehr und mehr von mir distanziert hat. Eigentlich fing das schon im Jahr zuvor an. Sophia hatte in den Ferien einen Aushilfsjob auf dem großen Campingplatz in Drei. Da hat sie einen Jungen kennengelernt. Da war ich erst mal als Freundin eine ganze Weile abgeschrieben.«

»Wissen Sie, wie alt der Junge war?«, fragte Naya.

»Ich habe ihn nie persönlich kennengelernt, aber nach Sophias Erzählungen wird er sicher zwei oder drei Jahre älter gewesen sein.«

»Also eventuell schon volljährig«, folgerte Naya.

»Ja, er war auch nicht mit seinen Eltern dort, sondern – das ist auch wieder eine Vermutung – mit seinen Freunden.«

»Sophia war zu dem Zeitpunkt noch fünfzehn. War sie intim mit dem Jungen?«

»Ich weiß es nicht. Immer wenn ich auf das Thema kam – also ganz allgemein –, ist sie da nicht drauf angesprungen. Ich hatte zu dem Zeitpunkt schon Sex mit Jungen gehabt. Sophia wusste auch davon, hat sich aber nicht wirklich dafür interessiert.«

»Sie haben nicht darüber gesprochen?«, fragte Naya verwundert. »Das ist doch in dem Alter – ich war da nicht anders – *das* Thema, oder?«

»Sophia war in der Hinsicht etwas prüde. Ich habe ihr auch angeboten, mit zum Frauenarzt zu kommen, wenn sie die Pille brauchen würde. Sie hat mich damals nur entsetzt angestarrt.«

Lisa Thamen hielt einen Moment inne. »Also, wenn Sie mich fragen, war da nichts, was nur im Entferntesten mit Sex zu tun haben könnte.«

»Hat Sophia Kontakt zu dem Jungen gehalten?«, fragte Naya weiter. »Per Handy oder Mail oder einem Nachrichtendienst?«

»Davon gehe ich fest aus, so verknallt wie sie war. Über beide Ohren und noch mehr. Ein paar Andeutungen hat sie schon gemacht, aber ich habe das nicht so ernst genommen. Für mich war zu der Zeit eine Liebe über eine große Entfernung ein No-Go. Das geht doch schnell in die Brüche, in dem Alter sowieso.«

»Haben Sie einen Namen?«, fragte Lena.

Lisa Thamen schüttelte den Kopf. »Nachnamen auf keinen Fall. Da hat Sophia ein großes Geheimnis drum gemacht. Den Vornamen kannte ich mal, aber der wird Ihnen ja kaum etwas nützen.«

»Versuchen Sie es trotzdem«, sagte Lena.

»Das war so ein alter Name. Lukas? Nein. Vielleicht Matthias. Oder Thomas? Sorry, aber ich weiß es wirklich nicht mehr.« Sie senkte den Kopf und strich sich mit der Hand über die Stirn. »Noah. Genau.« Sie nickte. »Ja, das war der Name. Mehr weiß ich aber beim besten Willen nicht über diesen Menschen.«

»Sie vermuten, dass Ihre Freundin den Kontakt über die Entfernung eingestellt hat«, sagte Lena. »Sicher sind Sie sich aber nicht?«

»Wie kann ich mir sicher sein? Sophia hat schlichtweg nicht mehr darüber geredet. Da habe ich halt angenommen, dass sie mit dem Typen durch ist.«

»Aber es war nicht so?«, fragte Naya.

Lisa Thamen wiegte den Kopf. »Heute kommt mir dieser Sommer vor wie der Anfang vom Ende. Ich frage mich schon, warum ich über Sophias Freund nicht mehr wissen durfte oder sollte, mal ganz davon abgesehen, dass ich ihm nie begegnet bin. Das sind so Gedanken, die mir im Moment durch den Kopf gehen. Ob da was dran ist oder ich mich nur an etwas klammere, um mit ihrem Verschwinden und jetzt ihrem Tod fertigzuwerden – ich weiß es nicht.«

7

Lena schloss ihren Dienstwagen auf und setzte sich ans Steuer. Als Naya die Tür öffnete, klingelte Lenas Handy. Sie schaute aufs Display. Eine dänische Nummer.

»Kort«, meldete sich der Kommissar aus Odense. »Kort Asmussen.«

Lena begrüßte ihn auf Englisch und fragte, ob es Neuigkeiten gab.

»In gewisser Weise. Unsere Rechtsmedizin hat einen Fehler bemerkt. Aus unerklärlichen Gründen ist der Umstand, dass Sophia Jepsen ein Kind geboren hat, nicht im Bericht übernommen worden.«

»Sie war …« Lena verschlug es die Sprache.

»Es ist mir äußerst peinlich, und ich entschuldige mich vielmals für diesen Fehler.«

»Lässt sich feststellen, wann das Kind geboren wurde?«

»Nein. Allerdings meinte der Rechtsmediziner, dass sie nicht in zeitlicher Nähe zu ihrem Tod entbunden hat.«

»Genauer konnte er es nicht sagen?«

»Leider nein.«

Lena gab ihm einen kurzen Bericht über ihre Befragungen und versprach dem dänischen Kollegen, ihn weiter zu informieren.

»Ist es das, was ich vermute?«, fragte Naya. »Sophia hat ein Kind?«

Lena nickte. »In der Rechtsmedizin ist etwas schiefgegangen. Der Bericht war nicht vollständig.«

»Wahnsinn! Es wird immer verworrener.«

»Wie alt das Kind wohl ist? Wenn es denn überhaupt noch lebt. Wir haben ein Zeitfenster von vier Jahren. Natürlich könnte Sophia schon schwanger gewesen sein, als sie von zu Hause weggelaufen ist. Hältst du das für wahrscheinlich?«

Naya atmete schwer aus. »Alles ist möglich. Die Wahrscheinlichkeit, dass ihr Verschwinden mit einem Mann zu tun hat, ist auf jeden Fall gestiegen.«

»Hast du Sachen für eine Übernachtung dabei?«, fragte Lena.

»Auch für zwei. Wir bleiben?«

Lena nickte, griff nach dem Handy und rief Johann an.

»Noch im Dienst?«

»Ich mache heute länger. Du rufst wahrscheinlich wegen der Freundin an?«

»Hast du was gefunden?«

»Ella Nielsen lebt weiter in Pattburg bei ihren Eltern. Sie studiert allerdings in Flensburg. Ich habe die Mutter erreicht und die Handynummer der jungen Frau bekommen. Solltest du schon alles in deinem Mailaccount haben.«

»Danke! Wir bleiben heute Nacht hier. Ich melde mich morgen früh bei dir.«

»Alles klar. Grüß Naya von mir.«

Lena öffnete ihren Account und tippte auf die Handynummer. Mit Blick auf Naya formte sie mit den Lippen *Ella Nielsen*.

»Nielsen«, meldete sich eine junge weibliche Stimme.

Lena begrüßte Ella Nielsen und erklärte ihr Anliegen. »Können wir uns heute noch treffen?«

»Sie haben Glück. Ich bin gerade auf dem Weg zum Bus. Sind Sie in Flensburg?«

»Auf Holnis. Wir können in einer Dreiviertelstunde bei Ihnen sein.«

»Kennen Sie *Bens Fischhütte* an der Förde? Dort gibt es hervorragende Fischbrötchen.«

»Klingt gut. Bis später.«

Naya saß hinterm Steuer. Soeben hatten sie Glücksburg passiert. Lenas Gedanken drehten sich um Sophias Schicksal. Eine Sechzehnjährige, die von heute auf morgen ihr Elternhaus verlassen hatte, ein Kind bekam und vier Jahre später in der Nähe von Odense tot gefunden wurde. Was war in der Zwischenzeit passiert? Lena gingen unzählige Varianten durch den Kopf, aber keine erschien ihr schlüssig.

»Hast du eine Ahnung, was da passiert sein könnte?«, riss Naya sie aus ihren Gedanken. Offensichtlich hatte sie sich mit dem gleichen Thema beschäftigt.

»Nein, nicht wirklich. Sollte sie schwanger gewesen sein, als sie verschwunden ist, brauchte sie noch mehr Unterstützung. Hat der Vater des Kindes sie aufgenommen? Aber warum lief das alles unter dem Radar ab?«

»Vielleicht war sie noch fünfzehn, als sie geschwängert wurde, und der Mann über einundzwanzig.«

»Das ist nur strafbar, wenn Sophia nicht ausreichend klar war, auf was sie sich da eingelassen hat«, sagte Lena. »Und davon gehe ich mal nicht aus.«

»Dann war ihr Freund nicht vorzeigbar«, schlug Naya vor.

»Zählt das heutzutage noch? Auch eine Sechzehnjährige kann problemlos zu Hause ausziehen. Das Jugendamt hätte sie unterstützt, sie hätte die Schule weitermachen oder eine Ausbildung anfangen können. Alles besser als dieses Versteckspiel.«

»Vielleicht ist sie in falsche Kreise geraten und zur Prostitution gezwungen worden. Dabei könnte sie auch schwanger geworden sein.«

»Wer immer sie gezwungen hätte, wäre so klug gewesen, ihr die Pille zu geben. Und wo soll das gewesen sein? In Dänemark? In Deutschland sind die Gesetze freizügiger, und der Markt ist größer.«

»Aber warum hatte sie einen dänischen Pass?«

»Damit konnte sie sich außerhalb Dänemarks frei bewegen. Kollege Asmussen meinte sogar, dass selbst bei einer normalen Kontrolle in Dänemark die Fälschung nicht aufgefallen wäre. In anderen Ländern noch weniger.«

»Also keine Sexarbeit oder Zwangsprostitution?«

»Sehe ich zumindest im Moment keine Anzeichen für. Auch das Kind spricht eher dagegen.«

Naya nickte. »Aber ein Mann muss mit im Spiel sein.«

»Warum?«

»Intuition.«

Lena wiegte den Kopf. »Halte ich viel von, aber bei den wenigen Fakten dürfte es selbst mit der Intuition schwierig werden.«

»Gut, dann spielen wir es mal durch.« Als Lena nickte, fuhr Naya fort. »Sophia lernt jemanden auf dem Campingplatz kennen, verliebt sich in ihn, sie halten Kontakt. Vielleicht treffen sie sich häufiger, lernen sich kennen und schlafen miteinander.«

»Okay. Und weiter?«

»Sie wird schwanger, weiß, wie ihre Eltern reagieren würden, und …«

»Wie würden sie denn reagieren?«, unterbrach Lena Naya.

»Ihr Vorwürfe machen, ihr Steine in den Weg legen, sie zu einem Schwangerschaftsabbruch drängen, sie entmündigen.«

»Sie hätte ausziehen können, sich in Flensburg eine Wohnung suchen oder in einer Jugendwohngemeinschaft unterkommen können. Die Meinung ihrer Eltern konnte ihr doch egal sein. Wenn ihr Freund vielleicht sogar schon Geld verdient hat, noch weniger.«

»Also war Sophia eher nicht schwanger, als sie verschwunden ist. Dann ist es später passiert. Kann man überhaupt ein Kind vor den Behörden geheim halten?«

»Vor welchen Behörden?«, warf Lena ein. »In Deutschland oder Dänemark? Vielleicht hat sie hier bei uns den dänischen Pass vorgezeigt oder in Dänemark ihren deutschen. Damit kommen wir nicht weiter.«

»Wir wissen zu wenig«, sagte Naya. »Und ich habe nicht den leisesten Schimmer, wie sich das ändern könnte.«

Naya fand nach kurzer Suche einen Parkplatz, der nur zehn Gehminuten von dem Fischbrötchen-Stand entfernt lag. Sie liefen auf die Förde zu, als Naya nach links wies. »Die Flensburger Polizeidirektion. Meine alte Wirkungsstätte.«

»Schönes Gebäude«, sagte Lena.

»Mit einer nicht so schönen Geschichte. Während der NS-Zeit hatte die Gestapo hier ihr Quartier aufgeschlagen, und in den letzten Tagen des Krieges wurden dort Dönitz, Speer und Jodl, die kurz zuvor von der britischen Armee festgenommen worden waren, der Presse präsentiert. Der Reichssender war in dem Gebäude auch bis zum Schluss stationiert.«

»Ich habe davon gehört«, sagte Lena und wandte sich der Förde zu. »Wie weit ist es denn noch bis zum legendären Fischstand?«

»Ungefähr einen Kilometer, würde ich schätzen.« Naya rieb sich den Bauch. »Hast du auch Hunger?«

Wenige Minuten später standen sie in der Schlange der Fischbude, nachdem sie Ella Nielsen gefunden und begrüßt hatten. Die junge Dänin hatte sich bereits etwas zu essen besorgt und wartete auf einer der Holzbänke auf sie.

»Ich kann dir das Stremellachs-Brötchen mit selbst gemachter Remoulade empfehlen«, flüsterte ihr Naya zu. »Das ist hier das absolute Highlight.«

Lena nahm ihr Brötchen in Empfang und zahlte für sich und Naya. Ella Nielsen rückte zur Seite, als die beiden Kommissarinnen zu ihr an die Bank traten. »Es ist Platz genug. Oder wollen Sie lieber woanders hingehen?«

Lena setzte sich neben die Dänin. »Essen wir doch zuerst.« Sie biss in das Brötchen, kaute und nickte schließlich. »Absolut top!«

»Ich komme hier mindestens einmal pro Woche her«, sagte Ella Nielsen. »Der Blick aufs Wasser und die Schiffe lässt mich träumen.«

»Kann ich verstehen. Ich bin auf Amrum aufgewachsen und sehne mich häufig zurück.«

»Oh, Amrum. Meine Eltern und ich haben vor vielen Jahren zusammen mit Sophia und ihren Eltern dort Urlaub gemacht. Wir Kinder waren zwölf oder dreizehn. Es war übrigens die letzte gemeinsame Reise. Ich erinnere mich noch an diesen unglaublich breiten und langen Strand.«

»Der Kniepsand«, erklärte Lena. »Er ist eigentlich eine vorgelagerte Sandbank. Und ja, den vermisse ich am meisten.« Sie biss ins Brötchen und nahm anschließend einen Schluck aus ihrer Wasserflasche. Schweigend saßen sie auf der Bank, bis sie ihre Fischbrötchen gegessen hatten.

»Gehen wir ein Stück?«, fragte Lena.

Die drei Frauen liefen auf der breiten Promenade direkt am Wasser entlang.

»Seit wann wissen Sie, dass Ihre Freundin Sophia tot in der Nähe von Odense gefunden wurde?«

»Sophias Mutter hat mich angerufen. Das war vor zwei Tagen. Gestern habe ich es nicht zu den Vorlesungen geschafft. Mir ging es nicht so gut. Ich musste die ganze Zeit an Sophia denken. Sie tut mir so leid.«

»Wie lange hatten Sie Kontakt zu Sophia?«

»Ganz genau kann ich das nicht sagen. Aber wir haben uns regelmäßig geschrieben. Am Anfang per Mail, später dann per Textnachrichten. Zwischendurch haben wir auch hin und wieder telefoniert.«

»Und auch persönlich getroffen?«, fragte Naya.

»Ganz selten. Gerade im letzten Jahr vor ihrem Verschwinden haben wir uns …« Ella Nielsen blieb stehen und schien zu überlegen. »Ja, einmal haben wir uns getroffen. Das war im Frühjahr, vielleicht Mitte März.«

»Was für einen Eindruck hatten Sie damals von ihr?« Lena war gespannt auf die Antwort der jungen Frau. Menschen, die jemanden täglich oder regelmäßig trafen, bemerkten langsame Veränderungen ihres Gegenübers nicht so stark wie andere, die der gleichen Person nach einem längeren Zeitraum begegneten.

»Im ersten Augenblick war ich …« Ella Nielsen legte den Kopf in den Nacken und schien zu überlegen. »… Ich dachte, ich hätte ein anderes Mädchen vor mir. Sophia hatte sich nicht nur optisch verändert, sondern auch in der Sprache. Mir war das bei unseren seltenen Telefongesprächen nicht so aufgefallen.«

»Können Sie das genauer beschreiben?«

»Optisch ist einfach. Sophia hatte ihre Haare wachsen lassen, war nicht mehr geschminkt wie bei den vorherigen Treffen und trug ein Kleid statt Hose. Vielleicht war es Zufall, aber ich habe sie zuvor allenfalls im Hochsommer in einem Kleid gesehen. Auch bei unseren sonstigen Treffen war sie nicht übermäßig oder auffällig geschminkt, hat aber immer auf ihr

Aussehen geachtet.« Ella Nielsen stöhnte leise. »Das kommt jetzt wohl irgendwie komisch rüber. Sophia sah natürlich nicht verwahrlost aus, sondern einfach nicht mehr wie die Sophia, die ich kannte.«

»Haben Sie sie darauf angesprochen?«, fragte Naya.

»Das weiß ich nicht mehr. Vielleicht habe ich eine neckische Bemerkung gemacht, so unter Freundinnen, aber ganz sicher nicht ernsthaft mit ihr darüber gesprochen.«

»Wie hat sie auf die Bemerkung reagiert?«, hakte Naya nach.

Ella Nielsen deutete auf die Promenade. »Wollen wir weitergehen?« Sie liefen bis zum Ende der Förde und gingen auf der anderen Seite wieder Richtung Norden.

»Gar nicht, glaube ich«, sagte Ella Nielsen unvermittelt. »Sophia hat meine Bemerkung und meine Blicke einfach an sich abgleiten lassen. Ja, das ist wohl die beste Beschreibung dafür.«

»Das war die optische Veränderung«, sagte Lena. »Ihnen ist aber noch mehr aufgefallen?«

»Ja. Sophia sprach plötzlich so … erwachsen. Wir waren fünfzehn und nicht fünfundzwanzig. Da lästert man über andere Mädchen, himmelt Jungen an und träumt von Mister Right. Erzählt von wilden Partys, auf denen man aber nie war. Eben diese ganzen Flausen eines Teenagers. Wir haben uns in einem Café hier in Flensburg getroffen. Es war meine Idee gewesen, und Sophia hatte nur zögerlich zugestimmt.«

»Diese …« Lena malte Anführungszeichen in die Luft. »… neue Sophia ist ihnen im Chat oder bei den Telefongesprächen nicht so aufgefallen?«

»Nein. Vielleicht wollte ich es auch nicht sehen. Mit fünfzehn macht man sich über solche Dinge keinen großen Kopf.«

»Hatte Sophia Pläne?«, fragte Naya.

»Ich glaube nicht, dass wir darüber gesprochen haben.«

»Aber früher?«

Ella Nielsen nickte. »Schon. Sophia wollte Meeresbiologie studieren. Die Noten hatte sie dafür und das Interesse auch.«

»Zu dem Zeitpunkt, als Sie sie getroffen haben, waren Sophias Noten bereits nicht mehr so gut«, sagte Lena. »Darüber haben Sie auch nicht gesprochen?«

»Über die Noten tatsächlich nicht. Aber ich glaube, Sophia überlegte, nach der zehnten Klasse abzugehen. Ich habe das nicht ernst genommen und gedacht, dass sie einen Scherz machen würde.«

»Und über Beziehungen zu Jungs? Kam das zur Sprache?«

»Glaube ich nicht«, sagte Ella Nielsen. »Sophia war in der Hinsicht immer etwas zurückhaltend, eigentlich sogar schüchtern. Klar, ich habe ihr sicher von meinem Freund erzählt, den ich zu dem Zeitpunkt hatte, aber ich glaube nicht, dass es sie interessiert hat.«

»Sophia hatte Probleme mit ihrem Vater«, sagte Naya. »Das sagt zumindest ihre Mutter.«

»Was genau hat sie gesagt?« Ella Nielsen war wieder stehen geblieben und warf Naya einen aufmerksamen Blick zu.

»Hatte Sophia ein schlechtes Verhältnis zu ihrem Vater?«, fragte Naya, ohne auf Ella Nielsens Frage einzugehen.

Die junge Dänin zögerte lange, bevor sie langsam weiterging. Lena und Naya folgten ihr. Schließlich blieb sie wieder stehen. »Ich will keine Gerüchte in die Welt setzen, aber ich mochte Sophias Vater nie.«

»Warum nicht?«, fragte Naya mit zurückhaltender Stimme.

»Vor allem gab es da einen Vorfall: Das war in unserem letzten gemeinsamen Urlaub. Sophia und ich hatten zusammen ein Zimmer. Ich fand es nicht so gut, dass ihr Vater immer wieder mal vorbeikam. Er klopfte auch nicht an oder so. Und einmal …« Lena sah Ella Nielsen an, wie schwer ihr die Worte fielen. »Ich hatte geduscht und trocknete mich gerade ab, da kam er ins Bad. Von zu Hause war ich es nicht gewohnt, abzuschließen, und habe es wohl auch da nicht gemacht.«

»Und dann?«, fragte Naya.

»Eigentlich nichts. Ich habe vor Schreck das Handtuch fallen gelassen und stand vollkommen nackt vor ihm. Er ist dann nicht einfach schnell rausgegangen, sondern hat das Handtuch aufgehoben und mir gegeben. Irgendwas hat er auch gesagt, aber ich war so durcheinander, dass ich es nicht verstanden habe. Dann habe ich nach dem Handtuch gegriffen und es mir um den Körper gewickelt.«

»Ist Herr Jepsen dann aus dem Bad gegangen?«

Ella Nielsen nickte. »Ja, aber ich hatte ein komisches Gefühl. Mit zwölf oder dreizehn ist man noch nicht so weit, um solche Situationen souverän zu meistern. Ich habe auch erst später meiner Mutter davon erzählt.«

»War das der Grund, warum Ihre beiden Familien nicht mehr zusammen in Urlaub gefahren sind?«, fragte Naya weiter.

»Das mag sein. Meine Eltern haben nicht mit mir darüber gesprochen.«

»Hat Sophia denn jemals etwas in der Richtung zu Ihnen gesagt?«

Ella Nielsen schüttelte den Kopf. »Nein, vielleicht reime ich mir ja auch da etwas zusammen. Aber Sophia wollte nie über Sex reden. Nicht dass ich zu dem Zeitpunkt schon Erfahrung in dieser Beziehung hatte, aber man spricht ja trotzdem darüber. Sophia aber nicht.«

8

Lena reichte Naya eine der Wasserflaschen, die sie soeben am Kiosk gekauft hatte. Ella Nielsen hatte sich vor wenigen Minuten verabschiedet und auf den Weg zum Bahnhof gemacht.

»Danke!« Lena setzte sich zu Naya auf die Bank mit Blick auf den großen Flensburger Sportboothafen. »Schön hier. Wo hast du gewohnt?«

»In der Innenstadt. Kennst du diese ewig langen Hinterhöfe?« Sie zeigte auf die Häuserreihe am anderen Fördeufer. »Ein kleines Haus mit knapp siebzig Quadratmetern, eingequetscht zwischen den hohen alten Gebäuden. War ganz urig. Zumindest eine Zeit lang.«

»Willst du deine Mutter besuchen? Sie wohnt doch in Flensburg, wenn ich mich richtig erinnere.«

»Sie ist bei einer Freundin in Hamburg. Leider habe ich keinen Schlüssel von ihrer Wohnung, sonst hätten wir da schlafen können. Nehmen wir uns ein Hotel?«

»Ich hatte eher an den Campingplatz gedacht, auf dem Sophia den jungen Mann kennengelernt hat.«

Naya grinste. »Hast du etwa ein Zelt mit?«

Lena trank einen kräftigen Schluck aus der Wasserflasche und griff nach ihrem Handy. Nach einer kurzen Recherche im

Internet hatte sie die Nummer des Campingplatzes gefunden, rief dort an und sprach mit einer freundlichen Frau. Wie Lena gehofft hatte, hatten sie Wohnwagen im Verleih. Sie buchte fünf Nächte und gab durch, dass sie in spätestens einer Stunde vor Ort sein würden.

»Hast du schon mal in einem Wohnwagen übernachtet?«, fragte sie Naya.

»Nein. Aber warum nicht. Vielleicht finden wir vor Ort Zeugen, die sich an Sophia erinnern können.«

Lena schmunzelte. »Zwei Frauen, ein Gedanke.«

Naya sah auf die leicht im Wind schaukelnden Segel- und Motorboote. »Wir sind mit dem Boot zur Robbenjagd. Das war eine blutige Angelegenheit«, sagte sie unvermittelt.

»Wie viele Robben haben die beiden Männer geschossen?«

»Fünf. Wir mussten erst stundenlang suchen, bevor wir sie gefunden haben. Der Klimawandel schlägt in Grönland erbarmungslos zu. Das hat auch Auswirkungen auf die Tiere. Vor allem die Eisbären sind davon betroffen. Das alte Leben auf Grönland gibt es deshalb bald auch nicht mehr.« Naya warf Lena einen betrübten Blick zu. »Viele Menschen in Ostgrönland sterben einen langsamen Tod. Auf die eine oder andere Weise.«

»Was passierte mit den Robben, die dein Vater und sein Freund geschossen haben?«

»Die Verarbeitung ist Frauensache. Ich durfte zusehen und habe auch etwas geholfen. Einen Teil des Fleisches bekommen die Hunde, ein anderer Teil wird in der Gemeinde aufgeteilt. Natürlich behalten die Jäger den größten Teil. Die Felle werden verkauft. Es war interessant, die Arbeit mitzuerleben, auch wenn ich mich allein zum Zuschauen zwingen musste. Am meisten hat mich überrascht, wie solidarisch die Menschen dort sind und dass sie sich selbst in der Not um andere kümmern.«

Lena schwieg. Sie konnte sich nicht vorstellen, wie nah die Erlebnisse auf Grönland Naya gegangen sein mussten. Ein Blick in die Vergangenheit ihrer Vorfahren und letztlich in ihre eigene Seele.

Die Übergabe des Wohnwagens war in wenigen Minuten erledigt. Den Dienstwagen hatten sie auf dem Parkplatz vor dem Campingplatz abgestellt und jetzt saßen sie vor dem Wohnwagen und tranken Kaffee, den sie zuvor mit weiteren Lebensmitteln in einem Supermarkt eingekauft hatten. Der Ostseestrand befand sich nur geschätzte hundert Meter von ihnen entfernt.

»Ich habe die ganze Zeit über Sophias Schwangerschaft nachgedacht«, sagte Naya unvermittelt. »Vielleicht lebt das Kind nicht mehr.« Auf der Fahrt nach Drei hatte Naya schweigend aus dem Seitenfenster geschaut. Lena hatte vermutet, dass sie in Gedanken bei ihrem Großvater und der Reise durch Grönland war.

»Wie kommst du darauf?«, fragte Lena.

»Hätte Sophia es allein gelassen?« Naya schien im gleichen Augenblick zu merken, dass ihre Argumentation nicht schlüssig war. »Ja, wir wissen nicht, was in den Tagen und Wochen vor ihrem Tod passiert ist. War nur so ein Gedanke.«

»Ich habe auch darüber nachgedacht, wo das Kind sein könnte. Beim Vater? Also, wenn es noch lebt. Aber vielleicht hat sie es direkt nach der Geburt weggegeben, beziehungsweise es ist ihr abgenommen worden.« Lena trank einen Schluck Kaffee. »Wir wissen einfach zu wenig.«

»Wir brauchen die Öffentlichkeitsfahndung, oder?«

Lena nickte. »Ich habe Angst, dass sich die Behörden in Dänemark und bei uns die Verantwortung hin- und herschieben. Und die Ermittlungen nach und nach versanden. Uns sind die Hände gebunden bezüglich der Aktivitäten in Dänemark, den Dänen umgekehrt in Deutschland. So gut die Verbindungen der Polizeidienststellen auch sind …«

»Daran habe ich noch gar nicht gedacht.« Naya legte den Kopf in den Nacken und stöhnte leise. »Wir müssen also möglichst schnell etwas finden. Irgendeine Spur, die uns zu Sophias Leben nach dem Verschwinden aus dem Elternhaus führt.«

»So sehe ich das auch. Uns bleibt nicht viel Zeit.«

»Wo ist Sophias Kind? Es ist jetzt zwischen einem und drei Jahren alt. Gut, nehmen wir an, es wäre zwei und Sophia hat das Kind auch betreut. Dann hat der Junge oder das Mädchen doch eine feste Bindung zur Mutter. Wo ist das Kind jetzt?«

Lenas Magen drehte sich um, wenn sie nur daran dachte, in welchen Händen Sophias Kind jetzt war. Schrie es nach seiner Mutter, oder gab es eine weitere feste Bezugsperson, die den Verlust ausgleichen konnte?

»Du sprichst gleich mit dem Betreiber des Campingplatzes?«, holte sie Naya mit ihrer Frage zurück aus ihren Gedanken.

Lena sah auf die Uhr. »In einer Viertelstunde. Hörst du dich dann hier etwas um?«

»Das war mein Plan. Soll ich offen sagen, dass ich Polizistin bin oder …« Naya grinste. »… undercover arbeiten?«

Lena klopfte an die Tür, trat ein und ging auf einen langen Tresen zu, hinter dem eine junge Frau an einem Schreibtisch saß.

»Moin!«, begrüßte Lena sie. »Ich habe einen Termin mit Herrn Pedersen.«

Die junge Frau hob die Augenbrauen. »Termin mit Sven? Ich schau mal, ob er in seinem Büro ist.« Kurz darauf kam sie zurück. »Gehen Sie einfach durch. Die Tür steht offen.«

Lena bedankte sich, umrundete den Tresen und lief durch einen schmalen Flur. Der Mann hinter dem Schreibtisch nickte ihr zu. Lena schätzte ihn auf Mitte fünfzig, schütteres blondes Haar, kräftige Statur.

Er stand auf und nickte Lena zu. »Wir haben telefoniert? Sie sind von der Polizei?«

Lena zeigte ihm ihren Ausweis. »LKA Kiel.«

Er musterte das Dokument. »Ich habe schon gehört, dass Sophia Jepsen tot ist. In Dänemark, oder?«

Lena deutete auf den kleinen Besprechungstisch. »Können wir uns setzen, Herr Pedersen?«

Der Mann nickte, zog einen Stuhl vor und wartete, bis Lena am Tisch saß, bevor er sich zu ihr setzte. »Sophia hat nur ein paar Wochen in den Sommerferien hier gearbeitet«, sagte er, ohne dass Lena eine Frage gestellt hatte. »Im Büro und auch beim Putzen.« Er warf Lena einen misstrauischen Blick zu. »Deshalb sind Sie doch hier, oder?«

»Ja. Wir wissen noch nicht, wo Sophia sich in den vier Jahren aufgehalten hat, und müssen sozusagen wieder ganz am Anfang anfangen. Wir befragen alle Kontakte, die Sophia seinerzeit hatte.«

»Das war aber fast ein Jahr, bevor sie verschwunden ist. Also ich meine, dass sie hier gearbeitet hat.«

»Hat sich Sophia bei Ihnen beworben oder kam der Kontakt anders zustande?«

»Sie hat hier angerufen, ja, ich glaube, so war es. Das ist ja schon fast fünf Jahre her. Kann auch sein, dass es auf unserer Homepage stand. Das weiß ich nicht mehr so genau.«

»Waren Sie mit Sophias Arbeit zufrieden?«

»Glaub schon. Es gab zumindest keine Beschwerden. Hier im Büro hat sie alles tadellos gemacht.«

»Wie viele Stunden am Tag war Sophia hier?«

»Genau weiß ich das nicht. Höchstens acht Stunden – mehr ist ja nicht erlaubt. Aber ich denke, es waren weniger, da sie ja nicht Vollzeit angestellt war.«

»Hatte Sophia Kontakt zu Ihren Gästen?«

Sven Pedersen sah sie mit zusammengezogenen Augenbrauen an. »Worum geht es hier gerade?«

Lena seufzte innerlich auf. Sie hatte den Mann unterschätzt. Er hatte ihre Strategie schnell durchschaut und war bei der entscheidenden Frage misstrauisch geworden. Sie entschied sich, die Karten auf den Tisch zu legen. »Zeugen haben ausgesagt, dass Sophia hier einen jungen Mann kennengelernt hat. Haben Sie davon etwas mitbekommen?«

»Nein.«

Lena war klar, was diese kurze Antwort, kombiniert mit seiner abweisenden Miene, zu bedeuten hatte. Entweder wollte er jede Aufregung um seinen Campingplatz vermeiden oder er wusste mehr. Sie tendierte zur zweiten Variante.

»Wer hat damals noch hier gearbeitet?«

»Meine Frau und meine Tochter.«

»Sonst niemand?«

»Weiß ich nicht mehr genau«, murmelte Sven Pedersen.

»Herr Pedersen, ich frage nicht, weil ich Sie belästigen oder Ihnen Ihre Zeit stehlen will. Meine Aufgabe ist, den Mörder einer jungen Frau zu finden. Ich denke, Sie sollten ein Interesse daran haben, mit der Polizei zu kooperieren.«

Sven Pedersen starrte sie wütend an. »Wollen Sie mir drohen?«

»Herr Pedersen, wie kommen Sie darauf? Das wäre nicht nur abwegig, sondern würde auch gegen jegliche Dienstvorschriften verstoßen. Ich wollte Sie lediglich darauf hinweisen, was Ihre Pflicht als Bürger dieses Landes ist.«

»Ich weiß nicht mehr, ob damals noch jemand anders hier gearbeitet hat. Kann sein, kann nicht sein.«

»Dann würde ich vorschlagen, Sie schauen jetzt in Ihren Unterlagen nach, die sie ja sicher ordnungsgemäß zehn Jahre aufbewahren.«

Sven Pedersen zögerte eine Weile und schien zu überlegen, wie er reagieren sollte. Schließlich stand er auf. »Warten Sie hier, das kann etwas dauern.«

Nur fünf Minuten später kam Sven Pedersen mit einem Zettel in der Hand zurück in sein Büro. Er knallte Lena das Blatt auf den Tisch. »Bitte schön!«

Lena beugte sich langsam vor und las. »Frau Inga Ruch aus Flensburg.«

»Ja, ich weiß nicht, ob die Adresse noch stimmt. Ich glaube, sie war Studentin.«

»Danke. Wo kann ich Ihre Frau und Ihre Tochter erreichen?« Lena glaubte nicht, dass sie noch mehr aus dem störrischen Campingplatz-Betreiber herausbekommen würde.

»Muss das denn sein? Die beiden wissen nichts.«

Lena sah Pedersen schweigend an.

Er griff nach dem Zettel und schrieb zwei Telefonnummern auf. »Bei der ersten erreichen Sie meine Frau, bei der zweiten meine Tochter Marie.«

Lena reichte Naya eine geöffnete Bierflasche und stieß mit ihr an. Auf dem Campingtisch stand eine große Schüssel mit Salat. Dazu gab es frisches Baguette.

»Hast du die Ehefrau erreicht?«, fragte Naya, als sie Lena die Schüssel weiterreichte.

»Ja. Sie ist genauso zugeknöpft wie ihr Mann. Mit der Tochter habe ich auch kurz gesprochen. Sie studiert in Flensburg und konnte sich gut an Sophia erinnern. Ich treffe mich morgen mit ihr. Sie schien mir etwas aufgeschlossener zu sein.« Lena füllte sich ihren Teller und stellte die Schüssel in die Mitte des kleinen Campingtisches. »Und bei dir?«

Naya brach das Baguette durch und biss ab. Sie deutete mit dem Finger auf ihren Teller, Lena nickte.

Als die Salatschüssel leer war und das letzte Stück Brot vertilgt, lehnte sich Lena auf dem wackeligen Campingstuhl zurück. »Jetzt bin ich aber gespannt.«

Naya sah sich um. Der nächste besetzte Wagen stand weit genug entfernt. Sie beugte sich zu Lena und sprach trotzdem leiser. »Ich habe mich gleich als Polizistin zu erkennen gegeben. Niemand würde mir glauben, dass ich nach einem Mädchen suche, das hier vor fünf Jahren gearbeitet hat.«

Lena nickte. »Sehe ich auch so.«

»Ich habe mit drei älteren Paaren gesprochen, die ihren Wohnwagen das ganze Jahr hier stehen haben. Zwei von ihnen konnten sich nicht an Sophia erinnern, das dritte Paar war jünger und hat seinerzeit auch die Berichte in den Medien verfolgt.«

»Wie gut kannten sie Sophia?«

»Sie hat hin und wieder bei ihnen Pause gemacht und dort einen Tee getrunken und Kuchen gegessen. Selbst zum Mittagessen haben sie Sophia einmal eingeladen. Sie haben sie als höfliches und zurückhaltendes Mädchen erlebt.«

»Aber?« Lena ahnte, dass Naya noch mehr erfahren hatte.

»Die beiden meinen sich zu erinnern, dass Sophia fünf Wochen auf dem Campingplatz gearbeitet hat. In den ersten drei Wochen war sie immer mal wieder bei ihnen, zu Mitte der vierten Woche gab es einen plötzlichen Bruch. Sophia hat weiterhin kurz bei ihnen reingeschaut, blieb aber nie auf einen Tee oder etwas anderes.«

»Haben die beiden eine Ahnung, was passiert ist?«, fragte Lena.

»Ja und nein. Sie haben Sophia mehrmals mit einem jungen Mann gesehen, dessen Alter sie auf Anfang zwanzig geschätzt haben.«

»Gesehen?«

»Ich habe direkt gefragt, ob sie den Eindruck gehabt hätten, dass die beiden ein Paar waren.« Naya seufzte. »Jetzt wird es schwierig. Eindeutig können sie das nicht bestätigen, sprich: Sie haben sie nie Händchen haltend oder gar knutschend gesehen. Und schon gar nicht in noch verfänglicheren Situationen. Aber mit etwas Menschenkenntnis – und die haben die beiden – ist das auch so unschwer zu erkennen. Das Ehepaar, beide Psychologen, hat eine psychotherapeutische Praxis.«

»Interessant. Haben sie noch mehr über Sophia erzählt? Sie sollten ja eigentlich einen Blick dafür haben, wenn Menschen unter Druck stehen oder andere Probleme haben.«

»Ja, ich habe die beiden danach gefragt. Sie haben auch gleich verstanden, um was es mir ging. Sophia sei in der vierten Woche regelrecht aufgeblüht. Sie habe gestrahlt, und man habe ihr angesehen, dass sie verliebt sei. Das Ehepaar hat aber nicht nachgefragt, und Sophia habe sie auch nicht um Rat gebeten.«

»Konnten sie den jungen Mann beschreiben?«

»Auch das habe ich gefragt. Sie konnten, allerdings nicht so, dass es für eine Phantomzeichnung reichen würde. Psychologen scheinen da einen anderen Blick zu haben. Ihnen geht es wohl mehr um die Persönlichkeit eines Menschen, um seine Seele oder wie immer man das bezeichnen will.«

»Mach's nicht so spannend, Naya«, drängelte Lena.

»Der Mann war sehr förmlich, sogar etwas hölzern. Gleichzeitig schien er aber – so das Ehepaar – ein ausgeprägtes Selbstbewusstsein zu haben. Das hätten sie schon an seinem Gang erkannt. Sein Lächeln soll nicht über den Mund hinausgekommen sein – alles Originalton der beiden –, seine Augen hätten allerdings gelebt. Was immer das auch heißen mag. Kurzum haben sie ihn als widersprüchliche Persönlichkeit bezeichnet.«

»Und sein Äußeres?«

»Nicht viel. Nicht groß für einen Mann, dunkle Haare, kein Bart, nordischer Typ, und er trug Lederschuhe. Ja, das haben die beiden ausdrücklich betont.«

Lena warf ihr einen erstaunten Blick zu. »Lederschuhe? Was meinten sie damit?«

»Sie haben den Psychologen an seine Tanzschuhe erinnert. Schwarz, Leder, mit leichtem Absatz. Frag mich nicht, warum den beiden das aufgefallen ist. Ich schaue nie auf die Schuhe, wenn ich Menschen einschätzen muss.«

»Ich auch selten. Manche behaupten ja, dass die Schuhe eines Menschen viel über ihn verraten. Haben die beiden noch mehr dazu gesagt?«

»Ja, die Schuhe wären immer tadellos geputzt gewesen, hätten regelrecht geglänzt. Sagt dir das was?«

Lena zuckte mit den Schultern. »Diese Schuhe passen wohl nicht wirklich zu einem Campingplatz im Sommer. Keine Ahnung, was das sonst bedeuten könnte.«

»Bringt uns das jetzt wirklich weiter?«

»Unwahrscheinlich. Aber ausschließen kann ich es auch nicht. Noch einmal zurück zu Sophias mutmaßlichem Freund. Die Beschreibung geht ja durchaus in die Richtung, die wir bisher gehört haben. Zurückhaltend, ordentlich, eher distanziert, förmlich.«

»Bis auf das angeblich ausgeprägte Selbstbewusstsein«, warf Naya ein. »Passt irgendwie nicht zusammen. Die beiden müssen sich da geirrt haben. Kann man solch eine Eigenschaft schon am Gang eines Menschen beurteilen?«

»Vielleicht eine Tendenz abgeben, mehr aber sicher nicht«, sagte Lena und griff neben sich, um nach zwei weiteren Bierflaschen aus dem Sechserpack zu greifen.

9

Lena streckte sich und wandte sich vorsichtig zu Naya um. Sie schlief. In der Nacht hatte sie sich unruhig im Schlaf hin und her gewälzt, hatte leise vor sich hin gebrummelt und war mindestens dreimal aufgestanden. Vorsichtig stieg Lena über sie hinweg aus dem Doppelbett und zog sich an.

Die ersten Sonnenstrahlen des Tages huschten durch die Büsche und Bäume über ihren Wohnwagen hinweg. Lena sog tief die frische Morgenluft ein, schloss die Tür hinter sich und verließ den Platz Richtung Strand. Kurz überlegte sie, ob das Wasser bereits aufgelaufen war, als ihr klar wurde, dass sie auf die Ostsee zulief. Hier war der Unterschied zwischen Ebbe und Flut kaum zu spüren.

Sie setzte sich in den Sand und reckte den Kopf Richtung Sonne. Es würde wieder ein warmer Frühsommertag werden. Nach ihrem Gespräch mit Ella Nielsen hatte Lena Johann eine Nachricht geschickt und darum gebeten, Sophias Vater gründlich zu durchleuchten. Wenn an Ellas Andeutungen etwas dran war, war es mehr als wahrscheinlich, dass Thomas Jepsens pädophile Neigungen bereits aufgefallen waren.

Am späten Abend hatten Lena und Naya die Theorie diskutiert, ob Sophia ein Kind von ihrem Vater erwartet hatte und aus diesem Grund von zu Hause geflohen war. Die SoKo hatte ganz sicher Thomas Jepsen gründlich überprüft, aber, wie Ella Nielsen ihnen versichert hatte, war sie seinerzeit zwar befragt worden, hatte aber die Ereignisse des letzten gemeinsamen Urlaubs aus Scham und Angst verschwiegen.

War es denkbar, dass eine Sechzehnjährige, die darüber hinaus noch schwanger war, für vier Jahre unerkannt in Deutschland oder Dänemark leben konnte? Lena hielt es für unwahrscheinlich, aber nicht ausgeschlossen.

Lena schloss die Augen und sah ein kleines Mädchen, das sie verstört betrachtete. Wo war das Kind, lebte es noch? Ihr wurde schwer ums Herz, und sie musste unwillkürlich an Bent denken. Wahrscheinlich schlief er noch tief und fest in seinem Bettchen und würde wie immer um kurz vor acht von Erck aufgeweckt werden. Lena griff nach ihrem Handy, sprach eine kurze Nachricht auf und verschickte sie an Erck.

»Hier bist du?«, hörte sie eine Stimme in ihrem Rücken. »Dachte ich mir schon, dass es dich an den Strand zieht.«

Naya ließ sich neben Lena in den Sand fallen. »Sorry, ich habe wohl etwas unruhig geschlafen. Ich hoffe, dass da…«

»Alles gut«, unterbrach Lena sie und sah ihr in die Augen. »Das war nicht nur die ungewohnte Umgebung, oder?«

Naya schüttelte den Kopf. »Nein, seit ich aus Grönland zurück bin, habe ich keine ruhige Nacht mehr gehabt. Ich träume viel, wache ständig auf und kann nicht verhindern, dass ich gleich wieder mit den Gedanken in diesem Land und bei seinen Menschen bin.«

»Schwierig. Auf Dauer wirst du einen Weg finden müssen, damit umzugehen.«

Naya nickte nachdenklich. »Hast du nie Sehnsucht nach deiner Heimat gehabt? Nach Amrum, meine ich. Mir ist schon klar, dass das was anderes ist. Ich bin nicht auf Grönland aufgewachsen.« Sie hielt inne. »Aber jeder Blick in den Spiegel erinnert mich daran, wo ich herkomme.«

»Es war nicht leicht für mich«, sagte Lena. »Amrum war … ist mehr als nur ein Geburtsort. Auf so einer kleinen Insel aufzuwachsen, ist schon etwas Besonderes.«

»Nicht leicht? Das klingt jetzt nicht nach einem Trauma.«

Lena schloss die Augen. Naya hatte intuitiv ihre wunde Stelle getroffen. Ihre Flucht nach dem Abitur und die Jahre danach waren zutiefst verstörend für sie gewesen. Nicht nur einmal hatte sie sich bei ihren geheimen Kurzbesuchen bei ihrer Tante Beke zwingen müssen, wieder zu fahren. Zwingen müssen, Norddorf auf Amrum zu meiden und den Kniepsand nur weit unterhalb ihres Heimatdorfs zu betreten.

»Vielleicht war es kein Trauma, aber schon ein tiefer, schmerzlicher Einschnitt in mein Leben. Ich habe lange gebraucht, um mich davon zu erholen und mit der Vergangenheit zu versöhnen. Und mit mir selbst. Manchmal kommt es mir vor, als habe ich viele Jahre nutzlos an mir vorbeistreichen lassen. Habe einen Kampf gegen Windmühlen geführt und meiner Seele dabei schweren Schaden zugefügt.«

»Verstehe. Das ist schon etwas anderes als bei mir. Ich bin nicht auf einer kleinen Insel aufgewachsen, nicht einmal mit zwei Elternteilen. Ich bin weder hier zu Hause noch in Dänemark. Und in Grönland schon gar nicht. Ich bin heimatlos. Genau das wird mir wohl gerade so richtig bewusst.«

»Du wirst dich irgendwann entscheiden müssen.«

»Entscheiden? Wofür?«

»Ob du es versuchst und eine Weile in Grönland lebst und arbeitest.«

»Ich bin deutsche Polizistin«, warf Naya ein. »Die werden da wohl kaum einen Job für mich haben.«

»Du könntest ein Jahr Pause machen und dir dort etwas suchen. Du wärst bei deinem Großvater – der auch nicht ewig leben wird – und hättest Zeit. Vielleicht findest du deine Heimat, vielleicht auch nicht.«

Naya starrte schweigend aufs Wasser.

»Frühstücken wir?«, fragte Lena nach einer Weile.

»Fährst du allein nach Flensburg?«, fragte Naya, als sie den Tisch abgeräumt hatten und gerade abwuschen.

»Ja, wir sollten uns aufteilen. Du machst noch eine Runde über den Platz. Vielleicht gehst du auch noch mal bei dem Ehepaar vorbei.«

Naya nickte. »Ja, das könnte sinnvoll sein. Ich habe ihnen zwar meine Karte gegeben, aber trotzdem.« Sie legte den Teller, den sie gerade abgetrocknet hatte, in den Schrank. »Was machen wir mit Sophias Vater?«

»Gute Frage, die ich dir noch nicht beantworten kann.«

Marie Pedersen empfing Lena mit ernster Miene. Sie hatten sich in einem Flensburger Café verabredet, in dem die junge Frau an einem Tisch am Fenster auf sie wartete.

Lena bestellte sich einen Latte macchiato, Marie Pedersen schloss sich an.

»Wie gut kannten Sie Sophia Jepsen?«, fragte Lena, nachdem der Kaffee serviert worden war.

»Ich bin knapp zwei Jahre älter als sie, aber wir haben uns in dem Sommer schnell angefreundet. Zwei- bis dreimal in der Woche hat Sophia bei mir im Wohnwagen auf dem Platz geschlafen. Wir saßen auch häufiger abends zusammen. Da lernt man sich schnell kennen.«

»Und wie würden Sie sie heute beschreiben?«

»Ruhig, eher zurückhaltend, aufmerksam, etwas schüchtern.«

»Warum hat sie auf dem Campingplatz gearbeitet? Ihre beiden Eltern verdienten gut, sie war ein Einzelkind.«

»Ehrlich gesagt habe ich mich das damals auch gefragt. Ich glaube, sie wollte ihren Eltern zeigen, dass sie auch selbst etwas auf die Beine stellen kann. Ihre Mutter war – so hat es zumindest Sophia ausgedrückt – eine ziemliche Glucke, und ihr Vater …« Die junge Frau zuckte mit den Schultern. »… Sie meinte, er wäre so ein Lehrer, wie er im Buche steht. Sophia hat mir erzählt, er würde keine andere Meinung neben seiner stehen lassen, so lange reden, bis er recht behält oder einfach alle schweigen. Sie fühlte sich wohl von ihm unter Druck gesetzt. Zumindest kam mir das so vor.«

»Unter Druck? Inwiefern?«, hakte Lena nach.

»So genau hat mir Sophia das nicht gesagt«, sagte Marie Pedersen. »Das Verhältnis zu ihrem Vater war auf jeden Fall nicht so gut. Er war auch meines Wissens in den ganzen Wochen nie auf dem Campingplatz, ihre Mutter habe ich aber schon einige Male gesehen.«

»Was wollte Sophias Mutter?«

»Sie hat ihr mal etwas gebracht, als sie eine Nacht länger bleiben wollte, und hin und wieder hat sie sie abgeholt. So was halt.«

»Hat sich im Verlauf der fünf Wochen Ihr Verhältnis zu Sophia geändert?«

Marie Pedersen warf ihr einen erstaunten Blick zu. »Woher wissen Sie das?«

»Das ist mehr eine Vermutung, als dass ich es weiß. Was ist passiert?«

»Was schon. Sie hat einen Jungen kennengelernt.« Sie hob abwehrend die Hände. »Aber fragen Sie mich jetzt nicht, wer das war. Daraus hat Sophia ein Geheimnis gemacht.«

»Haben Sie sie mit dem Jungen zusammen gesehen?«

»Nein, wenn wir zusammen gearbeitet haben oder sie bei mir übernachtet hat, war er nie da. Allerdings ist Sophia abends – gerade in den letzten zwei Wochen – häufiger unterwegs gewesen.«

»Sie waren also erheblich weniger mit ihr zusammen?«

Marie Pedersen nickte. »Ja, und das war auch der Grund, weshalb es zwischen uns nicht mehr so gut gelaufen ist. Letztlich war ich für Sophia verantwortlich. Sie war gerade erst fünfzehn geworden und ich fast volljährig.«

»War sie auch über Nacht weg?«, fragte Lena.

»Nein, das hätte ich auch nicht akzeptiert. Freund hin, Freund her. Ich hätte mächtig Ärger bekommen, wenn da irgendetwas passiert wäre. Aber Sophia war immer rechtzeitig um elf Uhr abends zurück. Ich fand das damals in Ordnung.« Marie Pedersen hielt inne und sah Lena fragend an. »Meinen Sie denn, dass …« Sie sprach nicht weiter.

»Wir haben im Moment keinerlei Hinweise, wo Sophia sich in den vier Jahren aufgehalten hat. Uns bleibt nichts anderes übrig, als ihre Kontakte in der Zeit vor ihrem Verschwinden zu untersuchen.«

»Aber das war doch fast ein Jahr vor Sophias Ver…« Marie Pedersen verschluckte das letzte Wort. Ihr schien klar geworden zu sein, auf was Lena hinauswollte.

»Hatten Sie auch über die fünf Wochen hinaus mit Sophia Kontakt?«, fragte Lena.

»Nicht regelmäßig. Wir sind uns hin und wieder in Flensburg begegnet und haben auch mal einen Kaffee zusammen getrunken.«

»Wann war das?«

»Irgendwann im Winter. Januar oder Februar. Es war auf jeden Fall kalt. Ich habe Sophia angesprochen und auch vorgeschlagen, dass wir ins Café gehen. Sie wollte erst nicht, ist dann aber mitgekommen.« Marie Pedersen nickte nachdenklich. »Das Gespräch war etwas steif. Eigentlich wäre ich schnell wieder gegangen, aber da wir schon den Kaffee bestellt hatten, bin ich geblieben. Dann hat es eine Weile gedauert, bis er kam, also der Kaffee, und so sind Sophia und ich doch noch ins Gespräch gekommen.«

Lena beugte sich leicht vor. »Haben Sie über ihren damaligen Freund geredet?«

Marie Pedersen hob beide Hände. »Ich gestehe, ich war neugierig. Sie hatte in dem Sommer so ein Geheimnis drum gemacht, dass es mich da schon etwas geärgert hat. Also habe ich sie gefragt, was damals gelaufen ist. Viel hat sie nicht erzählt. Sie meinte, dass es ihr ernst mit ihm sei und sie auch noch Kontakt zu dem Jungen habe.«

»Kontakt? Das kann vieles sein. Hat sie ihn wieder getroffen?«

»Ich glaube schon.«

»Einmal?«

Marie Pedersen zögerte. »Beschwören könnte ich das nicht. So habe ich es zumindest in Erinnerung. Ich meine auch, dass ich nachgefragt habe und sie ausweichend reagiert hat. Aber auch hier weiß ich nicht, ob mein Gedächtnis mir da einen Streich spielt. Es ist ja auch schon eine Weile her.«

»Kam Sophia Ihnen bei dem Treffen im Café verändert vor?«

»Ich glaube, sie wirkte selbstständiger und erwachsener auf mich. Abgeklärter. Sie hatte aber auch wenig Zeit und hat ziemlich schnell gesagt, dass sie losmüsste. Sie wollte sich noch mit jemandem treffen.«

»Wissen Sie, mit wem?«

»Nein, das hat sie nicht gesagt. Aber ich hatte den Eindruck, als wäre es sehr wichtig für sie.«

10

Auf der Rückfahrt zur Halbinsel ließ sich Lena das Gespräch mit Marie Pedersen noch einmal durch den Kopf gehen. Sie hatte einiges bestätigt, was Lena und Naya bereits durch andere Zeugen erfahren hatten. Gleichzeitig wurde klarer, dass Sophia einen jungen Mann getroffen und sich in ihn verliebt hatte. Auch schienen die beiden in den Folgemonaten weiter Kontakt gehabt zu haben. Aber brachte sie diese Spur auf Sophias im Dunkel liegende vier Jahre? Oder war das eine der vielen Einbahnstraßen, mit der man bei jeder Ermittlung rechnen musste?

Lena wählte über die Freisprechanlage die Nummer des Staatsanwalts. Sie berichtete über den Stand der Ermittlungen und bat um einen Durchsuchungsbeschluss für die Geschäftsunterlagen des Campingplatzes. Alexander Cornelsen zögerte, fragte nach Alternativen, ließ sich aber schließlich auf Lenas Wunsch ein, nachdem sie ihm zugesagt hatte, zunächst auf die freiwillige Hilfe des Platzbetreibers zu setzen.

Wer war der junge Mann gewesen? Bisher hatten sie nicht einmal eine Beschreibung, die zu einem Phantombild führen könnte. Es war ohnehin zu viel Zeit ins Land gegangen, als dass sie sich auf die Zeugenaussagen verlassen konnten. Warum hatte Sophia so ein Geheimnis um ihn gemacht? Wegen des Altersunterschieds? Oder hatte der Mann Angst, dass er strafrechtliche Konsequenzen zu befürchten hatte? Sophia war gerade erst fünfzehn geworden und er vermutlich schon volljährig. Wenn es zu einem sexuellen Kontakt gekommen war, hätten Sophias Eltern Anzeige erstatten können.

Lenas nächster Anruf galt Johann.

»Läuft es bei euch?«, fragte er nach der Begrüßung.

»Bisher stochern wir noch im Nebel herum. Hast du etwas zu Thomas Jepsen gefunden?«

»Vielleicht. Aber erst noch zu den Ermittlungsakten. Ich habe sie jetzt durchgearbeitet beziehungsweise manche Protokolle und Berichte nur überflogen. Die ganze Suche vor Ort können wir mehr oder weniger übergehen. Das einzig Interessante ist die Frage, wo Sophias Fahrrad geblieben ist. Die intensive Suche hat nichts ergeben, selbst die Aufrufe in den Medien blieben komplett ohne Hinweise. Das ist schon ungewöhnlich.«

»Du meinst, sie muss es mitgenommen haben?«

»Das wäre meine Theorie. Jemand hat in der Nähe des Elternhauses auf sie gewartet. Wenn diese Person einen Kombi oder gar einen Kleinbus hatte, wäre die Mitnahme kein Problem gewesen. Was ihr wahrscheinlich noch nicht gehört habt: Sophia hat sich das Fahrrad von ihrem eigenen Geld gekauft. Zwei Mädchen aus ihrer Klasse haben ausgesagt, dass Sophia bei einer Schul-Fahrradtour sehr auf ihr Rad aufgepasst hat.«

»Klingt logisch. Aber ich fürchte, das bringt uns nicht weiter.«

»Im Moment vielleicht nicht. Ich habe dir per Mail ein Foto von einem baugleichen Rad geschickt. Vielleicht braucht ihr es irgendwann.«

»Okay.«

»Dass sich die damaligen Ermittlungen extrem auf eine Entführung konzentriert haben, wissen wir ja. Allerdings sind die Eltern und das Umfeld auch abgecheckt worden. Die Mutter wurde als labil eingeschätzt, sie hat depressive Phasen und hat sich in der Zeit kaum um ihr Kind kümmern können.«

»Wie haben die Kollegen das damals erfahren?«

»Zeugenaussagen aus dem Umfeld der Familie, Kolleginnen und Kollegen aus der Schule, eine Tante von Christina Jepsen. Sie alle haben unabhängig voneinander zu dem Bild beigetragen.«

»Ich brauche die Daten der Tante.«

»Ist notiert.«

»Hast du mit Ole darüber gesprochen? Er hat zwar erwähnt, dass Sophias Mutter sehr mitgenommen war, aber von Depressionen hat er nichts gesagt.«

»Ja, ich habe ihn angerufen. Er war zu dem Zeitpunkt schon nicht mehr im Team. Husum hat ihn aufgrund eines Tötungsdelikts zurückbeordert.«

»Was haben die Kollegen damals aus der Depression geschlossen?«

»Sie haben den Aussagen der Mutter kaum noch vertraut. Sie war ohnehin selten ansprechbar, hat aber – und hier wird es interessant – ihren Mann beschuldigt, etwas mit Sophias Verschwinden zu tun zu haben. Thomas Jepsen hat dem aber vehement widersprochen und ebenfalls angedeutet, dass seine Frau psychische Probleme habe. Die Kollegen scheinen ihm eher geglaubt zu haben, da es auch keine Hinweise darauf gab, dass der Vater etwas mit dem Verschwinden seiner Tochter zu tun hatte.«

»Apropos Vater. Was ist bei seiner Überprüfung herausgekommen?«

»Im Umfeld der Familie gab es keine negativen Kommentare, schon gar nicht in die Richtung, in der ich jetzt recherchieren sollte. Auch seine Kollegen haben nichts Negatives über ihn gesagt. Zwischen den Zeilen klang zwar durch, dass er kein beliebter Lehrer war, aber gut, das ist wohl das Schicksal vieler seiner Kollegen. Wer liebt schon seine Lehrer.«

»Und deine Recherchen?« Lena befand sich inzwischen hinter Glücksburg und würde in Kürze beim Campingplatz ankommen.

»Ich musste tief graben. Jepsen hatte während seiner Referendarzeit Probleme mit zwei Schülerinnen, die ihm sexuelle Belästigung vorgeworfen haben. Der hat dann kurzfristig die Schule gewechselt. Mehr ist nicht passiert. Das waren wohl noch andere Zeiten damals.«

»Wie alt waren die Schülerinnen?«

»Es gibt keine Akten dazu. Ich habe mit der Lehrerin gesprochen, die sein Referendariat betreut hat. Sie ist inzwischen pensioniert, konnte sich aber gut an den Vorfall erinnern. Übrigens eine sehr resolute Frau mit durchaus modernen Ansichten.«

»Ich bin gleich wieder am Campingplatz. Wenn es länger dauert, rufe ich dich an.«

»Geht schon. Ich fasse mich kurz. Die Schülerinnen waren vierzehn und fünfzehn und haben sich der Zeugin anvertraut. Jepsen soll sich ihnen genähert haben, zufällige Berührungen, vertrauliche Gespräche, Angebote, ihnen auch in seiner Wohnung Nachhilfe zu geben. Diese Dinge halt. Alles im Vorfeld von sexuellen Übergriffen. Die Lehrerin ist dann damit zur Schulleitung, hat aber nur erreicht, dass Jepsen die Schule wechseln musste.« Lena hörte, wie Johann eine Seite umblätterte. »Das war es im Moment. Sein restlicher Lebenslauf ist clean beziehungsweise ich kann nichts finden.«

»Danke, Johann. Ich melde mich wieder bei dir.«

»Augenblick noch. Ich sollte Inga Ruch finden, die seinerzeit in Flensburg studiert hat und mit Sophia Jepsen zeitgleich auf dem Campingplatz gearbeitet hat. Sie lebt und arbeitet jetzt in Berlin. Telefonnummer habe ich dir geschickt.«

Lena saß vor dem Wohnwagen in der Sonne, als Naya auf sie zukam.

»Tee?«, fragte Lena und goss Naya die bereitgestellte Tasse voll.

Anschließend berichtete Lena von der Befragung in Flensburg und den beiden Telefongesprächen.

»Hat Sophia hier also tatsächlich jemanden kennengelernt«, sagte Naya. »Und sogar den Kontakt gehalten. Klingt doch erst mal vielversprechend.« Sie hob den Zeigefinger. »Jetzt müssen wir ihn nur noch finden.«

»Jeder Gast auf dem Campingplatz muss sich mit Name, Adresse und Geburtsdatum registrieren. Das war auch schon vor vier Jahren so. Wenn Sven Pedersen seine Bücher in Ordnung hat, sollten wir die Suche sehr eingrenzen können.« Lena sah Naya fragend an. »Hast du auf dem Platz noch etwas erfahren?«

»Ich habe noch einmal mit dem Psychologen-Ehepaar gesprochen. Sie haben sich Vorwürfe gemacht, dass sie Sophia nicht helfen konnten.«

»Helfen?«

»Sie hätten schon gesehen, dass es Sophia nicht gut ging und sie eigentlich nach Hilfe gesucht hat. Sie haben es versucht, wollten aber gleichzeitig nicht übergriffig sein. Sophia wusste nicht, was sie beruflich machen, und die beiden befürchteten, dass sie dann den Kontakt abbrechen würde. Ehrlich gesagt weiß ich nicht, was von ihren ganzen Hinweisen zutrifft und ob es nicht eine Art Berufskrankheit ist. Jeder von uns hat doch einen mehr oder weniger großen Knacks.«

Lena wiegte den Kopf hin und her. »Als Psychologen sollten sie schon Erfahrung haben und Menschen einschätzen können. Haben sie das *Hilfebrauchen* konkretisiert?«

Naya nickte und schlug ihr Notizheft auf. »Sophia habe keinen Halt in ihrem Leben gehabt. Sie sei auf der Suche gewesen nach etwas, was sie von ihren Zweifeln und Ängsten befreit.

Als Sophia dann nach den ersten dreieinhalb Wochen jemanden kennengelernt hat – wir wissen ja inzwischen, dass es tatsächlich so war –, waren sie froh darüber. Aber inzwischen sind sie sich nicht mehr sicher, ob sie richtiglagen.«

»Warum?«

»Ihnen war der Wandel zu plötzlich gekommen. Quasi von einer Minute auf die nächste. Eine solche Entwicklung brauche Zeit.«

»Sophia hat sich verliebt!«, warf Lena ein. »Das geht manchmal in Sekundenschnelle.«

»Habe ich auch gesagt, aber es ist bei dem Psychologenpaar nicht angekommen.« Naya verzog das Gesicht. »Ich fürchte, auch das hilft uns nicht wirklich weiter.«

»Im Moment wohl nicht. Warten wir ab, was sich noch findet.«

Naya nickte. »Ich habe mit weiteren Campern gesprochen. Im Juni überwiegen die älteren Gäste, aber die sind auch meistens Dauercamper. Also genau die richtige Gruppe für uns.« Sie blätterte die Seite im Notizheft um. »Ein schwules Paar war dabei, das sich an Sophia erinnern konnte. Sie haben hin und wieder mit ihr gesprochen. Ihnen ist auch aufgefallen, dass sie in der Endphase der fünf Wochen erheblich positiver drauf war. Erklären konnten sie es sich allerdings nicht. Ein älterer Herr, der schon Jahrzehnte auf Holnis Urlaub macht, hatte ebenfalls Kontakt zu Sophia. Er fand sie höflich und zuvorkommend und war überrascht, dass es noch solche Jugendliche geben würde. Dann habe ich noch ein Ehepaar gefunden. Die beiden hatten aber nur flüchtig mit Sophia Kontakt. Allerdings ist ihnen aufgefallen, dass Sophia mit der Tochter vom Campingplatz-Betreiber befreundet gewesen sei. Aber das hast du ja bereits in Erfahrung gebracht.«

»Gut, das war's dann wohl mit den Befragungen hier auf dem Platz«, sagte Lena. Ihr Handy machte sich bemerkbar.

Sie rief das Mailprogramm auf. »Wow, das ging aber schnell. Der Beschluss ist schon da. Was hältst du von einem guten Mittagessen, bevor wir uns zu Sven Pedersen aufmachen? An der Promenade weiter oben ist ein Strandrestaurant.« Sie rief die Seite im Internet auf und reichte Naya ihr Handy. »Hier die Speisekarte. Ich lade dich ein.«

»Ich habe nicht viel Zeit«, brummte Sven Pedersen, als Lena und Naya sein Büro betraten.

»Guten Tag, Herr Pedersen«, erwiderte Lena. »Wir haben ein wichtiges Anliegen. Ein paar Minuten Ihrer Zeit müssten Sie uns leider opfern.«

»Und?«, fragte Pedersen. Seine Stimme ließ keinen Zweifel daran, dass seine Kooperationsbereitschaft auf null gesunken war.

»Sophia Jepsen hat hier während des Sommers, als sie bei Ihnen arbeitete, einen jungen Mann kennengelernt. Wir gehen davon aus, dass er ebenfalls Gast des Campingplatzes war, und würden gerne Ihre Gäste-Unterlagen für diese Zeit sichten.«

»Muss ich Ihnen die zeigen?«

»Das war zunächst einmal eine Bitte unsererseits«, antwortete Lena.

Pedersen zögerte und schüttelte schließlich den Kopf. »Dazu habe ich jetzt keine Zeit. Vielleicht morgen oder so.«

Lena nahm ihr Tablet aus der Tasche, aktivierte die Seite mit dem Durchsuchungsbeschluss und reichte ihn Pedersen. »Das ist ein richterlicher Beschluss, der Sie dazu verpflichtet, uns die Unterlagen unmittelbar zu übergeben.«

Sven Pedersen starrte auf das Dokument, las und schob das Tablet zurück über den Tisch. »Von wann bis wann?«

Eine Viertelstunde später saßen sie an dem Besuchertisch in Pedersens Büro und gingen die Eintragungen durch. Die Daten waren alle per Hand notiert worden und zum Teil schlecht leserlich. Zunächst konzentrierten sie sich auf das Geschlecht und das Geburtsdatum der Gäste und sortierten alle männlichen Personen zwischen siebzehn und fünfundzwanzig aus. Übrig blieben zwölf junge Männer, deren Daten Lena vorlas, während Naya sie in ihren Laptop tippte.

Anschließend gingen sie mit Sven Pedersen und seiner Frau die jungen Männer durch, markierten diejenigen, die Dauergäste waren, und befragten die Pedersens zu jedem Gast ihrer Liste.

»War's das?«, fragte Pedersen, der während der letzten Stunde mehrfach demonstrativ auf seine Armbanduhr geschaut hatte.

Lena nickte, bedankte sich bei Pedersen und seiner Frau und verließ mit Naya das Gebäude.

»Nicht sehr kooperativ, der gute Mann«, sagte Naya, während sie auf ihren Wohnwagen zugingen. »Weiß er etwa mehr, als er uns bisher verraten hat?«

»Glaube ich nicht. Er will keine Unruhe auf dem Platz. Ihm wird nicht entgangen sein, dass du die Camper befragt hast. Und wenn sich wirklich herausstellt, dass der junge Mann, den Sophia hier kennengelernt hat, etwas mit ihrem Tod zu tun hat, wäre das auch nicht gerade die beste Werbung.«

»Schon gut, ich habe verstanden«, murmelte Naya. »Aber immerzu Rücksicht auf alles und jeden ist nicht so meine Sache. Wo kommen wir hin, wenn jeder nur auf seinen eigenen Vorteil bedacht ist.«

Lena nickte. »Ich denke, er wird uns keine Steine mehr in den Weg legen. Belassen wir es dabei.«

11

»Was hast du?«, fragte Lena. Sie hatten sich die zwölf jungen Männer, die ins Profil passten, aufgeteilt und im Netz und in den Datenbanken nach ihnen recherchiert.

»Nichts Auffälliges«, antwortete Naya. »Keiner von ihnen ist nicht zu finden. Zwei sind inzwischen verheiratet, einer von ihnen hat ein Kind. Zwei studieren noch beziehungsweise müssten gerade ihren Abschluss gemacht haben. Sie wohnen beide mit mehreren Personen zusammen, also vermutlich eine Wohngemeinschaft. Zwei weitere leben offensichtlich alleine und arbeiten. Einer als Krankenpfleger in Flensburg, der andere in Schleswig als Industriekaufmann.«

»Klingt nicht danach, als hätten sie in den letzten vier Jahren mit Sophia und einem Kind zusammengelebt.« Lena schaute auf ihre Notizen. »Bis auf zwei sind meine Kandidaten ähnlich uninteressant.« Sie ging kurz die Lebensläufe der vier Männer durch, die in ganz Deutschland verstreut gemeldet waren. »Die vier sollten wir von Kollegen vor Ort befragen lassen. Deinen Krankenpfleger und den Studenten in Flensburg übernehmen wir, die anderen von deiner Liste geben wir auch an Kollegen weiter.«

Naya nickte. »Bleiben noch zwei deiner Kandidaten.«

»Einer von ihnen lebt in Kiel. Er arbeitet als selbstständiger Programmierer. Der andere lebt zehn Kilometer von Husum auf dem Land. Ein kleiner Ort. Er scheint den Hof seines Vaters übernommen zu haben.«

»Also bleiben wir noch eine Nacht?«

Lena nickte und klappte ihren Laptop zu. »Feierabend. Ich hole mir jetzt etwas zu essen und setze mich an den Strand. Kommst du mit?«

Sie hatten sich eine Pizza besorgt, saßen in einem Strandkorb und sahen auf die ruhige Ostsee. Lena öffnete die Pappschachtel, Naya nahm sich ein Pizzastück und probierte. »Lecker!«

Lena biss von ihrem Stück ab und stimmte ihr zu. Schweigend aßen sie und tranken dazu Bier aus der Flasche.

»Ich habe, als du in Flensburg warst, mit meinem Opa telefoniert«, durchbrach Naya die Stille.

»Geht es ihm gut?«

»Sagt er zumindest. Aber seine Stimme klang nicht so.«

»Wie alt ist er eigentlich?«

»Er wird im Sommer fünfundachtzig.«

»War er denn in der Vergangenheit krank?«

»Nichts Schlimmes wie Krebs oder so. Er sagt immer, der Kelch wäre an ihm vorbeigezogen. Trotzdem, ich glaube, er überschätzt seine Kräfte. Er macht sich überhaupt keine Gedanken um die Zukunft. Was ist, wenn er stürzt und sich zum Beispiel das Schlüsselbein bricht? Ist das nicht häufig so, ein Vorfall und alles ist anders. Er würde niemals in ein Altersheim gehen. Ganz davon abgesehen gibt es da, wo er lebt, nicht einmal eins.«

»Hast du mir nicht erzählt, dass die Grönländer im Hier und Jetzt leben und sich wenig Gedanken um die Vergangenheit und Zukunft machen?«, fragte Lena.

Naya lächelte. »Nicht nur das. Bei einer Verabredung weiß man nie, ob der andere kommt oder zu Hause ist. Aber irgendwie klappt es immer. Auf die eine oder andere Weise.«

»Dein Großvater lebt jetzt das Leben, was ihm genommen wurde. Ich verstehe durchaus, dass er nicht an die Zukunft denkt.«

»Er hat ernsthaft davon gesprochen, nach Ostgrönland zu seinem Freund zu ziehen. Zwei Wochen – okay. Robbenjagd am Tag – auch in Ordnung. Aber in den meisten Orten gibt es keine medizinische Versorgung. Wenn etwas ist, muss man mit dem Helikopter ausgeflogen werden.« Naya stöhnte leise. »Wenn er denn heil ist und das Wetter mitspielt.«

»Was sagt dein Vater dazu?«, fragte Lena.

»Dem ist es vollkommen egal. Schon als Großvater zurück nach Grönland gezogen ist, hat er ihn für verrückt erklärt. In ein solches Land zieht man allenfalls, wenn man dazu gezwungen wird. Das war der Originalton meines Vaters.«

»Kennt er Grönland?«

Naya schüttelte den Kopf. »Nein, er hat sich geweigert, mich zu begleiten. Er hadert schon allein mit seinem Aussehen und beklagt ständig, dass er sein Leben lang diskriminiert wurde.« Naya warf Lena einen verzweifelten Blick zu. »Was soll ich bloß machen, wenn Opa das wirklich durchziehen will?«

»Schwierig. Ganz ehrlich, ich weiß da keinen Rat. Aber ich glaube auch nicht, dass du das ändern kannst, wenn dein Opa sich dazu entschließt. Das, was du mir von ihm erzählt hast, klingt nach einem sehr eigenen Kopf.«

»Ja, verdammt.« Naya lächelte matt. »Den hat er bestimmt.«

»Auckland in Neuseeland? Da wohnt Sophias Tante?«

Lena nickte und reichte Naya die Butter. Sie saßen vor dem Wohnwagen und frühstückten.

»Johann hat es mir gestern noch geschickt. Astrid Jepsen. Sie ist die Schwester von Sophias Vater. Wir können sie in einer halben Stunde über Videocall anrufen.«

»Lebt sie da schon länger?«

»Nein, seit drei Jahren. Als Sophia verschwunden ist, hat sie in Glücksburg gewohnt. Also ganz in der Nähe.«

»Da bin ich ja gespannt«, sagte Naya. »Sagtest du nicht gestern, Sophia hatte ein sehr gutes Verhältnis zu ihrer Tante?«

Lena nickte, trank einen Schluck Kaffee und schmierte sich das Brot.

»Guten Tag, Frau Jepsen«, begrüßte Lena Sophias Tante, nachdem sie sich und Naya vorgestellt hatte. »Mein Kollege hatte Sie ja bereits informiert, weshalb wir mit Ihnen sprechen möchten.«

»Ja, schrecklich. Warum hat sich Sophia nur nie gemeldet? Trotz der vielen Jahre. Und was ist bloß passiert?« Astrid Jepsen hatte kurze blonde Haare und ein rundliches Gesicht. Nur ihre Nase erinnerte Lena an Thomas Jepsen.

»Das versuchen wir herauszubekommen. Leider sind wir noch keinen Schritt weiter, was den Aufenthaltsort von Sophia während der letzten vier Jahre betrifft. Ihrer Frage entnehme ich, dass Sie keinen Kontakt zu Ihrer Nichte hatten.«

»Nein, natürlich nicht. Ich wäre sofort nach Deutschland geflogen, wenn ich gewusst hätte, wo Sophia sich aufhält. Ich bin davon ausgegangen, dass sie nicht mehr lebt.«

»Sie hatten einen guten Kontakt zu Ihrer Nichte?«

Astrid Jepsen nickte. »Ja, ich habe selbst keine Kinder und weit weg gewohnt habe ich ja damals nicht. Sophia war in jungen Jahren häufig zu Besuch bei mir, auch über mehrere Tage.«

»Und später? Uns interessieren vor allem die ein bis zwei Jahre vor ihrem Verschwinden.«

»Sophia und ich hatten regelmäßig Kontakt. Sie ging doch in Flensburg aufs Gymnasium und wenn sie mit dem Bus zurückfuhr, ist sie häufiger mal in Glücksburg ausgestiegen. Ich habe sie dann immer mit dem Auto nach Hause gebracht. Wir haben Tee getrunken und geredet.«

»Auch im letzten Jahr?«

»Ich weiß schon, auf was Sie anspielen. Ja, Sophia hat sich verändert. Das fing nach diesem Sommer an, als sie auf dem Campingplatz gearbeitet hat. Sie hat da einen Jungen kennengelernt und sich in ihn verliebt.«

»Sie wissen also davon? Kennen Sie den Namen des Jungen?«

Astrid Jepsen schüttelte den Kopf. »Den wollte sie mir nicht verraten. Ich habe auch nicht weiter drauf gedrungen, da sie mir ja erzählt hat, dass er nicht in der Gegend wohnt. Ich bin davon ausgegangen, dass es eine typische Ferienliebelei ist und Sophia ihn schnell vergisst.«

»Das war aber nicht so?«

»Nein, zunächst sah es so aus, als wenn Sophia überhaupt nicht mehr klarkam mit ihrem Leben. In der Schule ging es bergab, sie besuchte mich nur noch selten.«

»Zunächst?«, fragte Lena. »Hat sich dann etwas verändert?«

»Ja. Sophia hat sich sozusagen beruhigt. Ich bin davon ausgegangen, dass der Kontakt zu dem Jungen abgebrochen ist. Das war ja auch zu erwarten. Aber es gab wohl kein Zurück. Sophia hatte sich verändert.«

»Sind Sie ganz sicher, dass Ihre Nichte keinen Kontakt mehr zu dem jungen Mann hatte?«, stellte Naya ihre erste Frage. »Haben Sie direkt mit ihr darüber gesprochen?«

»Gesprochen nicht. Ich bin davon ausgegangen, da sie sich nach einer Weile wieder gefangen hat. Da sie zuvor bei dem Thema schon so empfindlich war, habe ich sie nicht mehr darauf angesprochen. Warum fragen Sie?«

»Wir haben Hinweise, dass Sophia weiter mit dem jungen Mann Kontakt gehalten und sich auch mit ihm getroffen hat«, sagte Lena.

»Das glaube ich nicht. Dann …« Sie brach ab und war für einige Augenblicke nicht mehr auf dem Bildschirm zu sehen.

»Frau Jepsen?«, fragte Lena. »Sind Sie noch da?«

Die Frau erschien wieder im Bild. »Sorry, mein Lebensgefährte hatte eine Frage. Wo waren wir stehen geblieben? Ja, bei Sophias Freund.«

»Wie verliebt war sie in ihn?«, fragte Naya.

»Ziemlich, würde ich sagen. Sophia hatte bis zu dem Zeitpunkt noch keinen Freund gehabt, wohl auch nicht irgendeine vollkommen harmlose Geschichte.« Astrid Jepsen seufzte leise. »Sie kam mir wie hypnotisiert vor. Liebe auf den ersten Blick. Das ist doch ein Ammenmärchen. Im Roman oder im Kino – wunderbar –, aber im echten Leben ist das doch eine Illusion.«

»Hypnotisiert?«, fragte Naya. »Was muss ich mir darunter vorstellen?«

»Nicht ansprechbar. Sie wollte mir ja nicht einmal den Namen nennen, von anderen Details mal vollkommen abgesehen. Es kam mir vor, als habe sie Angst, dass ihr jemand den Jungen wegnehmen würde. Absurd, ich weiß. Vielleicht konnte ich auch nur nicht mit der Situation umgehen, und vermutlich habe ich auch falsch reagiert. Sie können sich vorstellen, dass ich mir schon reichlich Vorwürfe gemacht habe. Kinder in dem Alter sind halt schwierig, und viel Erfahrung hatte und habe ich immer noch nicht damit.«

Lena beschloss, das Thema zu wechseln. »Sie haben seinerzeit bei den Kollegen ausgesagt, dass Ihre Schwägerin nicht immer in der Lage war, sich um Sophia zu kümmern.«

»Das ist richtig. Sie hatte seit vielen Jahren starke depressive Phasen, in denen sie sich vollkommen zurückgezogen hat. Ich weiß natürlich, dass Depression eine Krankheit ist und Christina da keine Vorwürfe zu machen sind. Trotzdem hätte sich mein Bruder in diesen schwierigen Zeiten mehr um Sophia kümmern müssen. Gerade als sie noch jünger war und ihre Eltern brauchte.«

»Das hat Ihr Bruder nicht gemacht?«, fragte Naya.

»Zumindest nicht so, wie ich mir das gewünscht hätte. Er muss doch gesehen haben, wie verloren das Kind war, wenn die Mutter wieder mal über Monate nicht für sie da war. Das hat doch was gemacht mit Sophia. Sie war ängstlich und hatte Probleme, Kontakt zu Gleichaltrigen aufzunehmen.«

»Sophias Freundin hat uns erzählt, dass Sophia kein gutes Verhältnis zu ihrem Vater hatte«, sagte Naya.

»Wer denn? Ella Nielsen?«

»Sie kennen Ella?«, fragte Naya, ohne auf Astrid Jepsens Frage einzugehen.

»Natürlich. Sie war auch mal bei mir zu Besuch, hat sogar zusammen mit Sophia bei mir übernachtet. Ein komisches Mädchen, intrigant und unehrlich, wenn Sie mich fragen.«

»Warum?«

Astrid Jepsen zögerte lange. »Das war halt mein Eindruck. Kinder sind ja schnell zu durchschauen.«

»Warum war sie bei Ihnen und nicht bei Sophia zu Hause?«, fragte Lena.

»Das weiß ich nicht mehr genau. Wahrscheinlich ging es Christina wieder mal nicht so gut.« Sie senkte den Kopf. »Ist das jetzt wirklich so wichtig?«

12

»Was war das mit Ella Nielsen?«, fragte Naya, als sie das Videogespräch zehn Minuten später beendet hatten. »Warum hat Frau Jepsen so abgeblockt, als es um Sophias Freundin ging?«

»Ist mir auch aufgefallen«, sagte Lena. »Ich könnte mir vorstellen, dass sie etwas mitbekommen hat von Ellas Vorwürfen gegen ihren Bruder. Sie nimmt ihn in Schutz, wie alle großen Schwestern das machen würden.«

»Was sagt uns das jetzt?«

Lena zuckte mit den Schultern. »Entweder eine ganz normale menschliche Reaktion oder sie weiß beziehungsweise ahnt etwas. Ich würde aufs Zweite tippen.«

»Angenommen, Sophia wurde vom Vater missbraucht, dann hätten wir zwar ein Motiv für ihre Flucht von zu Hause, wären aber keinen Schritt weiter, was die vier Jahre betrifft.«

»Richtig«, sagte Lena. »Allerdings ermitteln wir in einem Tötungsdelikt und nicht zu Sophias Verschwinden – was immer das auch für Hintergründe gehabt hat. Wenn Sophia jetzt wieder aufgetaucht ist und sich mit ihrem Vater in Verbindung gesetzt hat, könnte es um sexuellen Missbrauch gegangen sein.«

Naya sah sie erstaunt an. »Du verdächtigst den Vater, etwas mit Sophias Tod zu tun zu haben?«

»So weit sind wir noch nicht. Wir brauchen Telefon- und Handydaten. Eventuell hat sich Sophia mit ihrem Vater in Verbindung gesetzt.«

»Ja, das könnte uns weiterbringen«, sagte Naya.

Lena griff nach ihrem Handy, wählte über die Kurzwahltaste die Nummer und wurde kurz darauf mit dem Staatsanwalt verbunden. Sie erläuterte ihm den Stand der Ermittlungen und bat um einen Beschluss. Nach kurzer Diskussion stimmte ihr Alexander Cornelsen zu und versprach, zeitnah bei Gericht vorstellig zu werden.

Nachdem Lena Naya in Flensburg abgesetzt hatte, fuhr sie weiter nach Gelting, einem kleinen Ort an der Ostsee, der gut dreißig Kilometer von Flensburg entfernt lag. Naya würde sich mit zwei der Männer treffen, die seinerzeit während Sophias Arbeitseinsatz auf dem Campingplatz dort Urlaub machten, während Lena zu der pensionierten Lehrerin fahren würde, die Thomas Jepsen im Referendariat betreut hatte.

Hannelore Jacobs wohnte in einem Haus mit Blick auf die Ostsee. Die zahlreichen Stauden im Vorgarten standen in voller Blüte. Lena sog tief den Duft der Blumen ein, als sie auf die Haustür zuging. Seit geraumer Zeit hatte sie sich vorgenommen, ihren eigenen Garten in Husum neu anzulegen, war aber nie dazu gekommen.

Eine kleine stämmige Frau Mitte siebzig öffnete ihr die Tür, begrüßte Lena freundlich und bat sie ins Haus.

»Ich habe für uns Kaffee aufgesetzt und im Garten gedeckt. Ist Ihnen das recht?«, fragte Hannelore Jacobs.

»Das klingt gut«, antwortete Lena und folgte ihr den Flur entlang ins Wohnzimmer und von dort in den Garten, dem man ebenso ansah, wie viel Arbeit in ihm steckte.

»Mein Hobby«, sagte die pensionierte Lehrerin, die Lenas staunenden Blick bemerkt haben musste. »Ohne eine Aufgabe würde ich verrückt werden.« Sie zeigte auf einen der Stühle am gedeckten Tisch und wartete, bis Lena sich gesetzt hatte, schenkte Kaffee ein und bot ihr ein Stück Kuchen an. »Selbst gemacht. Ganz frisch von gestern Nachmittag.«

Lena probierte den Erdbeerkuchen, der ausgezeichnet schmeckte.

»Sie kommen ja wegen Sophia Jepsen beziehungsweise wegen ihres Vaters. Seine Tochter habe ich leider nicht gekannt, aber ich habe seinerzeit die Berichterstattung in der Zeitung verfolgt.«

»Wir ermitteln im Moment in Sophias Umfeld. Sie haben Herrn Jepsen, Sophias Vater, vor vielen Jahren in seiner Referendarzeit betreut.«

Hannelore Jacobs nickte. »Das ist richtig.« Sie hielt kurz inne und schien zu überlegen. »Ihr Kollege hat mir am Telefon gesagt, dass es Ihnen um den Vorfall geht, den zwei Schülerinnen angezeigt haben und der zum Schulwechsel von Herrn Jepsen geführt hat?«

»Ja, auch deshalb bin ich hier.«

»Nun gut, ich habe mich etwas vorbereitet und versucht, mir die damaligen Ereignisse ins Gedächtnis zu rufen. Auch habe ich einen alten Kollegen angerufen, der damals ebenfalls involviert war.«

Lena nickte und hielt sich zurück.

Die alte Dame seufzte. »Das war eine sehr unschöne Geschichte. Zu der Zeit, also vor etwa dreißig Jahren, gab es noch keine MeToo-Bewegung, und das Bewusstsein zu solchen Vorfällen war auch nicht sehr ausgeprägt. Ich muss zu meiner Schande auch sagen, dass ich eher dazu tendierte, den beiden Schülerinnen nicht zu glauben. Sie kamen mit Herrn Jepsen als Lehrer nicht so gut aus beziehungsweise standen von den

Leistungen her auf der Kippe. Beide hatten bereits ein Schuljahr wiederholt und hätten die Schule verlassen müssen, wenn sie nicht versetzt worden wären.«

»Und darauf hatte Herr Jepsen Einfluss? Vergeben denn Referendare die Zensuren?«

»Sie unterrichten und lassen natürlich auch Klassenarbeiten schreiben. Zwar liegt die Verantwortung im Bereich des betreuenden Kollegen, aber letztlich wird dem Vorschlag des Referendars gefolgt. Wie sollte es auch anders gehen.«

Lena nickte. »Habe ich Sie richtig verstanden, dass Sie seinerzeit davon ausgegangen sind, dass die Schülerinnen Herrn Jepsen ...« Sie hielt inne. »Ja, was eigentlich? War es eine Art Racheakt?«

Die pensionierte Lehrerin hob beide Arme. »Das werden ich und die Schulleitung so wohl eingeschätzt haben.«

»Herr Jepsen hat aber trotzdem die Schule gewechselt. Warum?«

»Nun gut, es stand Aussage gegen Aussage. Die Schulleitung wollte keine öffentliche Aufregung und hat die Schülerinnen gedrängt, die Anschuldigungen zurückzunehmen. Letztlich war wohl die Absprache, dass Herr Jepsen nicht mehr an der Schule unterrichtet und dafür die Vorwürfe zurückgenommen wurden.« Hannelore Jacobs seufzte. »Ein fauler Kompromiss, würde ich heute sagen.«

»Sie würden inzwischen anders handeln?«

»Ich hatte damals nicht zu entscheiden und habe auch nicht die Gespräche geführt«, wich Hannelore Jacobs ihr aus.

»Und wenn Sie es zu entscheiden hätten?«

Die pensionierte Lehrerin zögerte lange, bevor sie sich im Stuhl aufrichtete. »Dann hätte ich die Sache nicht im Sande verlaufen lassen, sondern hätte den Mädchen mehr zugehört, als es offensichtlich passiert ist.«

»Sie kannten die Schülerinnen?«, tastete sich Lena vorsichtig zu der entscheidenden Frage vor.

»Ja, durchaus. Ich habe ebenfalls in der Klasse unterrichtet, war sogar ein halbes Jahr Klassenlehrerin. Die Kollegin war wegen einer schweren Krankheit ausgefallen, und da ich ohnehin ihren Unterricht übernommen hatte, habe ich auch das Amt ersatzweise übernommen.«

»Sie haben sich mit den beiden Mädchen unterhalten?«

Hannelore Jacobs schwieg. Sie schien zu überlegen, was ihre Aussage für Konsequenzen nach sich ziehen würde oder ob sie ihrer alten Schule damit schaden würde.

»Sollte es zu Straftaten gekommen sein, wären sie heute lange verjährt«, sagte Lena. »Es geht mir ausschließlich um Ihre Einschätzung. Sie müssen weder als Zeugin aussagen noch werden Sie anderweitig in die Ermittlungen reingezogen.«

Hannelore Jacobs nickte nachdenklich. »Ja, ich habe mit den beiden über die Angelegenheit gesprochen. Zu dem Zeitpunkt war es schon nicht mehr meine Aufgabe und hätte die Schulleitung Wind davon bekommen, wäre sie nicht sehr erfreut über meine Initiative gewesen.«

Als Hannelore Jacobs innehielt, wartete Lena eine Weile, ob sie sich weiter zu dem Gespräch äußern würde, aber Hannelore Jacobs schwieg.

»Hat sich Ihre Meinung zu dem Vorfall nach dem Gespräch geändert?«, fragte Lena schließlich.

»Ich denke ja. Die beiden Mädchen haben mir eindringlich geschildert, was passiert war. Es ging um einen kurzen Aufenthalt in einem Schullandheim. Wenn ich mich richtig entsinne, waren es drei Übernachtungen. Nach den Schilderungen eines der Mädchen bat Herr Jepsen sie in sein Zimmer. Es ging um eine angebliche Beschwerde einer anderen Schülerin, die sich von dem Mädchen gemobbt fühlte. Bei dem Gespräch soll

Herr Jepsen die Schülerin unsittlich berührt und sich sehr intim mit ihr unterhalten haben.«

»Unsittlich berührt? Was muss ich mir darunter vorstellen?«

»Schulter, Kopf, Oberschenkel. Herr Jepsen soll sie gefragt haben, ob sie schon Geschlechtsverkehr gehabt habe und ob sie sich vorstellen könne, auch mit reiferen Männern befreundet zu sein.«

»Ist er noch weiter gegangen?«

»Nein, konnte er angeblich nicht. Das Mädchen hatte mit seiner Freundin ausgemacht, dass sie nach einer Viertelstunde ins Zimmer kommen würde. Sie ist, ohne anzuklopfen, eingetreten und will gesehen haben, wie Herrn Jepsens Hand auf dem Oberschenkel des Mädchens lag. Den Rest der Freizeit haben sich die beiden von Herrn Jepsen ferngehalten.«

»Erinnern Sie sich an den Namen des betroffenen Mädchens?«

Hannelore Jacobs warf Lena einen entsetzten Blick zu. »Sie wollen mit ihr sprechen?«

»Ja, ich muss wissen, ob die Anschuldigungen wahr oder erfunden sind.«

»Sie bekommt keine Schwierigkeiten?«, fragte Hannelore Jacobs.

»Nein, ich spreche kurz mit ihr und das war's. Sollte sie das nicht wollen, ist das auch in Ordnung. Ich kann sie nicht zwingen und werde sie auch nicht unter Druck setzen.«

»Die ehemalige Schülerin heißt Melanie Schuster. Ob das natürlich noch ihr Nachname ist, kann ich nicht sagen.«

Auf dem Weg zurück nach Flensburg rief Lena bei Johann an und gab ihm den Namen durch. Er versprach, sich sofort darum zu kümmern.

Naya kam zehn Minuten später in das Café, in dem sie sich verabredet hatten. Sie bestellte sich einen Latte macchiato und setzte sich zu Lena an den Tisch.

»Hast du etwas herausbekommen?«, fragte sie.

Lena erzählte ihr von dem Gespräch mit Hannelore Jacobs und fragte ihrerseits, ob Naya neue Informationen hätte.

»Die beiden jungen Männer kommen nicht infrage. Der Krankenpfleger ist seit zwei Jahren verheiratet und baut sich gerade außerhalb von Flensburg ein Haus. Ich habe übrigens auch mit der Ehefrau gesprochen. Ich halte es für ausgeschlossen, dass er gleichzeitig Sophia versteckt und auch noch ein Kind mit ihr gezeugt hat.«

»Ja, das klingt nicht danach. Und der Student?«

»Der lebt in einer Art Kommune auf dem Land in der Nähe von Tastrup. Ich habe mich mit ihm hier in der Stadt getroffen, da er an der Uni etwas zu tun hatte.«

»Wie lange lebt er schon in der Wohngemeinschaft?«

»Seit einem Jahr. Allerdings hat er sich als schwul geoutet und mir die Handynummer von seinem Freund gegeben. Der hat mir das bestätigt.«

»Könnte ein Fake sein«, warf Lena ein.

»Glaube ich zwar nicht, aber wir sollten auf der Rückfahrt einen kleinen Umweg machen und in der Kommune vorbeischauen.«

Lenas Handy klingelte. Nach einem Blick aufs Display nahm sie das Gespräch an. »Schon etwas gefunden?«

»Selbstverständlich. So schwierig war es nicht. Das Geburtsjahr konnte ich ja eingrenzen und den Ort ebenfalls. Melanie Schuster lebt in der Nähe von Flensburg, ist verheiratet und hat zwei Kinder. Ich schicke dir gleich die Adresse. Eine Telefonnummer habe ich auch gefunden.«

»Danke, Johann. Was würde ich ohne dich nur machen?«

Johann lachte. »Unsinn. Und jetzt mache ich Feierabend. Ich werde zu Hause erwartet.«

Lena öffnete ihren Mailaccount. »Maasbüll.« Sie googelte den Ort. »Wir haben Glück. Wenn ich Frau Schuster erreiche und sie Zeit für mich hat, kannst du mich da absetzen und weiter nach Tastrup fahren.«

13

Lena parkte vor dem Haus in einer Neubausiedlung des kleinen Ortes. Sie stieg aus, verabschiedete sich von Naya, die jetzt am Steuer ihres Dienstwagens saß. »Wir telefonieren. Lange wird es bei dir ja auch nicht dauern.«

Auf ihr Klingeln öffnete ihr eine Frau, die sich als Melanie Schuster vorstellte. Neben ihr tauchte ein Mädchen auf, das Lena auf zwölf bis vierzehn Jahre schätzte.

»Kommen Sie doch herein«, sagte Melanie Schuster und trat zur Seite. Sie schloss die Tür hinter Lena und ging voraus. Lena folgte ihr. Melanie Schuster war schlank, groß für eine Frau und sah mindestens fünf Jahre jünger aus als Mitte vierzig. Schulterlange naturblonde Haare, die sie offen trug, eng sitzende Jeans und weiße Bluse. »Sie haben Glück, normalerweise bin ich noch nicht zu Hause. Da meine Tochter heute schulfrei hat, habe ich mir einen Urlaubstag genommen.« Das Mädchen war vor seiner Mutter zurück ins Haus gelaufen, nachdem es Lena mit einem schüchternen Blick begrüßt hatte. »Trinken Sie eine Tasse Tee mit mir?«, fragte Melanie Schuster, als sie in der geräumigen Wohnküche angekommen waren.

»Gern.«

Melanie Schuster bat Lena, Platz zu nehmen, während sie aus einem der Küchenschränke Tassen holte, den Tisch deckte und die Teekanne aufs brennende Stövchen stellte.

Als sie sich eingeschenkt und zu Lena gesetzt hatte, schaute sie auf die Uhr und lächelte. »In etwa einer Stunde muss ich leider meine Tochter zum Kieferorthopäden fahren. Habe ich Sie richtig verstanden, dass es um Herrn Jepsen geht?«

Lena nickte. »Eigentlich um seine Tochter. Sie haben vielleicht in der Zeitung gelesen, dass sie in Dänemark gefunden wurde. Ich ermittele auf der deutschen Seite und unterstütze die dänischen Kollegen.«

»Ja, ich habe den Artikel gelesen. Sie ist vor ein paar Jahren von zu Hause weggelaufen. Habe ich das richtig in Erinnerung?«

Lena hatte den Eindruck, dass Melanie Schuster sich besser erinnerte, als sie zugeben wollte. Ihre Stimme vibrierte leicht, und ihr gesenkter Blick wirkte, als sei es ihr peinlich, um die Ereignisse zu wissen.

»Vor vier Jahren. Der Fall war ja wochenlang in den Medien präsent.«

Melanie Schuster räusperte sich. »Kommen Sie wegen der Sache damals. Meiner Anzeige gegen ihren Vater?«

»Ja, ich habe mit Frau Jacobs gesprochen. Sie war so freundlich und hat mir Ihren Namen genannt.«

Melanie Schuster nickte und schwieg.

»Sie haben Thomas Jepsen damals vorgeworfen, dass er Sie sexuell belästigt hat. Es kam dann zu einer Einigung, und Sie haben Ihre Anzeige bei der Schulleitung zurückgezogen. Darf ich Ihnen dazu ein paar Fragen stellen?«

Melanie Schuster warf ihr einen misstrauischen Blick zu. »Ich verstehe nicht ganz, was diese alte Sache mit dem Tod von Jepsens Tochter zu tun hat.«

»Sophia Jepsen war vier Jahre verschwunden, und wir wissen nicht, wo sie sich aufgehalten hat. Im Moment befragen wir Zeugen, die etwas mit Sophia oder ihren Angehörigen und Freunden zu tun hatten.«

Melanie Schuster schwieg, trank ihren Tee und schenkte Lena und sich nach. »Das ist dreißig Jahre her. Was soll das …« Sie brach ab und schien verstanden zu haben, warum Lena sie befragte. »Sie meinen doch nicht etwa, dass Jepsen …« Erneut ließ sie den Satz in der Luft hängen.

Lena ging nicht auf ihre Äußerungen ein. »Frau Jacobs war sich bei unserem Gespräch nicht mehr so sicher, ob die Schulleitung richtig gehandelt hat.«

»Sieh an! Nach dreißig Jahren eine etwas zu späte Einsicht«, sagte Melanie Schuster mit beißendem Unterton.

»Das sieht Frau Jacobs wohl auch so. Vielleicht besuchen Sie sie einmal oder telefonieren mit ihr. Sie würde sich sicher freuen, von Ihnen zu hören.«

»Da wäre ich mir nicht so sicher«, murmelte Melanie Schuster.

»Hat Frau Jacobs nicht seinerzeit mit Ihnen gesprochen?«

»Ja, sie hat sogar zugehört. Und ein paar Tage hatte ich doch tatsächlich gehofft, dass etwas passiert. So viel zu Frau Jacobs. Jetzt kann sie gut reden, wo sie schon lange in Pension ist und alles lange verjährt ist.«

»Mit der Verjährung haben Sie leider recht. Die Verjährungszeiten sind zwar in den letzten Jahren erheblich ausgeweitet worden, aber das gilt nicht mehr für Sie.« Lena legte eine kurze Pause ein. »Würden Sie denn Herrn Jepsen anzeigen, wenn es noch Aussicht auf Erfolg hätte?«

Melanie Schuster schwieg, ihre Augen wurden feucht, sie griff nach einer Packung Taschentücher und fingerte sich eins heraus. Schließlich sah sie auf. »Sie haben eben meine Tochter gesehen. Sie wird in vier Monaten vierzehn Jahre alt. Ich musste in der letzten Zeit häufiger an …« Sie schluckte schwer. »… also an diese Sache denken.«

»Es ist mehr passiert, als Sie der Schulleitung angezeigt haben?«

Wieder entstand eine Pause. Kurz bevor Lena ihre Frage noch einmal wiederholen wollte, nickte Melanie Schuster.

»An dem Tag im Landschulheim nicht«, sagte sie flüsternd. »Aber in den Wochen danach.«

Lena wartete, bis Melanie Schuster ihre Tränen abgewischt hatte. »Ich habe mich so geschämt. Deshalb habe ich nicht alles erzählt. Nur meine Freundin Anja – das ist die, die Jepsen und mich an dem Tag überrascht hat – wusste von dieser Sache. Sie hat mich später bedrängt, dass ich ihn anzeigen sollte. Eigentlich bei der Polizei, aber dazu hatte ich nicht den Mut.«

»Warum hat Anja Sie bedrängt?«

»Auch sie hatte ihre eigenen Interessen. Ihr ging es darum, dass er von der Schule fliegt. Sie hat ihn für ihre katastrophalen Noten verantwortlich gemacht.« Melanie Schuster lachte kurz auf. »Und wer ist gegangen? Anja ist sitzen geblieben und musste auf die Realschule. Ich bin durchgekommen. Die tollen Lehrer haben alle Augen zugedrückt, aus Mitleid oder weil sie einfach wollten, dass ich den Mund halte. Hat ja auch geklappt. Mein blödes Abitur habe ich bekommen. Teuer erkauft.«

»Was ist nach der Freizeit im Landschulheim passiert?«

»Ich war so dämlich. Strohdumm. Habe doch tatsächlich geglaubt, dieser Mensch würde mich lieben und …« Sie zuckte mit den Schultern und sah aus dem Fenster. Nach einer gefühlten Ewigkeit wandte sie sich wieder Lena zu. »Was passiert, wenn ich Ihnen alles erzähle?«

»Sie waren über vierzehn, deshalb sind die Verjährungsfristen auch kürzer. Rein juristisch ist nichts mehr zu machen. Selbst wenn Sie offiziell aussagen, würde Thomas Jepsen nicht angeklagt werden.«

»Aber?«

»Ich denke, Sie wissen, weshalb ich hier bin.«

»Er könnte seiner Tochter das Gleiche angetan haben, und jetzt, wo sie wieder aufgetaucht war, hat er sie ...« Melanie Schuster brach ab.

»Wenn Sie mir erzählen, was passiert ist, würden wir Herrn Jepsen sehr genau unter die Lupe nehmen.«

»Wird er erfahren, was ich gesagt habe?«

Lena zögerte. Sollte sie der Frau die Wahrheit sagen oder ausweichend antworten? Sie entschied sich für die Wahrheit. Melanie Schuster war schon zu häufig betrogen und enttäuscht worden. »Ja, mit großer Wahrscheinlichkeit würde er es erfahren.« Sie hielt kurz inne. »Ist das ein Problem für Sie?«

»Würde es öffentlich werden?«

»Davon ist nicht auszugehen. Sollte es zu einer Straftat gekommen sein, wäre sie verjährt. Vor Gericht würde sie nicht verhandelt werden.« Das war nicht die ganze Wahrheit. Sollte es zu einem reinen Indizienprozess gegen Thomas Jepsen kommen, könnte es durchaus sein, dass die Staatsanwaltschaft auch Melanie Schuster vorladen würde. Allerdings war sie minderjährig gewesen. Von daher würde mit hoher Wahrscheinlichkeit die Öffentlichkeit für ihre Aussage ausgeschlossen werden. Ob später Informationen an die Medien durchsickern würden, war nicht vorhersehbar.

»Versprechen können Sie mir das aber nicht, oder?«, fragte Melanie Schuster.

»Dass es keinen Prozess gibt, ist definitiv. Dass Sie nie wieder von mir hören, kann ich Ihnen aber nicht zusagen. Das liegt nicht nur in meiner Hand.«

Melanie Schuster stand auf, ging zum Herd und setzte Wasser auf. Anschließend holte sie die Teekanne vom Tisch, säuberte und füllte sie, setzte neuen Tee auf. Einige Minuten später stellte sie die Kanne aufs Stövchen und setzte sich wieder. »Es ist zum Äußersten gekommen. Wir hatten dreimal Sex.

Oder wie immer man das nennen kann. Ich war fünfzehn und er fünfundzwanzig.«

»Sie haben es beendet?«

Melanie Schuster nickte. »Ich habe gespürt, dass es falsch ist, dass es mich kaputtmacht, wenn ich das weiter zulassen würde.«

»Wie hat Thomas Jepsen reagiert?«

»Auf mich eingeredet. Aber ich glaube, er hatte mehr Angst, als dass es ihm um uns ging. Angst, dass ich ihn anzeigen würde.«

»Haben Sie vielleicht ein Foto aus dieser Zeit?«

Melanie Schuster sah sie erstaunt an. »Warum?«

»Haben Sie älter oder jünger gewirkt?«

Sie schien zu verstehen, um was es Lena ging, stand auf und verließ die Küche. Kurz darauf kam sie mit einem Fotoalbum zurück, blätterte darin herum und zeigte Lena eine Aufnahme. »Das sollte ungefähr zu der Zeit gewesen sein.«

Lena betrachtete das Foto. Es gab Mädchen in dem Alter, die bei flüchtigem Hinsehen wie Achtzehnjährige wirkten. Bei Melanie Schuster war das nicht der Fall. Lena hätte sie bestenfalls auf fünfzehn geschätzt, eher ein oder zwei Jahre jünger.

»Ich bin erst spät gewachsen«, sagte Melanie Schuster. »Als ich ihn bei der Schulleitung angezeigt habe …« Sie blätterte wieder im Album und reichte es Lena ein zweites Mal. »Da sehe ich schon etwas älter aus.«

Sie hatte recht. Das Mädchen auf dem Foto wirkte mindestens wie eine Sechzehnjährige.

»Wissen Sie, wann ich meinen ersten richtigen Freund hatte?«, fragte Melanie Schuster. Als Lena den Kopf schüttelte, fuhr sie fort: »Mit zweiundzwanzig. Wir waren nur drei Monate zusammen. Anschließend habe ich mir professionelle Hilfe gesucht. Mit siebenundzwanzig habe ich meinen Mann kennengelernt.«

»Er weiß Bescheid?«

»Ja, aber noch nicht lange. Wir haben eine Paartherapie gemacht. Das war vor einem Jahr. Bei den Gesprächen habe ich es ihm zum ersten Mal gesagt.«

Lena stand vor dem Haus und wandte sich noch einmal Melanie Schuster zu, die ihr in der Tür stehend nachschaute. Sie winkte und nickte ihr aufmunternd zu. Sie hatten sich eine weitere halbe Stunde unterhalten, in der Lena einen Einblick in die Folgen des Missbrauchs bekommen hatte. Erst nach der Paartherapie hatten die letzten Wunden begonnen zu verheilen. Lena verstand, dass Melanie Schuster sie nicht wieder aufreißen wollte. Trotzdem hatte sie ihr zugesagt, ein Protokoll zu unterschreiben.

Unweit des Hauses wartete bereits Naya auf Lena. Sie stieg auf der Beifahrerseite ein und schnallte sich an.

»So schlimm?«, fragte Naya mit Blick auf Lena.

»Schlimmer.« Lena atmete tief durch. »Und bei dir?«

»Alles easy. Da hat Sophia sich ganz bestimmt nicht versteckt. Den Studenten können wir abhaken.«

Naya startete den Motor und fuhr Richtung Holnis. Erst hinter Glücksburg berichtete Lena ihr von dem Gespräch mit Melanie Schuster. Als sie auf dem Parkplatz des Campingplatzes standen, saßen sie eine Weile schweigend nebeneinander.

»Und jetzt?«, durchbrach Naya die entstandene Stille.

»Brauche ich ein großes Glas Wein und ein paar Stunden Ruhe zum Nachdenken. Lass uns etwas zu essen besorgen und die letzten Sonnenstunden des Tages genießen.«

»Ich bin dabei«, sagte Naya, während sie Lena über den Arm strich.

14

Eine Stunde vor Sonnenuntergang waren sie Richtung Strand gegangen und saßen jetzt auf einer Decke mit Blick auf die Ostsee. Naya hatte am Abend mehrfach versucht, das Gespräch auf die Ermittlungsergebnisse zu lenken, aber Lena hatte jedes Mal nur wortkarg geantwortet.

»Ich habe nicht den blassesten Schimmer, wie wir mit den neuen Erkenntnissen über Thomas Jepsen weiterkommen«, sagte Lena nach einer Weile.

»Wir setzen ihn damit unter Druck«, schlug Naya vor. »Eine offizielle Vorladung nach Flensburg ins Kommissariat.«

»Und dann? Ja, wir haben die unterschriebene Aussage von Melanie Schuster.« Lena hatte inzwischen das Protokoll geschrieben und per Mail mit der Bitte um Unterzeichnung verschickt. Kurz darauf waren die Antwort und das eingescannte unterschriebene Protokoll zurückgekommen. Melanie Schuster würde es am nächsten Tag per Post nach Kiel schicken. »Aber die Straftaten sind eindeutig verjährt. Nicht einmal mehr zivilrechtlich kann gegen Jepsen vorgegangen werden. Der Mann ist nicht dumm. Er wird das wissen und schweigen. Und wahrscheinlich dreht er den Spieß noch um und beschuldigt uns, anstatt den Mörder seiner Tochter zu finden, einfach den Vater zu verdächtigen. Ich bin mir nicht mal sicher, dass er nicht zu den Zeitungen rennt und von einem Skandal spricht. Am besten zu unser aller Lieblingsboulevardzeitung aus Hamburg. Ganz davon abgesehen wird er nicht ohne Anwalt erscheinen.«

»Wir haben auch die Aussagen von Ella Nielsen«, warf Naya ein.

»Die jeder Anwalt in der Luft zerpflücken wird. Ella wird schnell einknicken. Außerdem hat sie nicht wirklich was mitbekommen. Das war mehr ein Gefühl.«

»Du glaubst ihr nicht?«

»Doch, absolut. Ich werde auch mit ihren Eltern sprechen und fragen, warum der Kontakt abgebrochen ist. Selbst wenn sie Ellas Befürchtungen bestätigen, sind wir noch nicht viel weiter.«

»Dass Thomas Jepsen für Sophias Verschwinden verantwortlich ist, glauben wir nicht, oder? Sie könnte von ihm schwanger gewesen sein, er hat ihr eingeredet, dass er mit Gefängnis rechnen muss, wenn das rauskommt, sie hat sich darauf eingelassen, dass …« Naya stockte. »Passt nicht, oder?«

Lena schüttelte den Kopf. »Wir haben von mehreren Seiten gehört, dass sie ein schlechtes Verhältnis zum Vater hatte. Wo hätte Thomas Jepsen seine Tochter unterbringen sollen? Wo hat sie das Kind bekommen? Wer hätte das alles finanziert? Wo kommt der gefälschte dänische Pass her und was für eine Rolle spielt er?«

»Also kein Kind vom Vater?«

»Das will ich nicht ausschließen. Aber ich sehe keine Anhaltspunkte dafür, dass Jepsen seine Tochter vier Jahre lang versteckt hat. Natürlich könnte sie schwanger von ihrem Vater gewesen sein. Selbst das schlechte Verhältnis zu ihm wäre erklärbar.«

»Der Missbrauch ist früher passiert, und er ist Monate vor Sophias Verschwinden noch einmal über sie hergefallen?«

»Zum Beispiel. Das Verhältnis zwischen Tochter und Vater wird aber komplizierter gewesen sein. Um seine Tochter über einen längeren Zeitraum zu missbrauchen, braucht es schon ein enormes Vertrauensverhältnis, das natürlich eigentlich keins ist. Es fühlt sich für das Kind zwar so an, ist aber ein doppelter Missbrauch. Einmal körperlich und dann auch noch emotional. Es wird häufig eine Nähe oder sogar Liebe vorgetäuscht, die es in so einem ungleichen Verhältnis nicht geben kann.«

Naya warf Lena einen ungläubigen Blick zu. »Willst du mir damit sagen, dass Sophia sich noch einmal freiwillig auf ihren Vater eingelassen hat?«

»Freiwillig kann man das bei einem solchen Machtverhältnis nicht nennen. Aber es muss nicht unbedingt eine Vergewaltigung gewesen sein, so wie wir sie uns vorstellen.«

Naya nickte gedankenversunken. »So langsam verstehe ich, auf was du hinauswillst. Sophia könnte Kontakt zu ihrem Vater aufgenommen haben, weil sie zu ihm zurückwollte. Ich war bisher wie selbstverständlich davon ausgegangen, dass sie ihm mit einer Anzeige drohen würde.«

»Und wenn das so wäre, müsste es dafür Hinweise und Spuren geben«, setzte Lena Nayas Ausführungen fort. »Sie wird nicht plötzlich vor ihm gestanden haben, sondern irgendwie anders Kontakt zu ihm aufgenommen haben. Telefon, Brief, über eine Kontaktperson.«

»Wann haben wir den Beschluss für Jepsens Telefondaten?«

»Der sollte morgen da sein. Ich überlege, ob wir seine Wohnung durchsuchen sollten. Vielleicht finden wir da Hinweise auf Sophia.«

»Oder auf etwas anderes«, warf Naya ein.

»Auch das ist nicht auszuschließen«, sagte Lena, griff nach ihrem Handy und wählte die Nummer des Staatsanwalts.

Nachdem Lena sich mehrmals wegen der späten Störung entschuldigt hatte, berichtete sie in wenigen Worten von Melanie

Schusters Befragung und bat um einen Durchsuchungsbeschluss. Alexander Cornelsen willigte sofort ein und versprach, den Richter am nächsten Morgen direkt anzusprechen.

»Geht doch«, sagte Lena, nachdem sie sich vom Staatsanwalt verabschiedet hatte. »Morgen Mittag sollten wir den Beschluss haben. Du hast doch sicher noch Kontakt ins Flensburger Kommissariat. Wir brauchen zwei Kriminaltechniker, die uns unterstützen.«

»Soll ich anrufen oder du?«

Lena lächelte. »Ich lasse dir gern den Vortritt.«

Lena lief auf den Wohnwagen zu. Sie hatte eine Joggingrunde am Strand eingelegt und war fast eine Stunde gelaufen. Naya, die vor dem Wagen aß und Kaffee trank, winkte ihr zu.

»Ausgepowert?«, fragte sie, als Lena atemlos vor ihr stand.

»Ich muss wieder mehr für meine Fitness tun«, sagte Lena. »Ich dusche kurz, dann noch einen Kaffee und eins dieser leckeren Croissants …« Sie hielt die Tüte hoch. »Danach können wir los.«

Eine Viertelstunde später saß sie am Campingtisch und biss hungrig in das Croissant. Naya hatte frischen Milchkaffee gemacht und sich zu ihr gesetzt.

»Erwartet uns Frau Jepsen um zehn Uhr?«, fragte sie.

Lena nickte. »Wir müssen sehr vorsichtig vorgehen. Sollte es wirklich zu einem Missbrauch gekommen sein, muss Sophias Mutter zumindest etwas geahnt haben. Dass sie es toleriert hat, denke ich eher weniger.«

»Auch möglich. Dann würde sie uns sicher nichts verraten.«

»Nein, im Gegenteil. Wir würden es sehr schwer haben.«

Christina Jepsen begrüßte sie mit einem angedeuteten Lächeln und bat sie wie beim ersten Gespräch in die Küche.

»Haben Sie etwas herausgefunden?«, fragte sie, noch bevor sie am Tisch Platz genommen hatten.

»Wir haben mit vielen Menschen gesprochen, die Kontakt zu Ihrer Tochter hatten. Einen ganz konkreten Hinweis, wo Sophia sich in den letzten vier Jahren aufgehalten hat, haben wir noch nicht.« Lena zeigte auf die Tischgruppe. »Wollen wir uns erst setzen?«

Christina Jepsen holte eine Flasche Wasser aus dem Kühlschrank, stellte drei Gläser auf den Tisch und setzte sich zu Lena und Naya.

»Inzwischen haben wir neue Informationen aus Dänemark bekommen«, sagte Lena. »Es hat sich herausgestellt, dass Ihre Tochter ein Kind geboren hat.«

Christina Jepsen sah irritiert zwischen Lena und Naya hin und her. »Was reden Sie da? Was für ein Kind?«

»Die Rechtsmedizin hat festgestellt, dass Sophia in den letzten Jahren entbunden hat. Wir wissen nicht, ob Ihr Enkelkind noch lebt und wenn, wo es sein könnte.«

Lena sah Christina Jepsen den Schock an. Sie atmete schwer, versuchte immer wieder, etwas zu sagen, brach aber nach der ersten Silbe ab. Lena schenkte ihr Wasser ein und reichte ihr das Glas. Christina Jepsen trank einen Schluck und sah wie versteinert auf das Glas in ihrer Hand, als überlegte sie, wie es da hingekommen war.

Nach einer Weile sank sie in sich zusammen und fing leise an zu schluchzen. Lena reichte ihr ein Taschentuch und wartete, bis sie sich beruhigt hatte und aufsah. »Wo ist das Kind? Wie alt ist es? Wer ist der …« Es verschlug ihr die Sprache.

»Das wissen wir alles noch nicht. Darf ich Ihnen noch ein paar Fragen stellen?«

Christina Jepsen nickte.

»Haben Sie in den Wochen, bevor Sophia verschwunden ist, Anzeichen dafür gesehen, dass sie schwanger war? Wurde ihr unvermittelt schlecht, hatte sie bestimmte Lebensmittel nicht mehr gegessen, war sie …«

»Ich weiß, was Sie meinen«, fuhr Christina Jepsen ihr ins Wort. Sie schien plötzlich wie ausgewechselt, hatte sich aufgerichtet und sah Lena direkt an. »Nein, ich bin mir sicher, dass Sophia nicht schwanger war. Das muss ihr der angetan haben, der sie entführt hat.«

»Hat Sophia jemals davon gesprochen, dass sie sich Kinder wünscht?«

»Als sie noch ein kleines Kind war, vielleicht, aber später doch nicht.« Christina Jepsen stutzte. »Was reden Sie da eigentlich für einen Unsinn?«

»Das war eine Frage«, antwortete Lena ruhig. »Wir müssen Fragen stellen, ansonsten werden wir keine Antworten bekommen und auch nicht herausfinden können, was Sophia geschehen ist. Es tut mir leid, wenn Ihnen die Fragen so nahegehen. Sie müssen auch nicht antworten. Wir verstehen das.«

Christina Jepsen zögerte, nickte aber schließlich. »Entschuldigen Sie, ich stehe etwas neben mir. Zuerst Sophias Tod und dass sie nach vier Jahren plötzlich wieder da war, und jetzt das. Ein Enkelkind.« Sie warf Lena einen flehenden Blick zu. »Finden Sie es bitte.«

»Wir tun alles, um das Kind zu finden. Der Staatsanwalt bespricht gerade mit seinem dänischen Kollegen, ob Sophias aktuelles Foto veröffentlicht wird, um Zeugen zu finden, die sie in den letzten vier Jahren gesehen haben. Sie werden auf jeden Fall informiert, sobald es so weit ist.«

»Danke. Vielen Dank.«

»Ich muss Sie leider noch einmal fragen, ob Ihre Tochter sich auf irgendeine Weise bei Ihnen gemeldet hat. Es könnte auch sein, dass sie bei Ihnen angerufen hat und nichts gesagt hat. Oder es kam eine Postkarte oder gar ein Brief, deren Inhalt Sie nicht verstanden haben.«

»Nein, ich habe keinen Brief oder eine Postkarte von ihr bekommen. Und warum sollte Sophia sich auch am Telefon nicht melden, wenn sie schon angerufen hat?«

»Wir wissen nicht, in welcher Verfassung sie war, ob sie von jemandem bedroht oder gar festgehalten wurde. Sie könnte auch Angst um ihr Kind gehabt haben.«

Christina Jepsen nickte mit entsetzter Miene.

»Überlegen Sie einfach noch einmal in Ruhe, Frau Jepsen. Vielleicht fällt Ihnen später noch etwas dazu ein. Sie haben ja meine Nummer. Ich bin Tag und Nacht ansprechbar.«

Christina Jepsen nickte erneut.

»Darf ich noch einmal auf die Probleme zu sprechen kommen, die Ihr Ex-Mann mit Sophia hatte?« Als Christina Jepsen nicht antwortete, fuhr Lena fort. »Können Sie sich daran erinnern, wann genau sie anfingen?«

»Auf den Tag genau weiß ich das nicht. Aber es war nach ihrem vierzehnten Geburtstag. Da war noch alles in Ordnung. Vielleicht ein paar Monate später.«

»Sie sprachen bei unserem letzten Gespräch davon, dass Ihr Mann sich nicht so auf Sophia einlassen konnte oder wollte, wie es Ihrer Ansicht nach notwendig gewesen wäre.«

»Sie können es ruhig deutlich sagen. Er ist ein Egomane, ist er immer gewesen. Er sieht nur sich selbst, alle anderen Menschen sind Zuträger für ihn. Er ist emotional überhaupt nicht in der Lage, sich auf andere einzulassen.« Sie stutzte. »Er hat doch nicht gefragt, ob er Sophias Kind aufnehmen kann, oder?«

»Sicherlich sind Sie als Mutter von Sophia die erste Ansprechpartnerin für das Jugendamt«, wich Lena aus. »Aber bevor wir Sophias Kind finden, stellt sich die Frage überhaupt nicht.«

»Nein, natürlich nicht.«

Lena suchte krampfhaft nach einer günstigen Gelegenheit, um auf einen möglichen Missbrauch von Thomas Jepsen zu sprechen zu kommen. Aber bisher hatte Christina Jepsen weit emotionaler auf ihre Fragen reagiert, als sie erwartet hatte.

»Sie wollen auf etwas anderes hinaus«, sagte Christina Jepsen unvermittelt. »Habe ich recht?« Bevor Lena etwas antworten konnte, fuhr sie fort. »Sie denken, er könnte Sophia etwas angetan haben. Ist es das, was Sie eigentlich fragen wollen?«

Lena entschied sich, die ganze Wahrheit zu sagen. Christina Jepsen weiter mit Samthandschuhen anzufassen, würde zu nichts führen. »Sie wissen von den Vorwürfen, denen Ihr Mann während seines Referendariats ausgesetzt war?«

Christina Jepsen schüttelte den Kopf. »Nein. Da kannten wir uns noch nicht. Und er hat nie etwas erzählt. Was ist denn da passiert?«

»Eine fünfzehnjährige Schülerin hat seinerzeit behauptet, dass Ihr Ex-Mann sie sexuell belästigt habe. Als Ihr Ex die Schule gewechselt hat, hat sie die Anschuldigungen zurückgenommen.«

»Es war also nichts? Ein dummer Mädchenstreich?«

»Wir haben eine protokollierte Aussage der betroffenen Frau, dass sie mit vierzehn Jahren mehrfach Geschlechtsverkehr mit Ihrem Ex-Mann hatte, der wie gesagt zu der Zeit ihr Lehrer war.«

Christina Jepsen schlug die Hand vor den Mund und verlor schlagartig die Farbe im Gesicht.

»Leider muss ich Sie das fragen, Frau Jepsen. Gab es jemals Anzeichen dafür, dass Ihr Mann Sophia missbraucht hat?«

Christina Jepsen schien eine Weile zu brauchen, um die Frage in ihrer ganzen Konsequenz erfassen zu können. Sie zitterte am ganzen Körper, als sie schließlich nickte.

15

Lena und Naya sprachen eine weitere Stunde mit Christina Jepsen, bevor sie sich von ihr verabschiedeten. Sophias Mutter gab an, dass sie, als ihre Tochter zwischen zwölf und dreizehn Jahre alt war, häufig depressive Phasen durchlebt hatte. Zweimal hielt sie sich wegen Suizidgefahr in einer Klinik in der Nähe von Schleswig auf. Die Aufenthalte liefen über sechs beziehungsweise acht Wochen. Sophia habe sich in der Zeit häufig von ihr zurückgezogen und viel mit ihrem Vater unternommen. Immer wieder habe sie über Kopf- und Bauchschmerzen geklagt, sei ängstlicher, aber auch in Phasen aggressiver geworden, hatte sich nicht wie zuvor bei ihr angekuschelt, wenn es ihr schlecht ging, und schlief schlecht. Christina Jepsen fühlte sich zu der Zeit nicht in der Lage, sich permanent um ihre Tochter zu kümmern, und war froh, wenn Vater und Tochter ein oder zwei Tage auf Segeltour gingen.

»Das war heftig«, sagte Naya, als sie vor dem Jepsen-Haus im Wagen saßen. »Nimmst du ihr ab, dass sie wirklich nicht gecheckt hat, was da läuft?«

»Ihre Aussage war schlüssig. Die üblichen Anzeichen, dass wir angelogen werden, habe ich auch nicht gefunden. Vielleicht macht sie sich etwas vor und hat auch damals schon relativ offensichtliche Anzeichen ignoriert oder vielleicht falsch gedeutet. Dass sie quasi den Missbrauch bewusst unterstützt hat – und sei es nur durch Nichteinschreiten –, glaube ich allerdings nicht.«

»Nein, danach sah es nicht aus.« Naya sah zurück zum Haus. »Sie wird noch eine schwere Zeit vor sich haben. Meinst du, dass sie Sophias Kind betreuen darf, sollte es gefunden werden?«

»Das muss ich zum Glück nicht entscheiden.« Allein der Gedanke daran, wo sich Sophias Kind – sollte es noch leben – im Moment aufhielt, war für Lena schwer zu ertragen. Ohne seine Mutter, vermutlich an einem fremden Ort. Wieder einmal musste sie an ihren Sohn denken und nahm sich vor, zu Hause anzurufen, sobald sich eine Gelegenheit ergab.

Sie startete den Motor. »Fahren wir zurück zum Campingplatz und warten auf die Beschlüsse, oder fahren wir gleich nach Flensburg und sprechen schon mal mit deinen ehemaligen Kollegen?«

Thomas Jepsen traf gegen dreizehn Uhr dreißig bei seiner Wohnung ein. Zuvor hatten ihn zwei uniformierte Polizisten vor seiner Schule abgefangen und ihn gebeten, direkt nach Hause zu fahren, da ein richterlicher Beschluss zur Durchsuchung seiner Wohnung vorlag.

»Guten Tag, Herr Jepsen«, begrüßte ihn Lena und reichte ihm den Durchsuchungsbeschluss.

Jepsen las ihn, schüttelte mehrfach den Kopf und warf Lena einen wütenden Blick zu, als er ihr den Beschluss zurückgab. »Das ist lächerlich. Verdacht auf Kindesmissbrauch. Fällt Ihnen denn nichts Besseres ein?«

»Würden Sie bitte aufschließen«, forderte ihn Naya auf, die direkt vor der Eingangstür stand.

Jepsen zögerte kurz, trat aber schließlich vor und schloss auf. Gemeinsam fuhren sie im Fahrstuhl in den fünften Stock. Zwei Beamte der Kriminaltechnik und ein Uniformierter begleiteten sie. Vor der Wohnungstür bat Lena Jepsen, im Flur zu warten, bis sie mit der Durchsuchung fertig seien.

Als Erstes fiel Lena auf, dass der Laptop im Arbeitszimmer neu aussah. Sie ließ sich die Zugangsdaten von Thomas Jepsen geben und verschaffte sich einen Überblick. Dabei fand sie keine von Jepsen erstellte Datei, die älter als zwei Tage war.

»Wann haben Sie den Laptop gekauft?«, fragte sie ihn.

»Vor ein paar Tagen. Warum fragen Sie?«

»Ich gehe einmal davon aus, dass Sie auch davor einen Laptop besessen haben.«

»Ohne käme ich als Lehrer wohl kaum aus.«

»Wo ist das alte Gerät abgeblieben?«

»Das habe ich entsorgt.«

»Wo?«, fragte Lena weiter. Sie ahnte, was kommen würde.

»Wie es vorgeschrieben ist. Auf dem städtischen Recyclinghof.«

»Wann und wo?«

Lena bekam die geforderte Auskunft, ließ Jepsen im Flur stehen und suchte Naya, die sie im Bad der Wohnung fand. Sie bat sie, direkt zum angegebenen Recyclinghof zu fahren und nach dem Laptop zu fragen. Anschließend durchsuchte sie das Arbeitszimmer weiter, fand aber keine Datenträger, weder Sticks noch externe Laufwerke.

Zurück bei Jepsen befragte sie ihn danach und bekam zur Antwort, dass er alle seine Daten mit dem defekten Laptop verloren habe. Er gab an, keine weiteren Datenträger zu besitzen und auch keine Daten in einer Cloud zu speichern. Lena ließ durch einen der Kriminaltechniker Jepsens Handy vor Ort auslesen und die Daten sichern.

Die weitere Durchsuchung brachte keine Hinweise darauf, dass Thomas Jepsen sich im kriminellen Pädophilen-Milieu aufhielt. Es wurden weder entsprechende Filme noch Fotos gefunden. Die Wohnung wirkte auf Lena ausgesprochen aufgeräumt. Sie versuchte, sich an ihre erste Befragung zu erinnern, hatte sich dabei aber weder im Arbeits- noch im Wohnzimmer aufgehalten.

»Sind Sie jetzt endlich fertig?«, fragte Thomas Jepsen, als die Kriminaltechniker und der uniformierte Beamte die Wohnung verließen und Lena auf ihn zuging.

»Wir würden uns noch gern mit Ihnen in der hiesigen Polizeiinspektion unterhalten. Sie liegt nur wenige Hundert Meter von Ihrer Wohnung entfernt.«

»Jetzt?«

»Ja, wenn Sie mir bitte folgen würden.«

»Nein«, sagte Jepsen mit Nachdruck. »Soweit ich informiert bin, muss ich überhaupt nicht mit Ihnen sprechen. Laden Sie mich offiziell vor. Ich werde dann zusammen mit meinem Anwalt zu Ihnen kommen.« Er warf ihr einen triumphierenden Blick zu. »Ich gehe einmal davon aus, dass Sie die Vorschriften kennen.«

Lena lächelte. »Davon können Sie ganz sicher ausgehen.«

Nachdem Lena das Haus ohne Jepsen verlassen hatte, rief sie Naya an und erfuhr, dass sie gerade den gefundenen Laptop der KTU übergeben habe. Sie verabredeten sich bei dem Fischbrötchenstand an der Förde.

Eine Viertelstunde später saßen sie auf der gleichen Holzbank wie bei ihrem Treffen mit Ella Nielsen und aßen ihr verspätetes Mittagessen.

»Wie sah der Laptop aus?«, fragte Lena, nachdem sie sich den Mund abgewischt hatte.

»Nicht sehr abgenutzt, wenn du das meinst. Es war ebenfalls ein MacBook Pro. Die Teile sind nicht gerade günstig zu bekommen, und eine Reparatur lohnt sich fast immer.«

»An der Seriennummer werden wir feststellen können, wie alt er ist.«

Naya schüttelte den Kopf. »Die Festplatte beziehungsweise das Motherboard ist ausgebaut. Das hat der Kollege mir gerade schon verraten.«

»Ich habe es geahnt.« Lena stampfte mit dem Fuß auf den Boden. »Wie sieht so ein Teil aus? Die sind nicht mehr mechanisch, oder?«

»Nein, das musst du dir wie einen besseren Stick vorstellen. Der ist fest mit der Hauptplatine, sprich Motherboard verbunden. Nach meiner Kenntnislage ist da nichts mehr zu machen. Auf dem Teil werden keine Daten mehr zu finden sein.«

»Verstehe, aber warten wir noch ab, was die Kollegen der Kriminaltechnik herausbekommen. Ich habe übrigens schon mit dem Staatsanwalt telefoniert. Cornelsen lädt Thomas Jepsen für nächste Woche Mittwoch vor und informiert auch den Staatsanwalt hier in Flensburg. Ich bekomme eine Kopie der Vorladung, dann kannst du dich um ein Vernehmungszimmer im Flensburger Kommissariat kümmern.«

»Sieht nicht gut aus, oder?«

»Frag nicht! Jepsen hat geahnt, dass wir zu ihm kommen, und hat seine Wohnung auf den Kopf gestellt und vor allem seinen Laptop ausgetauscht.«

Naya wiegte den Kopf hin und her. »Angenommen, du hättest illegale Fotos und Videos auf deinem Laptop, die du teuer bezahlt hast und die dir unglaublich wichtig sind. Klar, es würde dir eine Verurteilung drohen, wenn sie gefunden werden, vielleicht sogar eine Haftstrafe. Trotzdem – würdest du sie wirklich vernichten? Wenn ich richtig informiert bin, kann es

Jahre dauern, bis man die Kontakte geschaffen und vor allem das Material gesammelt hat.«

»Bankschließfach? Aber wie wollen wir das finden? Er wird es wohl kaum auf seinen Namen gemietet haben.«

»Es gibt auch private Anbieter«, sagte Naya. »Aber ohne Ausweis wird man selbst da wohl kaum ein Fach bekommen.«

»Bei einem Freund?«, schlug Lena vor.

»Du denkst an jemanden, der ähnlich veranlagt ist?«

Lena nickte.

»Weiß nicht, ob diese Menschen sich analog überhaupt noch treffen. Ist das nicht viel zu gefährlich? Und bei einem Freund, der nicht weiß, was er da in den Händen hat, ist es genauso unsicher. Was wäre, wenn der Freund den Stick, oder was immer es auch ist, öffnet?«

»Eine Garage oder ein zusätzlicher Kellerraum?«

»Schon eher. Aber wie sollen wir das finden?«

»Schwierig, aber nicht unmöglich.« Lena stöhnte leise. »Hast du heute Nacht schon etwas vor?«

Sie hatten mit viel Glück einen Parkplatz gefunden, von dem sie das Mietshaus, in dem Thomas Jepsen wohnte, optimal im Blick hatten. Naya hatte zuvor kontrolliert, ob es einen Hinterausgang gab, hatte allerdings keinen gefunden. Jepsens Skoda Octavia stand in der Nähe des Hauses. Lena vermutete, dass der Schuppen oder die Garage – sollte es einen solchen geben – nicht in unmittelbarer Nähe lag.

Naya reichte Lena das Fernglas. »Alles perfekt zu sehen. Wir müssen nur aufpassen, falls er in unsere Richtung laufen sollte. Dann kommt er direkt auf uns zu.«

Lena nickte, schob ihren Sitz ganz nach hinten und glitt im nächsten Augenblick runter in den Fußraum. »Sieht man mich noch?«

Naya stieg aus, lief ein paar Meter die Straße hinunter, kehrte gleich wieder um und kam auf Lenas Fahrzeug zu. Kurz darauf stieg sie wieder ein.

Lena kam nach oben. »Und?«

»Nur wenn man direkt ins Auto schauen sollte, kann man dich sehen. Wenn es später dunkel ist, könnte er sogar das tun.«

»Dann wäre das ja geklärt.« Lena setzte das Fernglas an die Augen und suchte die Straße ab. »Alles ruhig.«

»Warum meinst du, dass er gerade heute Nacht zu seinem Versteck gehen oder fahren wird?«, fragte Naya.

Sie zuckte mit den Schultern. »Kennst du das nicht? Wenn man das Haus verlässt, kreisen gleich die Gedanken darum, ob du den Herd ausgestellt hast oder auch alle Fenster zu sind. Sollten wir richtigliegen, steht Jepsen im Moment unter wahnsinnigem Stress. Er kann gar nicht ruhig in der Wohnung sitzen und abwarten. Die Gedanken an sein Versteck werden ihn halb in den Wahnsinn treiben.«

»Na ja, ein geöffnetes Fenster ist wohl noch etwas anderes als Fotos und Filmchen, die ihn nicht nur seinen Job kosten, sondern auch noch ein Strafverfahren nach sich ziehen würden.«

»Nein, aus psychologischer Sicht eher nicht. Ich bin mir sicher, dass er kommt.«

Zwei Stunden später dämmerte es, die Straßenlaternen sprangen an und der Verkehr ließ merklich nach. Naya hatte zwischendurch im nahe gelegenen Kiosk zwei Becher Kaffee besorgt und eine Tüte Kekse. Schweigend saßen sie nebeneinander und wechselten sich mit dem Fernglas ab. Inzwischen war in Jepsens Wohnung Licht angemacht worden, hinter den dünnen Vorhängen sah Lena jemanden hin- und herlaufen. Von der Gestalt her musste es Thomas Jepsen sein. Er schien unruhig zu sein. Hatte die Durchsuchung seiner Wohnung ihm so zugesetzt?

»Wenn der heute nicht noch rausgeht, hänge ich meinen Job an den Nagel«, murmelte Lena.

»Das ist er nicht wert«, warf Naya ein.

Lena sah erstaunt auf. »Was hast du gesagt?«

»Jepsen ist es nicht wert, dass du deinen Job verwettest.«

»Nein, sicher nicht. War nur so eine Redensart.« Sie hob wieder das Fernglas. Das Licht in der Wohnung war erloschen, gleichzeitig wurde das Treppenhaus hell. »Ich glaube, er kommt.« In diesem Augenblick öffnete sich die Haustür, ein Mann trat auf den Bürgersteig. Thomas Jepsen. Er sah sich um und ging auf sein Auto zu.

16

»Funktioniert es?«, fragte Lena, die aus der Parklücke gefahren war, um Thomas Jepsen zu folgen.

»Perfekt!« Naya hielt Lenas Tablet in der Hand, auf der eine Karte zu sehen war. Ein roter Punkt bewegte sich langsam auf einer Straße entlang.

Sie hatten sich am Nachmittag von Johann das Kennzeichen von dem Fahrzeug durchgeben lassen, das auf Thomas Jepsen angemeldet war. Nachdem sie den Observationsplatz gefunden hatte, war Lena die Straße entlanggegangen und hatte einen GPS-Tracker unter dem Skoda angebracht.

Lena reduzierte die Geschwindigkeit und folgte Jepsen nach Nayas Anweisungen. Er fuhr über eine der Hauptstraßen Richtung Osten.

»Ganz schön weit weg«, sagte Naya, nachdem Jepsen bereits drei Kilometer gefahren war. »Die Stadtgrenze müssten wir bald erreicht haben.«

»Will der nach Holnis zu seiner Frau?«

»Kann ich mir nicht vorstellen. Dann hätte er einen kürzeren Weg gewählt.« Naya hob die Hand. »Er wird langsamer. Ich glaube, er biegt ab.«

»Wie weit noch?«

»Er ist ungefähr einen Kilometer vor uns. Ja, jetzt ist er von der Hauptstraße abgebogen.«

»Was ist da?«, fragte Lena.

»Ein Einkaufszentrum mit einigen Geschäften. Nicht groß, aber ich glaube kaum, dass er dahin will.«

»Und sonst?«

»Ein Wohngebiet. Hin und wieder Gewerbe. Das Übliche halt.« Naya zeigte nach vorne. »Du musst gleich rechts abbiegen.«

Naya dirigierte Lena durch die Straße. Der rote Punkt stand inzwischen. Kurz bevor sie ihn erreichten, stoppte Lena auf Nayas Anweisung am Straßenrand.

»Das ist eine Sackgasse«, sagte Naya. »Wenn mich nicht alles täuscht …« Sie schaltete in den Satellitenmodus um und vergrößerte den Ausschnitt. »Ja, da sind etwa ein Dutzend Garagen. Jepsen hat vor einer geparkt.« Sie sah zu Lena. »Was machen wir?«

»Wir haben keinen Durchsuchungsbeschluss. Wenn wir trotzdem reingehen und nichts finden, stehen wir blöd da.«

»Gefahr in Verzug? Eventuell will er die Daten vernichten.«

Lena zögerte. »Wenn Jepsen genau das geplant hat und vermutet, dass wir ihn observieren, will er uns vielleicht vorführen. Er wäre dann für uns quasi tabu. Selbst die Vorladung würde dann fragwürdig.«

»Und wenn nicht? Er kann überhaupt nicht bemerkt haben, dass wir ihm folgen. Wir waren viel zu weit entfernt. Hätte er dann nicht abgebrochen?«

»Okay, wir holen ihn uns«, sagte Lena, während sie bereits aus der Parklücke fuhr. Kurz darauf hielt sie hinter Jepsens Skoda Octavia, sie sprangen aus dem Auto und rannten auf ein halb geöffnetes Tor zu. Thomas Jepsen stand vor einer Feuerschale, aus der weißer Rauch aufstieg. Es roch nach Benzin und ätzenden Dämpfen. Lena reagierte sofort, sprang nach vorne und riss Jepsen das Gehäuse aus der Hand, stieß ihn von der Schale zurück und drängte ihn ab. Aus den Augenwinkeln sah sie, dass Naya sich eine Decke gegriffen hatte, jetzt die Feuerschale umkippte und die Decke über die brennenden Gegenstände warf.

Lena zeigte der Flensburger Kriminalbeamtin Simone Walter die Fotos und Filme, die sie auf der beschlagnahmten Festplatte gefunden hatten. Der Datenträger war der einzige, der von den Flammen verschont worden war. Fünf Sticks und zwei weitere externe Festplatten hatte Naya aus den Flammen retten können. Ob die Daten noch abrufbar waren, würde die KTU überprüfen.

»Das ist …«, die Oberkommissarin schien um Worte zu ringen. »… abscheulich.« Sie sah zum Streifenwagen, in dem Thomas Jepsen auf der Rückbank saß. Zwei uniformierte Beamte standen neben dem Wagen und warteten auf Anweisungen. »Ich habe davon gehört, dass eine Wohnungsdurchsuchung stattgefunden hat.« Sie wies mit dem Kopf zum Streifenwagen. »Er war es?«

»Ja. Thomas Jepsen. Wir haben bei ihm in der Wohnung nichts gefunden und ihn heute Abend observiert. Wir kamen gerade noch rechtzeitig, um den letzten Datenträger zu retten.«

»Verstehe. Hat Herr Jepsen etwas dazu gesagt?«

»Nein, er verweigert die Aussage und verlangt nach seinem Anwalt.«

Simone Walter warf einen Blick auf die Uhr. »Den wird er um diese Zeit wohl eher nicht erreichen. Ich schlage vor, wir nehmen Herrn Jepsen vorläufig fest und verlegen die Vernehmung auf morgen Vormittag.«

Lena nickte. »Ja, das wird das Beste sein. Vielleicht kann die Kriminaltechnik bis dahin schon sagen, ob bei den restlichen Datenträgern noch etwas zu retten ist.«

Ein Kleinbus fuhr vor. Zwei Männer stiegen aus, holten Koffer aus dem Wagen und zogen sich weiße Overalls über, bevor sie auf Lena zukamen.

»Moin!«, begrüßte der Ältere der beiden Simone Walter. »Die Garage? Um was handelt es sich?«

Simone Walter zeigte auf Lenas Laptop, auf dem immer noch eins der Fotos zu sehen war. »Auf dem Boden liegen Datenträger, die bereits im Feuer lagen. Es wäre gut, wenn wir morgen Vormittag wissen, ob man da noch etwas mit anfangen kann. Außerdem müsste die Garage auf den Kopf gestellt werden. Es ist nicht auszuschließen, dass es weitere Datenträger gibt.«

Lena legte die Festplatte in einen von dem Kriminaltechniker gehaltenen Asservatenbeutel. Er beschriftete ihn und verstaute die Platte in seinem Koffer. »Dann machen wir uns mal an die Arbeit.«

»Hast du den Tracker?«, fragte Lena, als sie eine halbe Stunde später im Auto in Richtung der Halbinsel Holnis fuhren.

»Ja. Alles gut.« Naya hatte auch einen kurzen Blick auf die gefundenen Fotos geworfen und seitdem geschwiegen.

»Dein erster Fall dieser Art?«, fragte Lena.

Naya nickte.

»Man weiß in unserem Job ja darum, aber wenn man dann die Fotos und Filme sieht, kann man es nicht glauben.«

»Nein, kann man nicht. Es ist entsetzlich, wozu Menschen fähig sind.« Sie wandte sich Lena zu. »Und jetzt sag mir nicht, dass man sich an diesen Scheiß gewöhnt.«

»Sicher nicht. Daran darf man sich nicht gewöhnen. Niemals.«

Naya nickte und schwieg.

»Ich kann jetzt nicht schlafen«, sagte Naya, als sie eine Stunde später mit dickem Pullover und einer Decke vor ihrem Wohnwagen saßen. Lena hatte ihr ein Bier angeboten, aber Naya hatte abgelehnt. Darauf hatte Lena für beide Tee aufgesetzt.

»Ich auch nicht. Wenn ich mir vorstelle, dass meinem Kind so etwas passieren würde … Ich weiß nicht, was ich machen würde.«

Naya nahm den Teebecher in beide Hände, starrte lange auf die braune Flüssigkeit, bevor sie einen Schluck trank. »Wie geht es weiter?«

»Die Flensburger Kollegen werden die Ermittlungen zu den Fotos und Filmen übernehmen. Wir müssen mit Thomas Jepsen über seine Tochter sprechen.«

»Morgen schon?«

»Nein, wir haben nur einen Termin mit den Kollegen. Um zehn Uhr. Danach ist Wochenende.« Lena sah auf die Uhr. Kurz nach Mitternacht. »Wir haben schon Samstag. Wenn das für dich in Ordnung ist, lässt du mich wieder in Husum raus und fährst mit meinem Auto nach Kiel.«

Naya nickte. »Was für eine Woche. Und richtig weiter sind wir immer noch nicht.«

»Nein, eigentlich nicht«, stimmte ihr Lena zu.

Gegen acht am nächsten Morgen hatten sie den Wohnwagen aufgeräumt und checkten aus. Als sie ihre Sachen im Auto verstaut hatten, gingen sie ins Café frühstücken. Mit Blick auf die Ostsee tranken sie ihren Milchkaffee, aßen Rührei mit Speck und dazu Croissants.

»Bist du die Bilder losgeworden?«, fragte Lena.

»Ich habe es zumindest versucht.« Sie waren erst gegen zwei Uhr schlafen gegangen und früh wieder aufgestanden. »Ob es funktioniert, werden die nächsten Tage zeigen.«

»Und Grönland?«

»Steckt tief in mir. Egal was ich mache, ich werde wohl damit leben müssen.«

»Keine Entscheidung?«, fragte Lena.

»Frag mich etwas Einfacheres.« Naya sah Lena an. »Was würdest du machen? Ein Jahr Auszeit nehmen? Mit allen Konsequenzen, die damit verbunden sind?«

»Ich bin nicht du.«

»Weich nicht aus. So unähnlich sind wir uns auch wieder nicht. Oder?«

Lena lächelte. Naya hatte recht. Vieles an ihr erinnerte sie an ihre eigene Laufbahn bei der Polizei, mehr noch, auch im Privaten waren sie beide zwischen verschiedenen Welten hin- und hergerissen. Lena hatte ihren Frieden gefunden, zumindest für den Moment, Naya stand das noch bevor.

»Was hättest du gemacht, wenn Erck darauf bestanden hätte, auf Amrum zu bleiben? Hättest du dich ein zweites Mal von ihm getrennt oder hättest du deinen Job aufgegeben? Zumindest für ein paar Jahre?«

Lena seufzte. Sie hatte diese Frage erwartet. Aber hatte sie auch eine Antwort darauf? Erck hatte sie nie vor die Wahl gestellt, und Lena rechnete es ihm hoch an, dass er sich fürs Festland entschieden hatte. Sie wusste, wie schwer ihm das gefallen war.

»Eine Pause hätte ich wohl in Erwägung gezogen. Ob ich ganz auf Amrum geblieben wäre und damit meinen Job an den Nagel gehängt hätte, weiß ich nicht. Zum Glück bin ich nie vor die Wahl gestellt worden.«

»Du würdest mir also empfehlen, für zumindest ein Jahr nach Grönland zu gehen?«

»Das habe ich nicht gesagt. Da kann niemand raten. Das musst du alleine entscheiden. Es ist dein Leben.«

»Ja, die Antwort habe ich befürchtet. Ich schwanke stündlich zwischen fahren und hierbleiben. Dabei weiß ich noch gar nicht, ob mein Antrag überhaupt durchkommen würde.«

»Bei Kriminaldirektorin Nielsen würde ich mir keine großen Gedanken machen. Die wird das durchboxen. Komme, wer oder was da wolle.«

Naya lächelte. »Gut zu wissen.«

Schweigend saßen sie am Strand, bis Lena auf ihre Uhr zeigte. Sie stand auf und hielt Naya die Hand entgegen.

17

Simone Walter holte Lena und Naya beim Empfang in der Polizeiinspektion ab und führte sie in ihr Büro.

»Ich habe bereits mit dem zuständigen Staatsanwalt gesprochen«, sagte Simone Walter. »Sollten wir Herrn Jepsen über den Besitz von Kinderpornografie hinaus keine weiteren Straftaten nachweisen können, wird er heute Mittag wieder freigelassen. Sollte das Material, das Sie sichergestellt haben, eine direkte Beteiligung am Kindesmissbrauch zeigen, sieht die Sache natürlich schon anders aus.«

»Sie haben Jepsen schon vernommen?«, fragte Naya.

»Ja. Sein Anwalt war anwesend. Er hat für seinen Mandanten den Besitz eingeräumt, aber abgestritten, dass es zum direkten sexuellen Missbrauch durch Herrn Jepsen gekommen ist.«

»Was sagen die Kollegen der Kriminaltechnik?«, fragte Lena. »Ist das Material, das Thomas Jepsen verbrennen wollte, noch zu retten?«

»Sie sind dabei. Alle Datenträger sind wohl nicht zerstört. Es wird aber eine Weile dauern, bis wir etwas Genaueres wissen.«

»Ich habe mit der Ex-Frau von Herrn Jepsen telefoniert. Sie schickt mir Fotos von ihrer Tochter im Alter zwischen zehn und vierzehn Jahren. Uns interessiert, ob Sophia Jepsen auf einem der Fotos oder Filme zu finden ist.«

Simone Walter nickte. »Verstehe. Ich werde es weitergeben. Die Kollegen arbeiten heute, eventuell sogar morgen am Sonntag. Ich fürchte aber, es wird in die nächste Woche reingehen.«

»Verständlich«, sagte Lena. »Wir würden gerne mit Herrn Jepsen sprechen. Ist sein Anwalt noch vor Ort?«

»Ja. Sie warten im Vernehmungszimmer.«

Der Anwalt von Thomas Jepsen stellte sich als Dr. Rainer Trebing vor. Mitte fünfzig, Maßanzug, Hornbrille, drahtige Figur.

»Mein Mandant möchte von seinem Aussageverweigerungsrecht Gebrauch machen«, verkündete er gleich zu Beginn.

»Kooperation ist in der Situation Ihres Mandanten erfahrungsgemäß die bessere Strategie«, antwortete Lena. »Wir werden ohnehin erfahren, ob Ihr Mandant in den Wochen vor dem Tod seiner Tochter mit ihr Kontakt hatte. Sollten wir Ihrem Mandanten das nachweisen können, wird es sehr eng für ihn.«

Der Anwalt bat darum, kurz mit Jepsen unter vier Augen sprechen zu dürfen. Lena und Naya verließen den Vernehmungsraum. Zehn Minuten später rief Trebing sie wieder herein.

»Mein Mandant bestreitet, dass er nach dem Verschwinden seiner Tochter Sophia Kontakt zu ihr gehabt hat. Weder ist ihm bekannt, wo sie sich aufgehalten hat, noch, warum sie überhaupt von zu Hause weggelaufen ist.«

Lena wandte sich direkt an Thomas Jepsen. »Sophia hat nach Auskunft der Rechtsmedizin ein Kind geboren.«

Thomas Jepsen erstarrte. »Was reden Sie da?«, fragte er halblaut mit erschrockener Miene.

»Sie sind Großvater geworden.« Und vielleicht auch Vater, fügte Lena in Gedanken hinzu.

Der Anwalt hatte seine Hand auf Jepsens Arm gelegt, beugte sich jetzt vor und sprach leise zu ihm, bevor er sich Lena zuwandte.

»Mein Mandant hat davon keine Kenntnis. Wie auch, wenn er keinen Kontakt zu seiner Tochter hatte.«

»Sie könnte schon schwanger gewesen sein, als sie von zu Hause verschwunden ist«, schob Lena nach.

»Was wollen Sie damit sagen?«, fuhr Jepsen sie an.

Lena wandte sich ihm zu. »Das, was ich gesagt habe. Hat Sophia Ihnen gesagt, dass sie schwanger ist?«

Rainer Trebing räusperte sich laut. »Wie bereits gesagt, mein Mandant hatte von einer möglichen Schwangerschaft seiner Tochter weder vor ihrem Verschwinden noch danach Kenntnis. Ich hoffe einmal für Sie, dass sie mit Ihrer Frage nicht noch mehr andeuten wollen.«

»An was denken Sie da?«

Der Anwalt warf ihr einen verärgerten Blick zu. »Spielen Sie bitte keine Spielchen mit mir, Frau Hauptkommissarin. Wenn Sie Fragen haben, dann sprechen Sie es offen aus.«

Lena griff nach ihrem Tablet, öffnete das Fotoalbum und schob das Tablet über den Tisch zu Thomas Jepsen. »Erinnern Sie sich?«

Jepsen starrte auf die Aufnahme, die Lena aus dem Fotoalbum von Melanie Schuster abfotografiert hatte.

»Das Foto ist etwa dreißig Jahre alt«, fügte Lena hinzu. »Eine Schülerin Ihrer Klasse.«

Thomas Jepsen schob das Tablet zu Lena zurück. Er sah seinen Anwalt Hilfe suchend an, der einen Augenblick ratlos schien.

»Ich denke, unser Gespräch ist hier zu Ende«, sagte er schließlich. »Sollten Sie noch Fragen haben, laden Sie uns offiziell vor.«

Lena hielt seinem Blick stand. »Die Vorladung ist bereits unterwegs.« Sie stand auf. »Wir sehen uns dann spätestens nächste Woche Mittwoch wieder.«

»Was war das denn für ein Traumpaar?«, sagte Naya, als sie eine Dreiviertelstunde später aus Flensburg herausfuhren.

»Du meinst Jepsen und sein Anwalt?«

Naya nickte. »Ich glaube, die kennen sich persönlich. Er hat Jepsen geduzt, als er leise mit ihm gesprochen hat.«

»Ja, den Eindruck hatte ich auch. Vielleicht eine alte Jugendfreundschaft.«

»Sollte er dann nicht eigentlich wissen, wie sein Freund drauf ist?«

»Wie stellst du dir das vor? Pädophilie ist nicht gerade ein Stammtischthema. Zumindest wenn man selbst davon betroffen ist.«

»Betroffen?«, fragte Naya.

»Kriminell wird es erst dann, wenn man seiner Neigung nachgibt. Sei es durch Kauf von Fotos und Videos oder, noch schlimmer, indem man selbst Kinder missbraucht. Es gibt durchaus pädophile Männer, die nicht kriminell sind oder werden. Da muss man schon unterscheiden.«

»Mag sein. Ich kenne mich in dem Thema nicht so aus.«

»Ich beneide diese Männer und Frauen nicht, die davon betroffen sind. Eine schwere Bürde – und damit will ich keinesfalls die kriminellen Aktivitäten schönreden.«

»Ich verstehe schon, was du meinst«, sagte Naya. »Trotzdem hätte ich so meine Probleme, wenn mir ein Mann beichten würde, dass er pädophil ist. Ehrlich gesagt weiß ich nicht, wie ich reagieren würde.« Sie hielt kurz inne. »Kennst du denn jemanden persönlich?«

Lena nickte. »Ist zwar schon eine Weile her, aber ich war sehr beeindruckt von seiner Stärke.«

»Ein Freund von dir?«, fragte Naya.

»Ein Kollege in Schleswig. Ein Freund, ja, so würde ich ihn nennen. Irgendwann hat er mir von seiner Neigung erzählt, von seiner Therapeutin, die er damals immer noch einmal im Monat gesehen hat. Es war für ihn ein schwerer Kampf, jeden Tag neu.«

»Was ist aus ihm geworden?«

»Als ich aus Schleswig weg war, hatten wir nur sporadisch Kontakt«, antwortete Lena. »Hin und wieder haben wir uns getroffen und einen Tag miteinander verbracht. Als er sich bei mir nicht mehr meldete und ich ihn auch nicht erreichen konnte, hatte ich schon die Befürchtung, dass etwas passiert ist. Ich hätte mich gleich nach Schleswig aufmachen sollen. Aber ein Fall hat mich davon abgehalten.«

»Suizid?«

»Ja. Er hat sich mit seiner Dienstwaffe in den Kopf geschossen und war auf der Stelle tot. Niemand hat geahnt, was er in den Jahren durchgemacht hat. Ich habe später erfahren, dass er Wochen vor seinem Suizid in einer SoKo war, die im Fall eines getöteten elfjährigen Mädchens ermittelte. Der Täter ist gefasst worden. Sein Motiv kannst du dir sicher denken.«

»Verdammt. Hatte er Angst, dass ihm das auch passieren könnte?«

Lena schüttelte den Kopf. »Ich glaube, es war mehr Scham als Angst. Auf seiner Beerdigung waren viele Kollegen. Keiner von ihnen wusste, was wirklich passiert war. Ich habe geschwiegen. Auch weil er es so gewollt hätte.«

»Dein Freund muss ziemlich einsam gewesen sein.«

»Ja, und die Einzige, der er sich anvertraut hat, war nicht da, als er mich gebraucht hätte. Das passiert mir hoffentlich kein zweites Mal.«

Den Rest der Fahrt nach Husum schwiegen sie. Naya würde Lena am Dienstag abholen. Für Montag hatte sie geplant, die beiden jungen Männer zu befragen. Naya den Kandidaten in Kiel, Lena den Husumer Bauern.

»Komm gut nach Hause«, sagte Lena, als sie sich vor ihrem Haus von Naya verabschiedete. »Grüß Johann von mir, falls du ihn siehst.«

Der restliche Samstag verflog für Lena wie im Fluge. Zusammen mit ihren Liebsten unternahm sie eine Fahrradtour die Küste entlang zur Insel Nordstrand. Dort besuchten sie Freunde, die ein Kind im gleichen Alter von Bent hatten, grillten am Nachmittag und fuhren gegen Abend zurück nach Husum. Bent schlief in der Front von Ercks Lastenfahrrad ein, Lena trug ihn in sein Schlafzimmer und zog ihm vorsichtig die Schlafsachen an.

»Eine lange Woche«, sagte Erck, als sie später auf der Bank im Garten saßen und mit einem Glas Wein in der Hand der untergehenden Sonne zuschauten.

»Ja. Gerade die letzten zwei Tage. Der Vater des Opfers ist pädophil. Wir haben Fotos und Filme bei ihm gefunden.«

»Ich dachte, es geht um die getötete junge Frau, die so viele Jahre verschollen war.«

»Richtig. Ein Zufallsfund. Die Flensburger Kollegen kümmern sich auch um die Sache. Vielleicht hat es aber auch etwas mit unserem Fall zu tun. Wir wissen es noch nicht.« Wie wir überhaupt noch nicht viel wissen, fügte sie in Gedanken hinzu.

»Montag geht es weiter?«

»Ja, aber erst hier in Husum. Naya holt mich am Dienstag ab. Eventuell fahren wir auch erst am Mittwoch.«

»Okay«, sagte Erck. »Zusammen mit Ole schaffen wir das schon. Er ist mir wirklich eine große Hilfe. Bent fällt ihm immer in die Arme, wenn er bei uns vorbeikommt.«

»Da werde ich ja gleich eifersüchtig«, sagte Lena schmunzelnd.

»Musst du nicht. Bent vermisst dich jeden Tag. Wenn er die täglichen Videocalls mit dir nicht hätte …« Erck ließ den Satz unvollendet.

Lena wusste auch so, wovon er sprach. Je häufiger sie nicht in Husum war, desto mehr klammerte Bent, wenn sie zurückkam.

»Sorry, das klang jetzt etwas missverständlich«, fügte Erck hinzu. »Es ist okay so, wie es ist. Es kommen auch wieder ruhigere Tage.«

Lena nickte. Sie wusste, dass Erck meinte, was er sagte, und auch dazu stand. Aber das war nur die eine Seite der Medaille. Die Woche auf Holnis war ihr schwerer gefallen als bei vorherigen Fällen. Auch sie hätte ohne die Videogespräche mit Bent, aber auch mit Erck, die Tage nicht durchgehalten. Ihr war gerade in der letzten Woche immer klarer geworden, dass ihr Leben auf Dauer so nicht weitergehen konnte. Johann war klüger gewesen und hatte gleich den richtigen Weg eingeschlagen. Das war nicht einfach für ihn, wie er ihr nicht nur einmal gesagt hatte. Er haderte immer wieder mit dem Innendienst, auch wenn er durch die Zeit mit seiner Tochter reichlich entlohnt wurde.

»Worüber denkst du nach?«, fragte Erck.

»Das weißt du doch.«

»Ja. Oder ich ahne es zumindest. Du musst dir wegen uns keine Vorwürfe machen. Im Moment läuft wirklich alles prima.«

»… nur an mir vorbei«, flüsterte Lena.

»Das sind ein paar Tage im Monat. Ich bin auch viel außer Haus. Bent ist im Kindergarten. Klar, da bleibt immer noch eine Menge Zeit übrig.« Er zuckte mit den Schultern.

»Ich hadere wieder einmal mit der Situation. Aber das ist ja auch nichts Neues. Ich muss mich irgendwann entscheiden. Vielleicht lasse ich mich einfach für ein Jahr beurlauben. Andere machen das auch. Bent ist noch jung genug, dass ich das beim LKA durchbekomme.«

»Ich bin dabei, das weißt du ja. Ums Geld brauchst du dir keine Gedanken machen. So wie es im Moment läuft, ist das kein Problem.«

Lena beugte sich vor und küsste Erck. »Danke!«

»Wofür?«, fragte er schmunzelnd.

»Für alles!« Sie lehnte den Kopf an seine Schulter. Die Sonne war inzwischen untergegangen, die Nacht würde feuchte Meeresluft mit sich bringen.

Lena schmiegte sich an Erck an und flüsterte: »Ich liebe dich!«

18

Der Hof von Gerrit Martens lag in der Nähe von Oldersbek, einem kleinen Ort mit etwas über sechshundert Einwohner. Lena hatte sich den Kleinwagen von Ole Kotten geliehen, mit dem sie am Montagmorgen zunächst Bent in den Kindergarten gebracht hatte und anschließend weitergefahren war.

Eine lange, mit Birken gesäumte Allee führte zum Martens-Hof. Das Haupthaus, vor dem Lena parkte, sah renovierungsbedürftig aus. Die Farbe der Fenster blätterte hier und da ab, das Dach war an mehreren Stellen durch neue Ziegel ersetzt worden.

Nach kurzer Suche fand Lena einen Mann in einer der Scheunen, der an einem älteren Trecker arbeitete. Der große Werkzeugkoffer stand auf dem Boden, der Mann schaute hoch, als Lena ihn ansprach, legte den Schraubenschlüssel zur Seite und putzte sich die Hände mit einem Tuch ab.

»Moin! Wollen Sie zu mir?«, fragte er mit verwunderter Miene.

»Gerrit Martens?«, fragte Lena, zog, als er nickte, ihren Ausweis aus der Tasche und hielt ihn dem jungen Mann entgegen. »Lena Lorenzen, LKA Kiel. Hätten Sie ein paar Minuten für mich?«

»Polizei? Was ist passiert?«

»Das lässt sich hier nur schwer besprechen. Können wir vielleicht ins Haus gehen?«

Gerrit Martens nickte und ging voraus, hielt Lena die Tür auf und bat sie in die Küche. Überraschenderweise befand sich die große Wohnküche in einem besseren Zustand als das Haus. Sie schien erst in den letzten Monaten komplett renoviert und mit neuen Küchenmöbeln und -geräten ausgestattet worden zu sein.

Der junge Mann wusch sich die Hände, bot Lena etwas zu trinken an, was sie dankend ablehnte.

»Weshalb sind Sie jetzt hier?«, fragte er schließlich.

»Sie haben sich nach unseren Unterlagen vor fünf Jahren auf der Halbinsel Holnis aufgehalten. Ist das richtig?«

Gerrit Martens nickte. »Drei Wochen. Zusammen mit drei Freunden. Wir haben dort gezeltet.«

Lena legte ihm ein Foto von Sophia Jepsen vor, das in dem Sommer gemacht worden war. »Diese junge Frau hat auf dem Campingplatz gearbeitet. Können Sie sich an sie erinnern?«

Gerrit Martens musterte das Foto. »Das ist lange her. Kann sein, dass ich sie gesehen habe.« Er hielt inne und schien nachzudenken. »Doch, da waren zwei Mädels. Eine war, glaube ich, die Tochter vom Platzwart.« Er schob Lena das Foto über den Tisch. »Warum fragen Sie?«

»Die junge Frau heißt Sophia Jepsen. Sie ist ein Jahr später von zu Hause verschwunden und erst vor einigen Wochen wieder aufgetaucht.«

Der junge Bauer nickte.

»Sophia wurde in Dänemark in der Nähe der Stadt Odense tot aufgefunden. Wir gehen von einem Gewaltverbrechen aus.«

Gerrit Martens schwieg. An seiner Miene war nicht abzulesen, ob er überrascht war oder bereits von Sophias Tod erfahren hatte.

»Haben Sie davon gehört?«

Der junge Bauer reagierte nicht, Lena wiederholte ihre Frage und schien ihn erst jetzt aus seinen Gedanken zu reißen.

»Gehört? Sie meinen, als sie damals gesucht wurde? Ja, ich glaube schon. Das war ja groß in den Medien und auch in der Zeitung, oder?«

»Ja, es ist lange nach Sophia gesucht worden«, sagte Lena, die Martens' Reaktion nicht einzuschätzen wusste. War der junge Mann so phlegmatisch, dass er wenig bis keine Reaktionen zeigte? Gerade im hohen Norden gab es häufiger diesen Menschenschlag, den nichts aus der Ruhe bringen konnte. »Sie haben sich damals daran erinnert, dass Sie Sophia auf dem Campingplatz begegnet sind?«

»Keine Ahnung«, sagte Gerrit Martens. »Mag sein. So viel hatte ich mit den beiden Mädels ja auch nicht zu tun. Die haben da gearbeitet, und wir haben Urlaub gemacht. Strand und so. Ich glaube, das war ein ziemlich heißer Sommer.« Er grinste. »Das eine oder andere Bier haben wir auch getrunken.«

»Sophia und die andere junge Frau haben auch mal bei Ihnen privat gesessen? Auf ein Bier oder so?«

»Kann schon sein. Ja, ich glaube schon. Die waren ganz gut drauf, die beiden. Wie hieß noch die andere?«

»Marie Pedersen.«

»Ja, genau. Marie. Sie war aber älter, oder?«

»Das ist richtig. Sie kannten also die beiden jungen Frauen auch privat?«

»Wenn Sie das so nennen wollen. Wir haben hin und wieder etwas geschnackt. Vielleicht waren sie auch mal abends bei uns. Das weiß ich aber nicht mehr genau. Ist ja auch lange her.«

»Sie leben allein auf dem Hof«, wechselte Lena das Thema.

»Ja. Meine Eltern sind tot.«

»Das tut mir leid. Wann sind sie gestorben?«

»Vor vier Jahren. Ein verdammter Idiot ist auf der Bundesstraße frontal in ihr Auto gefahren. Meine Mutter war sofort tot, mein Vater hat noch vier Wochen im Koma gelegen. Dann ist auch er gestorben.«

»Hatten Sie zu der Zeit schon den Hof übernommen?«

»Nee, natürlich nicht. Ich wollte schon irgendwann, aber meine Eltern waren ja noch …« Er schluckte schwer. »… also, sie waren ja noch nicht so alt. Gerade mal fünfzig geworden. Also meine Mutter. Mein Vater war etwas älter.«

»Sie haben dann den Hof von jetzt auf gleich übernehmen müssen?«

Gerrit Martens nickte. »Was blieb mir anderes übrig. Musste ja weitergehen. Das Vieh musste versorgt werden, die Ernte musste rein. Da war viel zu tun. Ich war ja plötzlich allein. Ganz schön hart alles. Aber muss ja.«

»Sie haben eine Freundin oder eine Lebensgefährtin?«

»Schön wär's. Das will heute keine Frau mehr. Hier auf dem Land und dann noch der Gestank und alles. Arbeiten von früh bis spät. Keinen Urlaub. Nichts.« Er grinste. »Und für ›Bauer sucht Frau‹ bin ich wohl nicht fotogen genug.«

»Um noch einmal auf Sophia Jepsen zurückzukommen. Hatten Sie nach Ihrem Urlaub noch Kontakt zu ihr?«

Er zögerte einen Moment zu lange, als dass Lena es nicht bemerkt hätte. »Kontakt? Nee, so dicke waren wir nicht. Und sie war doch auch noch ganz schön jung, oder? Sechzehn oder siebzehn? Höchstens. Ich war damals schon zweiundzwanzig. Nein, wir hatten keinen Kontakt nach diesem Sommer. Ich weiß nicht mal, ob ich ihr erzählt habe, dass ich hier wohne. Wahrscheinlich nicht.« Er schaute sich in der Küche um. »Mit einem Bauernhof lockt man wirklich niemanden hinter dem Ofen hervor.«

»Wieso? Hier sieht es doch sehr schön aus. Wann haben Sie die Küche neu gemacht?«

»Das ist noch nicht so lange her«, sagte Gerrit Martens ausweichend.

»Ein Jahr?«

Er schüttelte den Kopf. »Nicht ganz.«

»Hat Sophia Jepsen jemals wieder Kontakt zu Ihnen aufgenommen?«

Martens schaute sie leicht genervt an. »Was sollen diese Fragen eigentlich? Denken Sie etwa, ich hätte dieses Mädchen damals hier aufgenommen? Oder gar entführt und hier festgehalten?«

Lena ließ sich Zeit mit ihrer Antwort. »Ich will ehrlich sein. Wir stochern im Nebel und wissen nicht, wo Sophia sich in den vier Jahren aufgehalten hat. Dass wir da nach jedem Strohhalm greifen, ist sicherlich verständlich.«

»Aber bitte nicht bei mir. Meine Eltern sind verunglückt, nachdem dieses Mädchen verschwunden ist. Wo bitte hätte ich sie unterbringen sollen? Meine Eltern hätten wohl kaum akzeptiert, dass ich hier ein minderjähriges Mädchen verstecke. Und schon gar nicht festhalte. Was sollen diese Fragen also?«

»Sie hatten also nach dem Urlaub keinerlei Kontakt zu Sophia?«

Gerrit Martens rollte mit den Augen. »Habe ich die Frage nicht schon zu Genüge beantwortet?« Er sah auf die Uhr. »Ich will nicht unhöflich sein, aber mein Trecker wartet. Wahrscheinlich ein Getriebeschaden, und ich weiß nicht, ob ich das allein hinbekomme.«

»Darf ich noch kurz Ihre Toilette benutzen?«, fragte Lena und stand auf.

»Die zweite rechts«, murmelte Gerrit Martens und folgte Lena auf den Flur.

Lena fuhr vom Hof und hielt erst an, als eine Baumreihe ihr Auto verdeckte. Im Bad hatte sie nichts Ungewöhnliches entdeckt. Gerrit Martens, der auf dem Flur auf sie wartete, hatte sie anschließend bis zur Haustür begleitet.

Sie ging noch einmal ihre spärlichen Notizen zum Gespräch durch, ergänzte sie und schrieb auf, was ihr ansonsten aufgefallen war. Schon beim Verlassen des Bauernhauses plagte sie das Gefühl, etwas übersehen zu haben. Im Kopf ging sie die Befragung ein weiteres Mal durch, versuchte, sich an alle Details in der Küche zu erinnern, fand aber nichts.

Als Nächstes rief sie Johann an und bat ihn, Gerrit Martens unter die Lupe zu nehmen und ihr als Erstes das Datum des Unfalls durchzugeben. Johann brauchte fünf Minuten. Martens hatte die Wahrheit gesagt. Der Unfall seiner Eltern hatte sich eineinhalb Monate nach Sophias Verschwinden ereignet. Der Verursacher wurde ebenfalls schwer verletzt, überlebte aber und wurde später wegen fahrlässiger Körperverletzung zu zwei Jahren Gefängnis verurteilt, die allerdings auf Bewährung ausgesetzt wurden.

Lena stieg aus und näherte sich mit dem Fernglas in der Hand vorsichtig dem Bauernhof. Durch die Birkenallee und weitere Bäume, die rund um die Hofanlage standen, hatte sie einen schlechten Blick auf das Haus und die Scheunen, aber nach zehn Minuten fand sie einen Observationsplatz, von dem sie direkt ins Innere der Scheune schauen konnte. Gerrit Martens war nicht zu sehen. Lena wartete, aber der junge Bauer schien die Reparatur unterbrochen zu haben.

Nach einer weiteren Viertelstunde verließ Lena ihr Versteck, ging zum Auto zurück und rief Gerrit Martens auf dem Festnetz an. Nachdem sie es lange hatte klingeln lassen, legte sie auf. Auf ihrem Tablet suchte sie über Google die Hofanlage in den Satellitenbildern, vergrößerte sie bis zum Maximum und suchte die Anlage ab. Als sie den Feldweg auf der Rückseite des Hofes entdeckte, stöhnte sie leise auf. Wieso hatte sie nicht gleich die Örtlichkeiten gecheckt? Vermutlich war Gerrit Martens mit dem blauen Golf, den Lena in einem Unterstand gesehen hatte, über den Feldweg zur einige Hundert Meter entfernten asphaltierten Straße gefahren.

Zur Kontrolle fuhr Lena noch einmal zurück zum Hof und fand ihre Theorie bestätigt. Auf der Fahrt zurück nach Husum rief sie Naya an und bat sie, in den Unterlagen nachzuschauen, ob sie sich notiert habe, wer mit Gerrit Martens seinerzeit zusammen auf dem Campingplatz gewesen war. Naya versprach, ihr die Namen zu mailen.

Zurück in Husum schrieb Lena eine lange Einkaufsliste und fuhr anschließend zu einem Supermarkt. Nach zwei Stunden war sie zurück im Haus, verstaute alle Einkäufe und setzte erschöpft Kaffee auf. Mit dem Becher Milchkaffee setzte sie sich in den Garten und dachte über Gerrit Martens nach. Inzwischen war sie sicher, dass er Sophia besser kannte, als er zugegeben hatte. Ob der Kontakt nach dem Urlaub weitergelaufen war? Konnte Martens der gesuchte Mann sein, der Sophia auf Holnis abgeholt hatte? Nachdem die Eltern beim Unfall ums Leben gekommen waren, hätte Sophia unbemerkt auf dem Hof leben können. Aber wo hatte sie sich in den Wochen davor aufgehalten? Allerdings konnte Gerrit Martens nicht wissen, dass seine Eltern kurz darauf tödlich verunglücken würden. Mit dem Unfall hatte er definitiv nichts zu tun. Der Unfallverursacher hatte nur mit viel Glück überlebt. Niemand würde einen solchen Unfall im Auftrag verursachen. Sophia konnte in der Anfangszeit nicht auf dem Hof gewesen sein. Den Eltern wäre nicht verborgen geblieben, dass sie gesucht wurde. Alle Zeitungen hatten Sophias Foto veröffentlicht, selbst die Fernsehsender hatten sich angeschlossen. Nein, Sophia konnte zu der Zeit nicht auf dem Hof gewesen ein. Außerdem stimmten die Beschreibungen des Ehepaars vom Campingplatz nicht mit Gerrit Martens überein. Trotzdem hatte Lena das Gefühl, dass sie weitersuchen sollte.

Lena kontrollierte ihren E-Mail-Account und fand die Mail von Naya, die ihr drei Namen schickte. Nach kurzer Suche fand sie in der Datenbank die Adressen. Lukas König wohnte in Husum. Die zwei Weiteren lebten schon zu der Zeit, als sie mit Gerrit Martens auf Holnis waren, in Hamburg und Lübeck. Kurz entschlossen rief sie Ole Kotten an und fragte, ob er sein Auto brauchen würde, bevor sie sich auf den Weg zu Lukas König machte.

19

Ein Mann Mitte zwanzig öffnete ihr die Wohnungstür. Sein linker Arm war bandagiert. Als er sie fragend ansah, stellte Lena sich vor und bat um ein kurzes Gespräch. Lukas König führte sie nach kurzem Zögern in seine Wohnung und bot ihr einen Platz in der kleinen Küche an.

»Sie haben Glück. Eigentlich wäre ich bis mindestens achtzehn Uhr auf der Arbeit.« Er stand etwas unschlüssig vor ihr. »Möchten Sie etwas trinken?«

»Ein Glas Wasser wäre gut.«

König holte zwei Gläser aus dem Schrank und schenkte aus einer Flasche Mineralwasser ein, bevor er sich zu Lena an den Tisch setzte. »Das ist aber schon lange her mit dem Urlaub auf Holnis. So ganz viele Erinnerungen habe ich da nicht mehr dran.«

»Sie waren zu viert?«

»Ja, Gerrit, Jörn und Jakob und ich.« Er sah sie fragend an. »Woher wissen Sie überhaupt, dass ich damals auf dem Platz war?«

»Aus den Büchern des Campingplatzes. Wir befragen alle jungen Männer, die seinerzeit zwischen siebzehn und fünfundzwanzig Jahren waren und zu dem Zeitpunkt dort Urlaub gemacht haben.«

»Verstehe! Und es geht um dieses Mädchen, das da gearbeitet hat? Waren das nicht zwei, die da immer herumliefen? Eine etwas älter als die andere?«

»Sophia Jepsen war die Jüngere von den beiden. Sie verschwand etwa ein Jahr später spurlos und ist vor Kurzem tot in Dänemark gefunden worden.«

»Jepsen.« Er kratzte sich mit der rechte Hand am Kopf. »Ja, davon habe ich damals in der Zeitung gelesen.« Er hielt kurz inne. »Und jetzt ist sie tot?«

Lena nickte. »Ihr Freund Gerrit hat ausgesagt, dass sich Sophia Jepsen und die zweite junge Frau hin und wieder bei Ihnen in der Runde aufgehalten haben. Ist das richtig?«

»Aufgehalten? Mag sein. Sonst würde ich mich wahrscheinlich auch gar nicht an sie erinnern.« Er stutzte und schien zu verstehen, warum Lena ihn nach so langer Zeit zu dem Sommer auf Holnis befragte. »Sie suchen nach jemandem, der diese …«

»Sophia«, half Lena aus.

»… diese Sophia ein Jahr später entführt hat oder so?«

Lena ging nicht auf seine Frage ein. »Sie leben schon länger in dieser Wohnung?«

Lukas König nickte. »Ja, seit ich bei meinen Eltern ausgezogen bin.«

»Die ganze Zeit allein?«

»Nein.«

»Sondern?«

»Ach, verdammt. Mit meiner Ex. Sie hat mich vor zwei Monaten mit so einem Arschloch betrogen. Ich habe sie rausgeworfen.«

Lena ließ es vorerst dabei bewenden. Sie würde am Ende des Gespräches nach dem Namen seiner Ex-Freundin fragen und später die Richtigkeit seiner Aussage überprüfen.

»Sie haben noch Kontakt zu Ihren Freunden?«

Lukas König schüttelte den Kopf. »Nee, Jörn und Jakob waren ja schon damals auf und davon. Das war mehr so eine Revival-Tour. Wir vier waren zusammen auf der Schule. Aus irgendeiner Bierlaune am Wochenende ist die Idee entstanden. Jörn und Jakob hatten ohnehin nur zehn Tage Zeit, Gerrit und ich sind noch etwas geblieben.«

»Zu Herrn Martens haben Sie auch keinen Kontakt mehr?«

»Nee, lief damals nicht so gut, als wir nur noch zu zweit waren. Ich bin dann auch früher los.«

»Wie viel früher?«

Lukas König stöhnte theatralisch. »Sie stellen Fragen. Drei, vielleicht auch vier Tage vor der geplanten Abfahrt. Vielleicht auch fünf. Ich weiß es wirklich nicht mehr.«

»Warum sind Sie früher gefahren?«

König sah sie mit zusammengezogenen Augenbrauen an. »Warum wollen Sie das alles wissen? Ich meine, das kann doch nun wirklich nichts damit zu tun haben, dass dieses Mädchen irgendwann verschwunden ist.«

»Das mag sein. Aber ich kann das erst beurteilen, wenn ich die Fakten kenne. Tut mir leid, das ist nun mal mein Job.«

»Wenn es unbedingt sein muss.« Er warf einen Blick auf seinen bandagierten Arm. »Zeit habe ich ja genug.«

»Warum sind Sie also früher gefahren?«

»Stress mit Gerrit. Irgendeine dumme Diskussion. Ich weiß nicht mal mehr, um was es ging.«

Lukas König war zum ersten Mal unsicher geworden. Seine Augenlider hatten leicht geflackert, anschließend hatte er auf seine Finger geschaut.

»Dumme Diskussion?«, fragte Lena. »Um was ging es?«

König zögerte. »Wissen Sie, wie lange das her ist? Ich hatte einfach keinen Bock mehr auf Gerrit. Er kann manchmal sehr bestimmend sein. Ein Bauer halt.«

»Sie erinnern sich an Sophia Jepsen?«

Ein erneutes Schulterzucken.

»Ja oder nein?«, hakte Lena nach.

»Ich will Gerrit da in nichts reinreißen.« Lukas König schien im gleichen Augenblick bemerkt zu haben, dass er einen Fehler gemacht hatte.

»Herr König, als Zeuge müssen Sie die Wahrheit sagen. Wenn Sie bewusst etwas verschwei…«

»Verdammt, der Idiot hatte doch tatsächlich ein Auge auf dieses Mädchen geworfen. Ich habe ihn zurechtgestutzt. Die war doch höchstens fünfzehn oder sechzehn. Er wäre doch in Teufels Küche gekommen, wenn das jemand mitbekommen hätte.« Abwehrend hob er seine gesunde Hand. »Nicht dass Sie jetzt etwas Falsches denken. Da ist nichts passiert zwischen den beiden. Dafür lege ich meine Hand ins Feuer.«

»Sie sind vier, vielleicht sogar fünf Tage früher abgereist«, warf Lena ein.

Lukas König schwieg betroffen und schluckte schwer, bevor er sich räusperte. »Ja, stimmt schon. Trotzdem glaube ich nicht, dass Gerrit irgendeine Dummheit gemacht hat. Das Mädchen ist doch erst ein Jahr später verschwunden. Haben Sie das nicht gerade gesagt?«

»Herr Martens hatte also Interesse an Sophia Jepsen. Wie hat sie auf die Avancen reagiert?«

Lukas König schien sich sichtlich unwohl zu fühlen. Er atmete schwer aus und wieder ein. »Gar nicht, würde ich sagen. Da war wirklich nichts. Sie hatte nicht das geringste Interesse an Gerrit. Und genau das habe ich ihm dann ja auch klarmachen wollen.«

»War das der Grund Ihres Streits?«

»Kann sein«, gab König kleinlaut zu.

»Es kam also, solange sie auf dem Campingplatz waren, nicht zu einer wie auch immer gearteten Annäherung zwischen den beiden?«

»Nicht, was Sie jetzt meinen. Die Kleine war freundlich und hat Gerrit auch nicht zurückgewiesen. Warum auch. Es ist ja nichts passiert. Er hat ihr Trinkgeld zugesteckt – viel zu viel, aber egal –, er hat sich mit ihr unterhalten, und sonst war nichts.«

»Aber Sie haben Ihren Urlaub früher abgebrochen?«, hakte Lena weiter nach.

»Ja, das habe ich ja bereits gesagt. Das hing aber auch mit meiner Ex zusammen. Sie musste zu der Zeit arbeiten und war stocksauer, dass ich meine Urlaubstage mit dieser Campinggeschichte verbaselt habe. Dabei musste der weg, weil er noch aus dem Jahr davor stammte. Ich bin dann halt zurück, als sie mir gedroht hat, dass sie nicht mehr da ist, wenn …« Er stöhnte. »… Sie wissen schon.«

»Haben Sie anschließend noch Kontakt zu Ihrem Freund Gerrit gehabt?«

»Nicht wirklich. Wir haben uns ein paarmal gesehen. In der Kneipe in Husum, und ich war auf der Beerdigung seiner Eltern. Da waren aber viele. War ja auch tragisch, die ganze Geschichte.«

Zurück im Auto rief Lena Johann an. »Hast du was zu Gerrit Martens gefunden?«

»Dass seine Angaben zum Unfall stimmten, weißt du ja schon. Er hat das Gymnasium nach der zehnten Klasse verlassen und eine Ausbildung zum Landwirt gemacht. Er war die ganze Zeit auf dem Hof seiner Eltern beziehungsweise jetzt ja seinem Hof gemeldet. Nach dem Tod seiner Eltern gab es keine weiteren Anmeldungen. Keine Vorstrafen oder sonstige Einträge zu finden. Nicht einmal ein Punkt in Flensburg. Der nächste Hof liegt ungefähr einen, der nächste Ort vier Kilometer entfernt. Die Straße endet am Hof. Aber das hast du ja selbst gesehen.«

»Ja, es war da relativ einsam. Wer nicht direkt zum Hof will, kommt da eigentlich nicht vorbei.«

»Wäre also durchaus ein Ort, an dem sich Sophia Jepsen hätte verstecken können.«

»Aber es passt so viel nicht. Er kann nicht der Mann sein, den Zeugen mit Sophia gesehen haben. Als sie verschwunden ist, waren seine Eltern noch auf dem Hof. Sie hätten wohl niemals zugelassen, dass er dort ein minderjähriges Mädchen versteckt.«

»Die vielleicht auch noch schwanger war«, warf Johann ein. »Glaubst du an einen Zufall?«

»Gute Frage. Bisher kann ich mir noch keinen Reim auf die ganze Sache machen. Ein paar Puzzleteile passen haargenau, andere überhaupt nicht.« Und ich habe etwas im Haus von Gerrit Martens übersehen, fügte sie in Gedanken hinzu.

»Aus Dänemark habe ich auch noch nichts bezüglich der Öffentlichkeitsfahndung gehört. Soll ich da noch mal anrufen?«

»Nein, Kort Asmussen würde mich sicher gleich informieren. Aber danke fürs Angebot.« Lena ahnte, dass es Johann in den Fingern juckte. Er würde nur zu gern bei den Ermittlungen vor Ort dabei sein.

»Ja, wohl wahr. Dann nerve ich ihn mal lieber nicht. Sollte ich noch was zu Martens finden, melde ich mich bei dir.«

Sie verabschiedeten sich. Lena wählte die Nummer von Naya, die aber ihren Anruf nicht annahm. Sie beschloss, den Arbeitstag zu beenden und Bent früher aus dem Kindergarten abzuholen.

Lena saß im Garten und schaute Bent zu, wie er im Sandkasten spielte. Erck hatte sich telefonisch gemeldet und angekündigt, dass er in einer halben Stunde mit Ole kommen und Kuchen vom Bäcker mitbringen würde.

Sie warf einen Blick auf die Uhr und rief Bent zu, dass sie in die Küche gehen würde. Nachdem sie Kaffee aufgesetzt hatte, deckte sie im Garten den Tisch. Kurz darauf trafen die beiden Männer ein.

»Kuchen!«, rief Erck Bent zu, der daraufhin freudestrahlend auf ihn zulief.

Lena schenkte Kaffee ein, für Bent gab es Kakao mit Sahne. Er fühlte sich sichtlich wohl in seinem Kinderstuhl zwischen Erck und Ole und verfolgte das Gespräch der Erwachsenen mit aufmerksamer Miene.

»Seid ihr weitergekommen?«, fragte Ole, als Erck zusammen mit Bent den Tisch abdeckte und den übrig gebliebenen Kuchen in den Kühlschrank stellte.

Lena berichtete mit wenigen Worten den Stand der Ermittlungen und wollte am Ende hinzufügen: »Eigentlich …«

»… darfst du mir das nicht erzählen«, beendete Ole den Satz. »Wir sind doch noch fast Kollegen. Sozusagen. Einmal Polizist, immer Polizist.«

Lena grinste. »Ja, so ist es wahrscheinlich.« Sie wurde ernst. »Wie schätzt du den bisherigen Stand der Ermittlungen ein? Ich sehe im Moment den Wald vor lauter Bäumen nicht. Oder Naya und ich haben uns vollkommen verrannt.«

Erck und Bent kamen zurück. Der Kleine zog seinen Vater mit zum Sandkasten, Erck hob entschuldigend die Schulter und fügte sich den Wünschen seines Sohnes.

»Zum Wald mit den Bäumen«, nahm Ole das Thema wieder auf. »Dieser junge Bauer …«

»Gerrit Martens«, half Lena ihm.

»Genau, Martens. Warum hat er dich angelogen? Er hätte doch nichts zu befürchten gehabt, da es mehr als logisch ist, dass seine Eltern das nicht mitgemacht hätten. Entweder hat er etwas anderes vor dir verbergen wollen – also eine Angelegenheit, die nichts mit deinem Fall zu tun hat –, oder er steckt mit drin. Du kennst mich, ich glaube nicht an solche Zufälle. Kann er das Mädchen vorher irgendwo anders versteckt haben? Hat der Hof noch ein Altenteil, das nicht bewohnt war?«

»Davon weiß ich nichts. Aber das lässt sich ja schnell herausbekommen. Bauten sind ja im Grundbuchamt vermerkt. Ich gebe das morgen gleich an Johann weiter.«

»Du hältst es aber nicht für sehr wahrscheinlich, dass er das Mädchen versteckt hat, oder?«

Lena schüttelte den Kopf. »Das wäre alles viel zu umständlich. Hätte sich eine Sechzehnjährige, die an einen gewissen Standard des Wohnens gewöhnt ist, in irgendeiner Absteige versteckt? Sie hätte mit ihrem Freund zusammen sein wollen. Das passt alles nicht zusammen. Da könnte ich mir schon eher vorstellen, dass Martens Angst hatte, dass ich ihn verdächtige, wenn er die Wahrheit gesagt hätte.«

Ole wiegte den Kopf hin und her. »Meine Nase sagt mir, dass noch mehr dahintersteckt. Eine Hausdurchsuchung bekommst du doch mit den Fakten immer durch. Wenn Sophia Jepsen bei ihm im Haus gewohnt hat, bekommst du das raus. So gründlich kann er gar nicht putzen, als dass die Kollegen nicht irgendwo etwas von Sophia finden würden.«

20

Lena gab Bent einen Kuss auf die Stirn und deckte ihn zu. Während sie ihm in der letzten Viertelstunde aus seinem aktuellen Lieblingsbuch vorgelesen hatte, war er eingeschlafen. Ole hatte sich bereits lange vor der Zeremonie verabschiedet, um zu Hause etwas für seinen Mann zu kochen.

Erck stellte gerade die letzten Teller in die Spülmaschine, als Lena in die Küche schaute. »Ich muss noch kurz mit Naya telefonieren. Ist das in Ordnung?«

»Natürlich. Wegen morgen?«

Lena nickte und zog sich ins Wohnzimmer zurück.

»Sorry, dass ich dich heute Nachmittag weggedrückt habe«, begrüßte Naya sie. »Ich war gerade in der Befragung.«

»Ist etwas dabei herausgekommen?«

»Nein, aber bis ich den Mann gefunden hatte, sind schon zwei Stunden vergangen. Ich hatte schon das Gefühl, dass er bewusst nicht mit mir reden wollte. Aber egal. Den können wir definitiv abhaken. Details morgen?«

»Ja, vermutlich besser.« Sie fasste kurz die Befragungen von Gerrit Martens und Lukas König zusammen und schlug vor, dass sie am nächsten Morgen mit der Bahn nach Kiel kommen würde. »Wir sollten uns mit Johann zusammensetzen und die gesamten Ermittlungen durchgehen. Übermorgen steht die Vernehmung von Sophias Vater an. Im Moment habe ich noch keine Strategie. Ich nehme den Zug um acht Uhr fünfunddreißig. Dann bin ich kurz vor zehn am Hauptbahnhof. Holst du mich ab? Dann fahren wir ins LKA. Ich schreibe Johann gleich noch eine Nachricht.«

»Alles klar. Ich stehe dann auf dem Parkplatz am Bahnhof. Dein Auto wirst du noch erkennen.«

»Denke schon«, sagte Lena schmunzelnd. »Bis morgen.«

»Ole hilft euch?«, fragte Erck, als sie zwei Stunden später im Bett lagen.

Lena richtete sich auf. »Ja. Ehrlich gesagt vermisse ich ihn bei den Ermittlungen. Johann genauso. Naya ist eine tolle Kollegin, aber es fehlt ihr noch etwas die Erfahrung.«

Erck nickte. »Wie lange wird Johann im Innendienst bleiben?«

»Ich glaube nicht, dass er das noch lange aushält. Er hat ja jetzt noch einmal um ein halbes Jahr verlängert. Die beiden haben aber jetzt einen Krippenplatz sicher. Also denke ich, er wird spätestens dann wieder einsteigen.«

»Es ist nicht einfach in eurem Job«, sagte Erck.

Lena zog ihn an sich und küsste ihn zärtlich. »Nein, für keine Seite.«

Nachdem sie Bent in den Kindergarten gebracht hatten, fuhr Erck Lena zum Husumer Bahnhof. Im Zug ging Lena sämtliche Ermittlungsergebnisse durch, schrieb das Für und Wider zu einzelnen Thesen auf und ging noch einmal die Liste der Männer durch, die während der fraglichen Zeit auf dem Campingplatz Urlaub gemacht hatten. Bis auf Gerrit Martens schien niemand für Sophias mutmaßlichen Freund infrage zu kommen. Lange dachte Lena darüber nach, wo Sophias Kind sein könnte. Wenn Thomas Jepsen nicht der Vater des Kindes war, konnte es beim leiblichen Vater sein. Da Sophia gefälschte Papiere bei sich getragen hatte, war das Kind vielleicht auch unter falschem Namen registriert. Hatte Sophia mit ihrem Kind in Dänemark oder Deutschland gelebt? Lena würde am Nachmittag den Staatsanwalt Cornelsen treffen, um mit ihm über die Öffentlichkeitsfahndung und die Durchsuchung des Martens-Hofs zu sprechen. Ohne neue Erkenntnisse würden sie weiter auf der Stelle treten. Die Zeitspanne zwischen dem Verschwinden von Sophia und dem Auffinden in Dänemark war zu lang und lag zudem zu sehr im Dunkeln, als dass sich ohne die Einbindung der Öffentlichkeit Hinweise finden ließen. Ole hatte am Tag zuvor den Verdacht geäußert, dass nicht alle im Polizei- und Justizapparat Interesse an der Aufklärung des Falles haben könnten. Nach seiner Meinung hatte die SoKo seinerzeit schwerwiegende Fehler gemacht, die bei einer Aufklärung des Tötungsdelikts zutage treten könnten. Lena glaubte nicht an eine Verschwörung oder Behinderung der Ermittlungsarbeiten. Bisher hatte sich der Staatsanwalt kooperativ verhalten und sie unterstützt.

»Schön, mal wieder mit euch zusammenzusitzen«, sagte Johann und nahm Platz am Besprechungstisch in Lenas Büro.

»Kaffee, der Herr?«, fragte Lena und schob Johann, nachdem er genickt hatte, einen Becher über den Tisch.

»Hast du noch etwas zu Gerrit Martens gefunden?«, fragte Lena.

»Der Hof scheint verschuldet bzw. hoch verschuldet zu sein. An genaue Zahlen komme ich aber ohne Beschluss nicht ran.«

»Der Flur und die Küche waren neu renoviert. Relativ hochwertige Küchengeräte, die einiges gekostet haben müssen.«

»Neu? Bist du sicher?«, fragte Johann.

»Ja. Zwei der Geräte waren brandneu. Die sind noch nicht lange auf dem Markt. Und die Wände sahen absolut tadellos aus.«

»Und wenn er die Küche gemacht hat, werden die anderen Zimmer vielleicht auch renoviert worden sein«, warf Naya ein. »Hast du mir nicht gesagt, dass der Hof von außen nicht so gut aussah?«

Lena nickte gedankenversunken. Ihr war gerade wieder eingefallen, was ihr im Haus von Gerrit Martens aufgefallen war.

»Im Badezimmer stand ein Windeleimer«, sagte Lena mehr zu sich selbst. »Ich hatte den gleichen. Das Teil ist genial, aber nicht gerade billig.«

Naya warf ihr einen erstaunten Blick zu. »Hat er denn eine Schwester oder andere Verwandte, die vielleicht ein Kind haben?«

»Nein«, sagte Johann. »Ich habe nichts dergleichen gefunden.«

Lena ging noch einmal in Gedanken das Badezimmer durch. Der Windeleimer stand in der Ecke hinter der Badewanne. Er war erst in ihr Blickfeld geraten, als sie bereits auf dem Weg zur Tür war.

»Ich bin mir absolut sicher, dass es das Modell war.«

»Bekommen wir einen Durchsuchungsbeschluss?«, fragte Johann.

»Wenn es nicht schon zu spät ist«, warf Naya ein.

»Ich habe in zwei Stunden einen Termin beim Staatsanwalt. Wir sollten jetzt noch einmal alles durchgehen. Fangen wir mit Thomas Jepsen an.« Lena wandte sich an Johann. »Sind die Telefon- und Bankdaten gekommen?«

»Ich habe beides. Telefon- und Handydaten reichen drei Monate zurück. Interessant ist erst mal, dass er nach Auszug aus dem Haus eine neue Festnetznummer bekommen hat. Ich habe recherchiert. Die ist nicht öffentlich einsehbar und hätte somit auch von seiner Tochter nicht so einfach gefunden werden können. Anders bei seiner Handynummer. Die hat Thomas Jepsen seit sieben Jahren. Könnte also durchaus seiner Tochter bekannt gewesen sein.« Johann blätterte die Notizbuchseite um. »Festnetzgespräche sind nur wenige geführt worden. Ich konnte alle identifizieren. Die Handyverbindungen sind da schon interessanter. Ich habe zwei Anrufe mit unterdrückter Nummer. Beide Gespräche dauerten nicht lange. Das erste vor drei Monaten etwa drei Minuten, das zweite hatte gerade mal zwei Minuten und wurde einen Monat später geführt. Ich habe die dahinter stehende Nummer angefragt und auch schnell eine Antwort bekommen.«

»Mach es nicht so spannend«, sagte Lena. »Wer steckt dahinter?«

»Es ist eine dänische Prepaid-Nummer. Mehr konnte mir der Provider nicht verraten. Wir müssen jetzt die Kollegen vor Ort bitten, dass sie uns weiterhelfen.« Johann reichte Lena einen Zettel mit der Nummer. »Kannst du das über den kleinen Dienstweg machen?«

Lena nickte, griff nach ihrem Handy und wählte die Nummer von Kort Asmussen. Er meldete sich nach dem ersten Klingelton und begrüßte sie freundlich. Lena erklärte ihm ihr Anliegen und gab ihm die Nummer durch. »Wird es lange dauern?«

»Ich brauche erst die Zustimmung des Staatsanwalts und kann Ihnen nicht zusagen, dass es schnell geht. Ich fürchte, es könnte ein paar Tage dauern.«

»Haben wir keine Chance, es schneller zu bekommen? Wir vernehmen morgen den Vater des Opfers.« Lena hatte Kort Asmussen bereits per Mail mitgeteilt, dass Thomas Jepsen mit einer Anklage wegen des Besitzes von Kinderpornografie rechnen musste.

»Ich könnte es über einen Mittelsmann bei dem Provider versuchen. Nennt ihr das in Deutschland nicht *kleiner Dienstweg*?«

»Bis morgen Vormittag?«

Kort Asmussen stöhnte leise. »Ich versuche es. Sollte ich etwas erfahren, wird es aber inoffiziell sein. Für die Gerichte müssen wir den korrekten Weg einhalten.«

Lena bedankte sich und verabschiedete sich von ihm.

»Dänisches Prepaidhandy. Sophia? Haben wir den Standort, wo es eingeloggt war?«

»Nein, die Daten werden nicht so lange aufbewahrt. Wir sind ein paar Tage zu spät dran.«

»Dann müssen wir auf unseren dänischen Kollegen hoffen«, sagte Lena. Sie wandte sich erneut an Johann. »Und die Bankdaten?«

»Normale Ein- und Ausgänge. Bis auf monatliche Einzahlungen auf ein PayPal-Konto in Höhe von tausend Euro. Das geht seit genau zehn Monaten so. Davor war nichts.«

»Und in diesem Monat?«, fragte Naya.

»Noch nichts. Aber …« Johann sah die ausgedruckten Auszüge durch. »Es hätte eigentlich schon gebucht sein müssen. Es ist seit einem Tag überfällig.«

»Kommen wir da ran?«, fragte Lena. »Und wenn ja, wie schnell?«

»Wir brauchen einen neuen Beschluss. Wie schnell PayPal dann reagiert, weiß ich nicht. Den Fall hatten wir noch nicht. Wenn die Informationen aus den USA kommen müssen …« Johann sprach nicht weiter, aber Lena war klar, worauf er hinauswollte. Es könnte unter Umständen Wochen dauern, bis sie eine Antwort bekommen würden. Möglicherweise würde die amerikanische Gesellschaft überhaupt nicht reagieren.

»Ich werde die Informationen morgen trotzdem in der Vernehmung mit einbringen«, sagte Lena. »Wir werden sehen, wie Jepsen reagiert.«

Sie diskutierten noch eine Weile über die verschiedenen Ermittlungsstränge, bevor sich Lena und Naya in ihre Büros zurückzogen, um die Berichte und Protokolle der letzten Tage fertigzustellen.

Gegen fünfzehn Uhr machte sich Lena auf den Weg zu Staatsanwalt Alexander Cornelsen. Er empfing sie in seinem Büro, bot ihr Kaffee an, den Lena dankend annahm. Anschließend berichtete sie ihm ausführlich über die Ermittlungen und bat um einen Durchsuchungsbeschluss für den Martens-Hof und einen Beschluss, um Thomas Jepsens PayPal-Konto einsehen zu können.

»Ich bin mir nicht sicher, ob die Richterin mir morgen aufgrund eines Windeleimers zustimmen wird, das Haus von …« Er sah auf seine Unterlagen. »… Herrn Martens durchsuchen zu lassen. Es kann eine vollkommen harmlose Erklärung für den Eimer geben.«

»Lukas König hat bestätigt, dass Gerrit Martens Interesse an Sophia Jepsen gezeigt hat. Er hat ihn sogar wegen dieses Umstands zur Rede gestellt. Der Bauernhof eignet sich durchaus, um jemanden über längere Zeit zu verstecken oder auch festzuhalten. Herr Martens hat mir bewusst verschwiegen, dass er intensiven Kontakt zu Sophia Jepsen gehabt hat. In meinen Augen sind die Zeugenaussagen und weiteren Indizien durchaus ausreichend, um eine Hausdurchsuchung durchzuführen.«

»Ich verstehe die Zusammenhänge, Frau Hauptkommissarin, und glauben Sie mir, wenn ich es allein entscheiden könnte, hätten Sie Ihren Beschluss schon in der Hand. Die Richterin wird morgen leider schärfere Kriterien heranziehen. Eine Haus- oder Wohnungsdurchsuchung ist nun mal ein erheblicher Eingriff in die Privatsphäre eines Menschen.«

»Es geht um mehr als die Aufklärung eines Tötungsdelikts«, sagte Lena. »Wir müssen davon ausgehen, dass das Kind des Opfers lebt und unsere Hilfe braucht.«

Cornelsen schwieg eine Weile. »Ja, ich werde das genau so der Richterin darlegen. Vielleicht punkten wir damit.«

21

Rainer Trebing, Thomas Jepsens Anwalt, stand auf, als Lena und Naya den Vernehmungsraum betraten, und begrüßte sie mit Handschlag.

»Guten Tag, Herr Jepsen«, sagte Lena zu dem Vater von Sophia, der schweigend auf seinem Stuhl sitzen geblieben war und jetzt einen kaum hörbaren Gruß murmelte.

Lena und Naya setzten sich, Lena aktivierte die Ton- und Bildaufnahme und eröffnete die Vernehmung.

»Herr Jepsen, wie Sie wissen, haben wir Ihre Bankdaten angefordert und die monatliche Buchung auf Ihr PayPal-Konto entdeckt. Würden Sie uns bitte sagen, was die Zahlungen zu bedeuten haben?«

Rainer Trebing zog den Auszug, den Lena über den Tisch geschoben hatte, zu sich her. »Mein Mandant bezahlt viele seiner Onlinebestellungen über diesen Bezahldienst.«

»Die Anfrage an PayPal läuft. Es wird Tage, eventuell Wochen dauern, bis wir die Antwort haben. Ich würde vorschlagen, wir verkürzen die Zeit, und Sie, Herr Jepsen, sagen uns hier und jetzt, was diese Buchungen zu bedeuten haben.«

»Frau Hauptkommissarin, ich habe Ihnen bereits auf Ihre Frage geantwortet«, sagte der Anwalt. Er warf einen Blick auf seine Armbanduhr. »Vielleicht können wir zu Ihrer nächsten Frage kommen?«

Lena legte den Ausdruck der Handyverbindungen vor. »Wir haben zwei Anrufe auf Ihrem Handy gefunden, Herr Jepsen, die wir nicht zuordnen können. Wer war der Anrufer beziehungsweise die Anruferin?«

Rainer Trebing musterte den Ausdruck. »Daran kann sich mein Mandant nicht mehr erinnern. Wie ich sehe, ist auch nur kurz gesprochen worden. Eventuell hat sich beide Male der Anrufer verwählt?«

»Es handelt sich um eine dänische Prepaid-Nummer.«

Rainer Trebing lächelte und schwieg.

»Die dänische Polizei hat eine Vorabanfrage gestellt. Die Nummer ist auf den Namen von Jonna Holm registriert.«

»Die Dame ist uns nicht bekannt«, sagte Rainer Trebing. »Sie verschwenden hier gerade Ihre und unsere Zeit, Frau Hauptkommissarin. Ich kann nur noch einmal wiederholen, mein Mandant hatte während der fraglichen Zeit keinen Kontakt zu seiner Tochter.«

»Bei Sophia ist ein gefälschter dänischer Pass gefunden worden, mit dem Namen Jonna Holm und dem Foto von Sophia.«

Der Anwalt erstarrte für einen Augenblick, hatte sich aber gleich wieder unter Kontrolle. »Ich kann nur noch einmal wiederholen, dass ...« Rainer Trebing verstummte, als er das Foto auf dem Tablet sah, das Lena ihm über den Tisch geschoben hatte. Jetzt reichte sie Thomas Jepsen das Gerät. »Das ist Ihre Tochter Sophia. Sie dürfte zum Zeitpunkt der Aufnahme etwa zehn oder elf Jahre gewesen sein.«

Trebing sprang auf. »Ich protestiere ausdrücklich gegen Ihre Methoden. Es ist eine unge...«

»Dieses Foto wurde auf den Datenträgern Ihres Mandanten gefunden«, fiel Lena dem Anwalt ins Wort, zog das Tablet zu sich, stand auf und nahm ihre Unterlagen an sich. »Ich unterbreche die Vernehmung von Herrn Thomas Jepsen für eine Viertelstunde.«

Ohne weitere Erklärung verließen sie und Naya den Vernehmungsraum.

»Ich glaube, die beiden haben jetzt einiges zu besprechen«, sagte Naya, als sie auf dem Flur standen.

»Das wollen wir hoffen. Jepsens Reaktion war eindeutig. Er ist kreidebleich geworden. Ich hatte schon Angst, dass er ohnmächtig wird.«

»Er kann zugeben, dass er seine Tochter nackt fotografiert hat. Dass er die Fotos verkauft hat, können wir beziehungsweise die Flensburger Kollegen nicht nachweisen.«

»Noch nicht. Glaub mir, die werden jeden Stein im Netz umdrehen, um etwas zu finden. Besitz von Kinderpornografie ist die eine Sache, aber eigene Fotos zu machen, eine ganz andere. Die Kriminaltechnik ist auch noch nicht durch mit den Datenträgern. Es kann noch weitaus schlimmeres Material auftauchen.«

Naya nickte und zeigte den Flur entlang. »Ich hole uns mal einen Kaffee.«

Lena aktivierte das Aufnahmesystem und sah Rainer Trebing an. »Können wir weitermachen?«

»Mein Mandant ist bereit, mit Ihnen zu kooperieren.«

»Gut«, sagte Lena.

»Herr Jepsen ist vor etwa elf Monaten von einem ihm unbekannten Mann angerufen worden. Die Nummer war unterdrückt, vermutlich handelte es sich bei den ersten Gesprächen um die von Ihnen genannte dänische Nummer. Der Anrufer behauptete, Beweise dafür zu haben, dass mein Mandant seine Tochter Sophia als Kind missbraucht hat.« Der Anwalt hielt kurz inne. »Um es gleich vorab deutlich zu machen. Herr Jepsen hat seine Tochter nicht missbraucht. Das Foto, das Sie uns gezeigt haben, entstand in einem Urlaub im Süden. Herrn Jepsens Tochter ist auf dem Gelände ihrer gemieteten Finca, die auch einen großen Pool besaß, häufig nackt herumgelaufen. Mein Mandant hat seine Tochter fotografiert, und es ist ihm nicht erklärlich, wie das von Ihnen gefundene Foto auf die Datenträger gelangt ist.«

»Was wollte der anonyme Anrufer von Ihrem Mandanten?«, fragte Lena.

»Der Mann hat meinen Mandanten erpresst und tausend Euro im Monat verlangt. Wie Sie wissen, ist mein Mandant Lehrer. In diesem Beruf ist Rufschädigung leider häufig gleichzusetzen mit einem Berufsverbot. Aus diesem Grund hat mein Mandant die geforderten tausend Euro monatlich bezahlt.«

»Es gab weitere Telefongespräche?«

»Insgesamt vier. Zwei zu Beginn der Erpressung und die beiden Kontakte, die Sie uns vorhin gezeigt haben. Der Erpresser forderte im dritten Gespräch dreitausend statt tausend Euro monatlich. Da mein Mandant nicht über ausreichende finanzielle Mittel verfügt und vor allem weil er beschlossen hatte, sich nicht weiter erpressen zu lassen, hat er sich geweigert, die geforderte Summe zu bezahlen.«

»Wie hat der Anrufer reagiert?«

»Beim vierten Anruf ist meinem Mandanten offen mit Gewalt gedroht worden. Herr Jepsen hat den Anruf dann abgebrochen. Seitdem hat er nichts wieder von dem Erpresser gehört. Die Zahlungen hat er eingestellt.«

»Wir benötigen das Konto des Empfängers«, sagte Lena.

»Selbstverständlich. Es handelt sich um den von Ihnen genannten Namen. Jonna Holm. Meinem Mandanten war der Name zu der Zeit unbekannt.« Rainer Trebing öffnete seinen Laptop, entsperrte ihn und drehte das Gerät zu Lena und Naya. »Hier sehen Sie die Überweisungen zu dem PayPal-Konto mit dem Namen Jonna Holm.«

»Wir benötigen die Zugangsdaten zu Herrn Jepsens Konto.«

Der Anwalt nickte und schob einen Zettel über den Tisch. »Die habe ich hier bereits notiert. Bitte informieren Sie uns, wann Herr Jepsen das Passwort ändern kann.«

»Es hat sich um eine männliche Stimme gehandelt?«, stellte Naya ihre erste Frage.

Thomas Jepsen nickte. »Sie war verzerrt. So, wie man das aus Filmen kennt.«

»Aber Sie sind sich sicher, dass es sich um einen Mann handelte?«

»Ja, das konnte man trotzdem gut erkennen.«

»Hat der Anrufer gesagt, dass Ihre Tochter noch lebt?«, fragte Naya weiter.

»Nein.«

»Sie sind davon ausgegangen, dass Ihre Tochter hinter der Erpressung steckt?«

»Nein.«

Rainer Trebing räusperte sich. »Ich möchte noch einmal betonen, dass mein Mandant keinen Kontakt zu seiner Tochter hatte, nachdem sie seinerzeit verschwunden ist.«

»Das haben wir durchaus verstanden«, konterte Lena scharf und wandte sich an Thomas Jepsen. »Wo haben Sie sich aufgehalten, als Ihre Tochter getötet wurde?«

Thomas Jepsen schnappte nach Luft und sah Hilfe suchend zu seinem Anwalt.

Lena nannte die drei Tage, bevor Sophias Leiche gefunden wurde. »Es handelt sich um Freitag, Samstag, Sonntag.«

»Am Freitag hatte ich vormittags Unterricht«, sagte Thomas Jepsen und griff nach seinem Handy. »Am Nachmittag habe ich mein Auto von der Werkstatt abgeholt. Das war so gegen fünfzehn Uhr. Am Abend habe ich mich mit einem Freund getroffen. Das war gegen zwanzig Uhr. Wir waren zuerst in einem

Restaurant und später noch in einer Bar. Ich war um zwölf Uhr ungefähr zu Hause.«

»Und am Samstag?«, fragte Naya.

»Da schlafe ich immer lange. Am Vormittag habe ich eingekauft. Den Kassenzettel sollte ich noch zu Hause haben. Nachmittags war ich mit meinem Freund segeln. Es ist derselbe wie am Abend zuvor. Wir sind erst am späten Nachmittag zurückgekommen. Am Abend war ich zu Hause.«

»Sonntag?«, fragte Lena.

Thomas Jepsen schüttelte den Kopf. »Ich habe nicht viel gemacht. Lange geschlafen und später einen Spaziergang gemacht. Am Nachmittag habe ich etwas für den Unterricht vorbereitet, und abends war ich zu Hause.«

Lena hatte bereits von Johann kontrollieren lassen, wo sich Thomas Jepsens Handy während der drei Tage eingeloggt hatte. Seine Angaben stimmten bis auf den Sonntag mit den Handydaten überein. An diesem Tag war das Handy entweder in der Nähe seiner Wohnung eingeloggt oder zwischenzeitlich ausgestellt gewesen.

»Wir brauchen die Kontaktdaten Ihres Freundes«, sagte Naya und reichte Thomas Jepsen einen Zettel und Kugelschreiber.

»Wir gehen davon aus, dass Sie die monatlichen Beträge an Ihre Tochter bezahlt haben«, sagte Lena, nachdem Naya den Zettel von Thomas Jepsen zurückbekommen hatte. »Warum haben Sie sich nicht an unsere Kollegen in Flensburg gewendet, als Sie erpresst worden sind?«

Rainer Trebing beugte sich leicht vor. »Das war eine Kurzschlussreaktion meines Mandanten. Erst nachdem er den ersten Betrag überwiesen hatte, wurde ihm klar, dass er niemals hätte zahlen dürfen.«

»Selbst zu dem Zeitpunkt wäre es kein Problem gewesen, sich an die Polizei zu wenden«, warf Naya ein.

»Hätten Ihre Kollegen meinem Mandanten geglaubt, dass er unschuldig ist? Wohl kaum. Ich habe vollstes Verständnis für die menschliche Reaktion meines Mandanten, auch wenn ich ihm als Anwalt sicher etwas anderes geraten hätte.«

Lena beendete die Aufnahme, stand auf und wandte sich noch einmal an Thomas Jepsen. »Es muss einen Grund geben, weshalb Ihre Tochter vor vier Jahren untergetaucht ist. Glauben Sie mir, wir werden ihn herausfinden.«

»Wie groß ist die Chance, dass noch weitere Fotos von Sophia auf den Datenträgern gefunden werden?«, fragte Naya, als sie kurze Zeit später in der Cafeteria der Polizeidirektion saßen.

»Ich habe auf der Fahrt nach Flensburg lange mit dem Leiter der Kriminaltechnik gesprochen. Auf dem unbeschädigten Datenträger haben sie definitiv keine Fotos von Sophia gefunden. Das eine Foto von ihr befand sich auf einem Datenstick, der nur minimal mit dem Feuer in Berührung gekommen ist. Er war fast vollkommen intakt. Alle anderen Datenträger sind so stark in Mitleidenschaft gezogen, dass es Wochen, wenn nicht Monate dauern könnte, bis wir mehr wissen.«

»Wunderbar. Dann verlaufen die Ermittlungen gegen Jepsen jetzt im Sand. Kann er weiter Lehrer sein? Arbeitet er überhaupt noch?«

»Soweit ich weiß, hat er sich krankschreiben lassen.«

»Heißt das, dass er weiter unterrichten wird?«

»Bisher ist er nicht verurteilt, Naya. Sollte es bei dem jetzigen Stand bleiben und keine Beweise gefunden werden, dass er Kinder missbraucht hat oder mit den Fotos und Videos gehandelt hat, wird es vermutlich mit einem Strafbefehl ausgehen. Dann ist er, je nach Höhe der Strafe, zwar vorbestraft, wird aber weiter arbeiten können.«

»Klasse!« Naya schüttelte verärgert den Kopf. »Findest du das etwa richtig?«

»Wenn Jepsen wirklich einsichtig ist und sich auch professionelle Hilfe sucht, sollte man ihm eine zweite Chance geben. Allerdings steht da noch der Missbrauch von Melanie Schuster im Raum, der leider verjährt ist. Von Reue habe ich bei ihm nicht viel bemerkt. Das sind wiederum keine guten Voraussetzungen, dass er nicht wieder straffällig wird.« Lena hielt kurz inne. »Ich bin froh, dass ich nicht darüber zu entscheiden habe.«

»Und so, wie es im Moment aussieht, wird die ganze Sache ja nicht mal an die Öffentlichkeit kommen. Sollte es weitere Jepsen-Opfer geben, würden sie sich vielleicht melden.« Naya hob abwehrend die Hände. »Ich weiß, das ist alles nicht unser Fall. Wir müssen uns auf den Tod von Sophia konzentrieren.«

Lena wiegte den Kopf hin und her. »Im Moment sieht es danach aus, als wenn der mutmaßliche Missbrauch von Thomas Jepsen an seiner Tochter nicht direkt mit Sophias Tod zu tun hat.« Lena hatte bereits mit dem Freund von Thomas Jepsen telefoniert. Er hatte bestätigt, dass sie zusammen segeln und am Abend unterwegs gewesen waren. Naya würde ihn vor ihrer Rückfahrt nach Kiel befragen und ein Protokoll unterschreiben lassen. »Allerdings hat er für den Samstagabend und den ganzen Sonntag kein Alibi.«

»Auf wann wurde noch der Todeszeitpunkt festgelegt?«, fragte Naya.

»Freitag neunzehn Uhr bis um drei Uhr in der Nacht zum Samstag.«

»Dann müsste Jepsen Sophia getötet haben und anschließend seelenruhig mit seinem Freund segeln gegangen sein, bevor er sie in der Nacht von Samstag auf Sonntag nach Dänemark gefahren hat.«

»Mit welchem Auto?«, fragte Lena. »Zusätzlich war das Nummernschild des Fahrzeugs, das wahrscheinlich benutzt wurde, noch geklaut.«

»Verdammt, wann soll er sich das noch besorgt haben? Ist er als Lehrer überhaupt in der Lage, ein Fahrzeug aufzubrechen und zu starten?«

Lena zuckte mit den Schultern. »Er könnte es sich auch ausgeliehen haben. Von einem Freund oder einer Autoverleihfirma.«

»Freund halte ich für zu gefährlich, wenn auch möglich. Dann schon lieber offiziell ausleihen. Allerdings muss man sich dabei ausweisen. Wäre das nicht zu riskant?«

»Wir werden beides überprüfen müssen. Ich spreche später mit Johann. Er soll alle infrage kommenden Vermieter anrufen, ob sie ein Fahrzeug des Typs im Fuhrpark haben.« Lena warf einen Blick auf die Uhr. »Kollegin Walter wartet auf uns.«

22

Eine Stunde gingen sie mit der Flensburger Hauptkommissarin Simone Walter die Ermittlungsergebnisse durch und ließen sich erklären, wie die Ermittlungen gegen Thomas Jepsen weitergeführt werden würden. Simone Walter hatte ein Team von drei Beamten zur Verfügung, die zunächst die gefundenen Fotos und Videos mit anderen sichergestellten Dateien verglichen. Mit etwas Glück würden sie so Verbindungen zu anderen Verkäufern und Käufern von kinderpornografischem Material herstellen und daraus Schlüsse ziehen können. Thomas Jepsen würde bestenfalls in einigen Monaten angeklagt werden beziehungsweise einen Strafbefehl zugestellt bekommen.

Lena bat darum, auf dem Laufenden gehalten zu werden, und sagte zu, Simone Walter regelmäßig über ihre Ermittlungen zu informieren.

Auf der Fahrt von Flensburg nach Husum ging Lena noch einmal Thomas Jepsens Befragung durch. Sollte sich sein Alibi bestätigen, würde es schwer werden, Jepsen mit dem Tod seiner Tochter in Verbindung zu bringen. Simone Walter hatte zugesagt, dass die Flensburger Kriminaltechniker die in Jepsens Wohnung sichergestellten Fingerabdrücke mit denen von Sophia Jepsen abgleichen würden. Lena glaubte nicht an einen Treffer. Sollten sich Vater und Tochter getroffen haben, wäre es sicher nicht in seiner Wohnung gewesen. Auch sah Lena keinen Grund für ein Treffen. Die Wahrscheinlichkeit, dass Sophia hinter der Erpressung ihres Vaters stand, war hoch. Die Kommunikation schien über das Prepaidhandy gelaufen zu sein, Jepsen hatte bezahlt, und einzig die Erhöhung des monatlichen Betrags hätte Grund für ein Treffen sein können. Dass Sophia selbst am Telefon jemand anders hatte sprechen lassen, machte ein persönliches Treffen noch unwahrscheinlicher.

Ihr Handy klingelte. Eine Lena unbekannte Nummer. Sie nahm das Gespräch an und meldete sich mit vollem Namen und Dienstgrad.

»Inga Ruch am Apparat. Hatten Sie mir auf den AB gesprochen?«

»Ja. Danke für den Rückruf. Ich habe eine Frage zu einer länger zurückliegenden Sache. Sie haben vor fünf Jahren auf einem Campingplatz auf Holnis gearbeitet. Ist das richtig?«

»Ja, ich war dort zwei Monate in den Semesterferien.«

»Es geht um Sophia Jepsen, die dort zur gleichen Zeit gearbeitet hat. Sie haben vielleicht mitbekommen, dass Sophia knapp ein Jahr später spurlos verschwunden ist.«

»Tatsächlich? Das muss an mir vorbeigegangen sein. Ich war allerdings zu der Zeit für ein halbes Jahr in den USA. Ist Sophia denn wieder aufgetaucht?«

»Erst vor wenigen Wochen wurde sie tot in Dänemark gefunden. Ich leite die Ermittlungen in Deutschland. Aus diesem Grund wollte ich mit Ihnen sprechen.« Lena war inzwischen auf einen Parkplatz gefahren, hatte den Motor ausgestellt und das Handy in die Hand genommen. »Sie erinnern sich an Sophia?«

»Natürlich. Die Arbeit war allerdings in Schichten eingeteilt, weshalb ich anfangs nicht so viel mit Sophia zu tun hatte.«

»Sie waren mit ihr befreundet?«

»Befreundet? Na ja, dafür war etwas zu wenig Zeit. Aber wir haben uns sehr gut verstanden, trotz des Altersunterschieds. Marie hat mehr so auf Aufsicht gemacht. Sie wissen, wer Marie Pedersen ist?«

»Ja, wir haben bereits mit ihr gesprochen. Uns interessiert besonders, wen Sophia in ihren letzten zwei Wochen kennengelernt hat. Nach Zeugenaussagen war das ein junger Mann.«

»Stimmt. Ich erinnere mich. Ich fand nichts dabei, Marie war da skeptischer und hat Sophia enge Grenzen gesetzt. Nun gut, das war vielleicht wegen ihrem Vater, der sicher keinen Ärger haben wollte.«

»Sie sind dem jungen Mann auch mal begegnet?«

»Nein, nicht persönlich. Ich kannte ihn nur aus Sophias Erzählungen. Sie war zum ersten Mal über beide Ohren verliebt. Das war schon nett mit anzusehen. Ich habe mich einfach für Sophia gefreut, ihr aber auch gesagt, dass sie vorsichtig sein soll. Ich glaube aber kaum, dass sie gleich mit dem Typen geschlafen hat. Darauf läuft Ihre Frage doch hinaus, oder?«

»Ein wenig. Wir haben Hinweise, dass Sophia auch nach dem Sommer mit dem jungen Mann in Kontakt geblieben ist.«

»Noah heißt er übrigens. Zumindest hat Sophia ihn so genannt. Ob die beiden sich später weiter getroffen haben, weiß ich leider nicht.«

»Halten Sie es für möglich?«

»Absolut! Wie gesagt, sie war über beide Ohren verliebt. Aber nicht nur das. Sie hat die ganze Sache viel zu ernst genommen. Ein Urlaubsflirt ist doch in Ordnung, aber zu viele Gefühle bringen nur Tränen und Verdruss. Auch das habe ich ihr übrigens gesagt. Aber Sophia hat das nicht interessiert. So ist es mit der Liebe, sie vernebelt den Blick, manchmal macht sie sogar blind.«

»Sophia ist sehr geheimnisvoll mit ihrem Freund umgegangen. Wir kennen bisher nur den Vornamen, den sie mir auch genannt haben. Wissen Sie, warum sie so vorsichtig war?«

Inga Ruch zögerte die Antwort eine Weile heraus. »Das ist eine gute Frage. Damals war es mir ziemlich egal, aber wo Sie jetzt so direkt fragen, bin ich doch etwas nachdenklich geworden.«

»Lassen Sie sich Zeit.«

»Nun, ich bin nicht sehr neugierig, trotzdem fragt man natürlich, wenn man so zusammensitzt. Wer, was, wo. Da gab es tatsächlich kaum eine Antwort. Jetzt wundere ich mich schon, weil ich ja schließlich nicht Sophias Mutter war, die sich entsetzt über die Beziehung mit diesem oder jenem Mann gezeigt hätte.« Sie hielt kurz inne. »Entschuldigen Sie. Ich rede um den heißen Brei herum.«

»Das ist schon in Ordnung«, sagte Lena. »Reden Sie ruhig weiter.«

»Ich glaube, Sophia war – auch wenn sie sich anders gab – zutiefst misstrauisch gegenüber ihren Mitmenschen. So, als wenn überall Gefahren lauern würden. Fragen Sie mich jetzt nicht, woran das gelegen hat. Dazu kannte ich sie zu wenig.«

»Haben Sie auch mit Sophia über ihren Freund gesprochen?«

»Indirekt schon. Ich weiß zwar weder, wie er aussieht, noch, wie alt er ist, noch, was er beruflich gemacht hat beziehungsweise welche Ausbildung oder welches Studium.«

Lena wartete, als Inga Ruch eine Pause machte.

»Aber wenn ich so zusammenfasse, was Sophia über ihn erzählt hat – so aus der Erinnerung ist das im Konkreten natürlich verblasst, aber eine ungefähre Ahnung habe ich noch –, also, ich denke, ihr Freund war einige Jährchen älter, eher konservativ für sein Alter und sehr dominant.« Erneut legte sie eine kurze Pause ein. »Ich komme aus einem sehr religiös geprägten Elternhaus. Eine kleine Freikirche mit strengen Glaubenssätzen und wenig Freude am Leben. Um es mal so salopp auszudrücken. Als ich auf dem Campingplatz gearbeitet habe, hatte ich schon ziemlich alles hinter mir. Das schwarze Schaf der Familie, das mehr oder weniger ausgestoßen wurde. Das ist der Preis für die Freiheit. Nun gut, was ich eigentlich sagen wollte, viele Sprüche von Sophia lösten bei mir ein Déjà-vu aus. Sie haben mich fatal an meine heilige Familie erinnert. Ich kann jetzt nicht ins Detail gehen, dafür ist es zu lange her. Aber es ging sicher um Partnerschaft, um Liebe, um Sex und ähnliche Themen. Nicht direkt um Gott oder Kirche oder irgendwelche Glaubenssätze.«

»Sie haben sich so viel mit Sophia unterhalten? Wenn ich jetzt richtig gerechnet habe, waren das ja allenfalls drei Wochen, in denen Sie mit ihr zusammengearbeitet haben.«

»Ja, ich weiß. Aber ein gebranntes Kind scheut das Feuer. Mehr noch, es riecht schon drei Kilometer gegen den Wind. So geht es mir auch mit Menschen, die sich auf die eine oder andere Weise äußern. Es mag ganz harmlos klingen, aber meine Alarmglocken im Kopf sind sehr sensibel dafür.«

»Hatten Sie denn das Gefühl, Sophia war ganz neu in dem Thema?«

»Nein, sicher nicht. Sie muss sich schon eine Weile mit diesem kruden Zeug auseinandergesetzt haben. Vielleicht trafen da ja zwei kranke Seelen aufeinander und haben zueinandergefunden. Glauben Sie mir, ich habe das oft genug beobachtet, wie das funktioniert.« Inga Ruch saugte laut Luft ein und atmete geräuschvoll aus. »Ich weiß jetzt gar nicht, ob mein langer Vortrag Ihnen überhaupt geholfen hat. Sonst vergessen Sie es einfach. Manchmal rede ich einfach zu viel.«

»Keinesfalls. Sie haben mir sehr geholfen. Könnten Sie mir eine Nachricht schicken mit Ihrer E-Mail-Adresse? Sie bekommen dann von mir eine Zusammenfassung in Form eines

Protokolls. Wenn Sie mir das unterschrieben bitte ans LKA Kiel zurückschicken würden.«

»Natürlich, kein Problem.«

Sie verabschiedeten sich, und Lena machte sich Notizen zum Gespräch, bevor sie Johann anrief.

»Wie ist es mit Jepsen gelaufen?«, fragte er als Erstes.

Lena gab ihm einen kurzen Bericht.

»Verwirrend. Glaubst du ihm?«, fragte Johann.

»Meine Intuition habe ich erst mal zurückgestellt. Wir brauchen Fakten, wenn wir Thomas Jepsen etwas nachweisen wollen. Kannst du mit deinen Leuten alle Autovermietungen in Flensburg und Umgebung heraussuchen und sie vorab danach fragen, ob sie einen dunkelblauen VW Caddy im Fuhrpark haben? Sobald wir einen Beschluss haben, kannst du fragen, ob Jepsen oder sein Freund einen solchen Wagen gemietet haben beziehungsweise ob überhaupt in der fraglichen Zeit das Fahrzeug ausgeliehen wurde.«

»Wie heißt der Freund?«

»Stefan Schwerr.« Sie nannte ihm Straße und Hausnummer in Flensburg.

»Notiert.«

»Kort Asmussen hat mich noch einmal drauf angesprochen, ob wir Druck wegen dem DNA-Abgleich der Spuren machen können, die auf Sophias Kleidung und unter den Fingernägeln gefunden wurden.«

»Ist das immer noch nicht passiert? Ich gehe da gleich morgen hinterher. Zwei Männer und eine Frau. Richtig?«

»Du kontrollierst weiter, ob ein VW Caddy als gestohlen gemeldet wurde?«

»Ich schaue jeden Tag die Datenbank durch. Bisher gab es lediglich zwei Caddys, beide in Weiß und im Süden von Deutschland. Ich habe aber auch alle Polizeidienststellen in Schleswig-Holstein angeschrieben. Inzwischen ist so viel Zeit vergangen, dass der Wagen eigentlich als gestohlen gemeldet sein müsste.«

»Es sei denn, da war jemand im Urlaub oder der Besitzer des Fahrzeugs hat überhaupt nicht bemerkt, dass das Fahrzeug zwischenzeitlich weg war.«

»Unwahrscheinlich«, sagte Johann. »Es sei denn, Jepsen oder jemand anders hat einen Schlüssel oder anderen Zugang zu so einem Fahrzeug.«

»Die Überlegungen bringen uns im Moment nicht weiter«, sagte Lena. »Anderes Thema, ist der Durchsuchungsbeschluss für den Hof von Gerrit Martens gekommen?«

»Vor einer halben Stunde. Wann wollt ihr das machen?«, sagte Johann.

»Morgen. Ich sage Naya Bescheid, dass sie den Beschluss mitbringt.«

»Der Beschluss für das PayPal-Konto von Thomas Jepsen ist auch gekommen. Soll ich das in die Wege leiten, oder hat sich das erledigt?«

»Wir fragen noch an. Falls es zum Prozess kommt, brauchen wir die Unterlagen direkt von PayPal.«

»Okay. Noch was: Gerrit Martens ist Jäger und hat drei Waffen auf seinen Namen registriert. Ihr solltet vorsichtig sein, wenn ihr morgen den Hof durchsucht.«

23

Gegen acht Uhr am nächsten Tag traf Naya in der Kriminalpolizeidienststelle in Husum ein, kurze Zeit später die vier LKA-Kriminaltechniker aus Kiel. Lena begrüßte sie und erklärte, um was es ihr bei der Durchsuchung des Hofes ging.

»Sollen auch die Stallungen durchsucht werden?«, fragte der Leiter der Kriminaltechniker.

»Der Durchsuchungsbeschluss umfasst alle Gebäude auf dem Hof. Sollte unsere Vermutung richtig sein, dass Sophia Jepsen hier zumindest einige Zeit gelebt hat, könnte Gerrit Martens ihre Sachen auch irgendwo auf dem Hof versteckt oder vergraben haben.«

Ein leises Raunen ging durch die Gruppe. Alle wussten, wie schwer es war, vergrabene Gegenstände auf einem so großen Gelände zu finden.

»Ist der Mann gefährlich?«, fragte einer der Kriminaltechniker.

»Bei der Befragung vor wenigen Tagen war er kooperativ und hat keine Neigung zu Aggressionen gezeigt. Allerdings habe ich gestern erfahren, dass er Jäger ist und drei Waffen auf ihn angemeldet sind.«

»Dann sollten wir vorsichtig sein«, sagte der Leiter der Kriminaltechnik. »Sondiert ihr die Lage vor?«

Lena nickte. »Ein Streifenwagen begleitet uns. Ihr wartet vor dem Hofgelände, bis wir mit dem Eigentümer gesprochen haben. Wir treffen uns dann gleich unten auf dem Parkplatz.«

Naya zog ihre Waffe aus dem Holster, kontrollierte sie. »Glaubst du, dass es brenzlig werden könnte?«

»Ich bin vorsichtig geworden, seit ich bei einem Fall nur knapp mit dem Leben davongekommen bin. Damals hatte ich noch eine kleine Wohnung in Kiel, und der Schütze ist bei mir eingebrochen. Ich hatte zum Glück meine Schutzweste dabei und habe sie auch noch angelegt, als ich die Geräusche gehört habe. War verdammt knapp. Seit wir Bent haben, bin ich noch zurückhaltender.«

Naya nickte. »Wie weit noch?« Sie fuhren als erster Wagen, hinter ihnen der Husumer Streifenwagen, gefolgt von dem Kleinbus der Kriminaltechniker.

»Wir biegen gleich ab. Dann sind es noch drei Kilometer, bevor es in die Straße zum Hof geht.« Sie warf einen kurzen Blick zu Naya. »Du hast schon mal auf einen Menschen geschossen?«

»Bisher musste ich es zum Glück noch nicht. Du?«

»Mehrmals. Kein gutes Gefühl.« Lena setzte den Blinker und fuhr kurz darauf rechts ab. »Wir werden gleich kein Risiko eingehen. Sollte etwas passieren, ziehen wir uns sofort zurück. Sind wir uns da einig?«

Naya nickte, aber Lena war sich nicht sicher, ob sie sich an die Absprache halten würde. Aus ihren frühen Jahren bei der Kriminalpolizei wusste sie, wie wenig Gedanken sie sich seinerzeit um ihre Sicherheit gemacht hatte. Sie war jedes Jahr in mehrere brenzlige Situationen geraten, mehrfach angeschossen und einmal bei einem Messerangriff verletzt worden.

Erneut setzte Lena den Blinker, verringerte die Geschwindigkeit und bog in den Feldweg ein, der direkt auf den Martens-Hof zuführte. Kurz vor der Hofeinfahrt hielt sie an, telefonierte kurz mit dem Leiter der Kriminaltechnik, bevor sie langsam auf den Hof rollte, gefolgt von dem Streifenwagen.

Dreißig Meter vom Haupthaus entfernt stoppte sie und wartete, bis der Streifenwagen neben ihnen stand. Anschließend griff sie nach ihrer auf dem Rücksitz liegenden Schutzweste und legte sie an. Naya machte zunächst keine Anstalten, es ihr gleichzutun, fügte sich aber, als Lena ihr einen warnenden Blick zuwarf. Schließlich gab sie den uniformierten Kollegen ein Zeichen und öffnete die Wagentür. Langsam stieg sie aus, drehte sich kurz zu beiden Seiten, um nach Gerrit Martens Ausschau zu halten. In diesem Augenblick wurde die Stille durch einen ohrenbetäubenden Knall durchbrochen. Ein großkalibriges Jagdgewehr war ganz in ihrer Nähe abgefeuert worden. Kaum hatte Lena »Runter« geschrien und abwärts vom Haupthaus hinter ihrem Wagen Schutz gesucht, wurde ein zweites Mal geschossen.

Lena rief nach Naya, die fast im gleichen Moment neben ihr auftauchte. Sie entsicherte ihre Waffe und schien kurz davor zu sein, zurückzuschießen, als Lena sie davon abhielt. »Wir warten.« Sie wandte sich zu den uniformierten Kollegen und gab ihnen ein Zeichen, sich hinter ihrem Streifenwagen zu verschanzen.

»Was machen wir?«, fragte Naya. »Wenn Martens auf uns schießt, kommen wir hier nicht wieder mit den Autos raus. Uns bleibt doch nur der Weg nach vorne.«

»Zu gefährlich.« Lena wählte Johanns Nummer. Er nahm nach dem ersten Klingeln das Gespräch an. »Hör zu. Wir sind am Martens-Hof. Jemand hat auf uns geschossen. Niemand ist verletzt, aber wir stecken hier fest. Das SEK muss anrücken. Sie können vor dem Hof auf dem Feld landen. Die

Kriminaltechniker sind weiter entfernt. Sie können für den Helikopter einen Platz suchen.«

»Verstanden. Ich melde mich gleich wieder.«

Naya hatte sich während Lenas Gespräch weiter Richtung Vorderreifen gearbeitet und lugte jetzt kurz übers Auto, ließ sich aber gleich wieder zurückfallen. Im nächsten Augenblick fiel der nächste Schuss. Lena spürte, wie ihr Fahrzeug vibrierte, und wusste im nächsten Moment, dass ihr Vorderreifen getroffen war. Kurz darauf der nächste Knall. Dieses Mal schien der Streifenwagen das Ziel gewesen zu sein, dessen Reifen mit einem Knall platzte.

»Was hat der vor?«, rief Naya ihr zu.

Lena krabbelte zu Naya und zog sie weiter runter. »Auf der Rückseite – ein Feldweg – das Auto muss da stehen – er will flüchten.«

Der Motor eines Autos heulte auf, Staub wirbelte neben dem Haupthaus hoch, und kurz war etwas Blaues zu sehen. Naya sprang auf und lief ohne Ankündigung auf das Haupthaus zu, sprang über einen halbhohen Zaun und rannte über einen gepflasterten Weg am Haus vorbei. Lena blieb keine andere Wahl, als ihr zu folgen, und erreichte Naya wenige Sekunden später in dem Augenblick, als sie auf den blauen Golf anlegte, der bereits an die hundert Meter entfernt über den staubigen Feldweg raste.

»Nicht schießen«, schrie Lena und riss ihren Arm nach unten. Im gleichen Augenblick löste sich der Schuss, Erde wirbelte auf und flog in alle Richtungen.

»Er hat eine Waffe und flüchtet«, stieß Naya hervor.

»Wir wissen nicht, ob er bewaffnet ist«, antwortete Lena ruhig. »Aus der Entfernung hättest du keinen sicheren Schuss abgeben können.«

»Das lass mal meine Sorge sein!«, zischte sie und wandte sich abrupt ab.

Lena blieb stehen, wählte Johanns Nummer und berichtete ihm, was geschehen war. »Ist das SEK schon gestartet?«

»Jeden Moment. Vielleicht sind sie auch schon in der Luft.«

»Wann sind sie hier?«

»In einer Viertelstunde, vielleicht zwanzig Minuten. Augenblick, ich frage kurz nach, ob sie schon gestartet sind.«

Lena dachte fieberhaft nach, was zu tun sei. Wohin würde Gerrit Martens fahren? Auf der einen Seite lag die Nordsee, auf der anderen Seite die Ostsee. Dänemark würde er in einer Stunde erreichen, aber hatte er dort Kontakte? Nach Süden hin blieb nur Hamburg. Hier war die Gefahr groß, dass er auf der Autobahn von einem Helikopter gesichtet wurde und die Polizei die gesamte Autobahn sperrte.

»Sie sind bereits in der Luft«, sagte Johann. »Was soll ich durchgeben?«

»Sage ihnen, was passiert ist. Ich gehe davon aus, dass Gerrit Martens auf uns geschossen hat und auch im Auto sitzt. Ich glaube, dass das eine Kurzschlussreaktion war. Ich gehe davon aus, dass er nicht weiß, wo er hinsoll. Vermutlich steht er irgendwo im Umkreis von Hude.«

»Warum sollte er das machen?«, fragte Johann mit erstaunter Stimme.

»Das ist nur meine Vermutung«, sagte Lena. »Der Helikopter soll von dem Hof aus Richtung Husum fliegen und Ausschau nach dem blauen Golf halten. Wenn sie ihn finden, sollen sie mich informieren. Ich fahre auch los, sobald ich mein Rad gewechselt habe.«

Naya hatte bereits den Wagenheber und das Ersatzrad aus dem Kofferraum geholt, als Lena zu ihr trat. »Das SEK ist unterwegs. Lass uns schnell das Rad wechseln.«

Gemeinsam schafften sie in Rekordzeit den Wechsel, legten das von einer Kugel durchbohrte Rad zur Seite und kontrollierten mit einer kurzen Runde auf dem Hof, ob das Auto fahrbereit war.

Zwischenzeitlich hatte Lena zwei weitere Streifenwagen in Husum angefordert, die eintrafen, als Naya sich gerade ans Steuer setzte. Die Kriminaltechniker waren inzwischen auf den Hof gefahren und befanden sich bereits im Haupthaus, das die beiden Beamten aus dem Streifenwagen zuvor kontrolliert hatten.

»Wohin?«, fragte Naya.

»Den Feldweg entlang.« Lena hielt das Tablet in der Hand und verfolgte ihren Weg auf der Karte. »In zweihundert Metern müssen wir nach links. Geradeaus endet der Weg auf einem Feld.«

Naya bog ab, sie fuhren so schnell, wie der Sandweg es zuließ. Tiefe Löcher schüttelten sie immer wieder kräftig durch, bis sie schließlich zu einer asphaltierten Straße kamen.

»Rechts oder links?«, fragte Naya.

Nach kurzem Zögern entschied sich Lena für rechts, da der linke Weg nur zu einem Bauernhof führte.

Lenas Handy klingelte, Johann meldete sich. »Der Helikopter sollte gleich da sein. Ich stelle dich jetzt direkt zum Leiter der SEK-Einheit durch. Ist das okay?«

»Ja. Ruf Naya an, wenn du uns erreichen musst.«

»Reitmeier!« Die energische Stimme des Einsatzleiters war gut zu verstehen. »Wo genau befinden Sie sich?«

Lena gab die Koordinaten durch. »Wir fahren Richtung Westen auf Husum zu. Es könnte sein, dass der gesuchte Golf hier in der Gegend abgestellt wurde.«

»Verstehe. Wir erreichen in zwei Minuten Ihren Standort. Bleiben Sie in der Leitung.«

Lena gab Naya ein Zeichen, dass sie anhalten sollte, und ließ das Seitenfenster herunter. Kurz darauf war der Helikopter zu hören, das Brummen wurde lauter, bis er über sie hinwegflog.

»Warten wir?«, fragte Naya.

Lena nickte. »Entweder ist er noch hier in der Gegend oder schon zwanzig bis dreißig Kilometer entfernt.«

»Großfahndung?«

Lena zögerte.

»Er hat auf uns geschossen«, fuhr Naya fort. An ihrer Stimme konnte Lena hören, dass sie sich nur mit Mühe zurückhalten konnte.

»Ruf Johann an. Er soll alles in die Wege leiten.«

Die Sekunden krochen dahin. Der Helikopter war kaum noch zu hören. Lena stieg aus und sah sich nach allen Seiten um. Wo war Gerrit Martens? Hatte er gewusst, dass sie kommen würden? Wieso hatte sein Auto auf der Rückseite des Hofes gestanden? Warum war er nicht früher geflohen? Hatte er sie später erwartet? Lena setzte sich zurück auf den Beifahrersitz, griff nach dem Tablet und studierte die umliegenden Straßen und Wege.

»Die Großfahndung läuft«, sagte Naya mit dem Handy am Ohr. »Was machen wir?«

»Warten.«

»Reitmeier! Hören Sie mich?«

»Haben Sie den Golf?«

»Ein Fahrzeug gleichen Typs und Farbe. Augenblick.« Das Motorengeräusch des Helikopters war wieder deutlicher zu hören. Entweder hatte der Wind gedreht, oder die SEK-Einsatztruppe war ihnen wieder näher gekommen. »Positiv. Das Kennzeichen stimmt.«

»Wo steht er?«

»Etwa zwei Kilometer nordöstlich von Ihrem Standort. Wir landen jetzt.«

»Wir kommen!« An Naya gerichtet wies sie die Straße hinunter. »Dreihundert Meter, dann nach rechts und nach einem halben Kilometer nach links den Feldweg hoch. Etwa einen Kilometer. Da müsste er stehen.«

Mit hoher Geschwindigkeit fuhr Naya die Straße entlang, bog ab und kurz darauf noch einmal. Der löchrige Feldweg schüttelte sie von der einen Seite zur anderen. Staub wirbelte auf und verschlechterte die Sicht.

»Da!« Naya brachte Lenas Dienstwagen abrupt zum Stehen. Der Helikopter setzte direkt neben ihnen auf einer Wiese auf.

Lena sprang aus dem Auto, winkte Naya zu, die mit gezogener Waffe an der Fahrerseite stand. Sie wechselte die Seite.

»Warten wir?«

Der blaue Golf stand in etwa dreißig Meter Entfernung. Von hier aus war nicht zu sehen, ob Gerrit Martens im Auto saß. Aus dem Helikopter sprangen jetzt nach und nach sechs Beamte in voller Montur heraus, standen kurz zusammen, bevor sie in Zweierteams ausscherten und gebückt von verschiedenen Seiten auf den Golf zuliefen.

Lena hielt den Atem an. Wenn Gerrit Martens jetzt mit einer Waffe in der Hand aussteigen würde, gäbe sie ihm kaum eine Chance, ungeschoren aus der Gefahrenlage herauszukommen. Im schlimmsten Fall würde er angeschossen oder sogar getötet.

»Bleib sitzen«, murmelte Lena.

Gebannt starrte sie auf den blauen Golf, die SEK-Beamten rückten weiter vor, die Waffen im Anschlag. Die Motoren des Helikopters waren gerade zur Ruhe gekommen, als die Stimme des SEK-Einsatzleiters durch ein Megafon über die Wiese schallte.

»Polizei! Kommen Sie mit erhobenen Armen langsam aus dem Auto. Jetzt!«

Der Staub, den der Helikopter beim Landen aufgewirbelt hatte, war inzwischen in Bodennähe und hatte die Sicht auf den blauen Golf freigegeben.

»Komm schon«, sagte Lena mehr zu sich selbst. »Deine letzte Chance.«

Langsam öffnete sich die Fahrertür des Golfs. Als Erstes waren zwei Hände zu sehen, gefolgt von einem blonden Schopf. Gerrit Martens stieg mit erhobenen Armen aus, blieb stehen und ging auf die Knie, als die SEK-Leute von drei Seiten auf ihn zustürmten.

24

Gerrit Martens saß Lena und Naya mit gesenktem Kopf gegenüber. Lena schob ihm ein Glas Wasser über den Tisch und fragte zum zweiten Mal, ob er einen Anwalt benachrichtigen wolle. Wieder erhielt sie keine Antwort.

Nachdem die SEK-Beamten Gerrit Martens festgenommen hatten, wurde sein Auto durchsucht. Außer einem Rucksack mit einigen persönlichen Sachen, seinen Papieren und einigen Hundert Euro fanden sie nichts Verdächtiges. Der SEK-Helikopter hob kurze Zeit später Richtung Kiel ab, ein Streifenwagen aus Husum traf ein, um sich um das Auto von Gerrit Martens zu kümmern. Anschließend fuhren Lena und Naya zusammen mit Martens in die Husumer Polizeiinspektion. Dort hatte Lena lange mit dem zuständigen Staatsanwalt in Schleswig telefoniert und war anschließend mit Naya in den Vernehmungsraum gegangen, in dem Martens auf sie wartete.

»Herr Martens, ich werte Ihr Schweigen als Ablehnung eines Anwalts. Sollten Sie Ihre Meinung im Verlauf der Vernehmung ändern, sagen Sie Bescheid.« Lena machte eine Pause, aber Martens reagierte nicht. »Trinken Sie doch etwas Wasser. Oder möchten Sie Kaffee oder Tee?«

Er schüttelte den Kopf, schwieg aber. Sie saßen seit einer halben Stunde im Husumer Vernehmungsraum, ohne dass Gerrit Martens auf ihre Fragen reagiert hätte. Lena überlegte, ob sie einen Arzt hinzurufen sollte, aber Martens zeigte keine Anzeichen eines nahen psychischen oder körperlichen Zusammenbruchs.

»Es besteht die Gefahr, dass Sie in Untersuchungshaft kommen, wenn Sie weiter beharrlich schweigen«, sagte Naya. »Wer wird Ihre Tiere versorgen?«

Gerrit Martens schluckte schwer. Naya schien einen Nerv bei ihm getroffen zu haben. »Ich muss telefonieren«, stieß er hervor. »Mit meinem Nachbarn.«

Lena reichte ihm ihr Handy. »Haben Sie seine Nummer im Kopf?«

Martens nickte, wählte und sprach mit jemandem, den er bat, seine Tiere zu versorgen. Er gab kurze Anweisungen, auf was der Nachbar achten sollte, bedankte sich mehrmals und verabschiedete sich. Anschließend reichte er Lena das Handy und bedankte sich auch bei ihr.

»Warum haben Sie auf uns geschossen?«, fragte Lena.

Martens zögerte, aber Lena sah, dass er nicht mehr so verstockt reagierte wie zuvor. »Ich dachte …« Er brach ab.

»Was dachten Sie?«, fragte Lena nach, als Martens keine Anstalten machte, weiterzusprechen.

»… dass der Gerichtsvollzieher kommt.«

»Haben Sie den Gerichtsvollzieher heute erwartet?«

Er schüttelte den Kopf.

Lena lag die Frage auf der Zunge, wer ihn vor der Durchsuchung gewarnt hatte. Anders konnte sie sich die Kurzschlussreaktion und die anschließende Flucht nicht erklären. Gerrit Martens hatte sein Auto auf der Rückseite geparkt und einen Rucksack gepackt. Das konnte er unmöglich gemacht haben, als er sie auf den Hof hatte fahren sehen.

»Sie haben also Angst gehabt, dass der Gerichtsvollzieher bei Ihnen etwas pfändet?«, fragte Naya, die bemerkt haben musste, dass Lena zögerte.

»Den ganzen Hof. Die Bank …« Er atmete schwer und senkte den Kopf wieder.

»Sind Sie so verschuldet, dass Sie Angst haben, Ihr ganzer Hof würde gepfändet?«

»Die Bank hat mir eine letzte Mahnung geschickt. Vor zwei Tagen. Ich dachte …«

Lena beugte sich leicht vor. »Ihr Hof wird gerade durchsucht. Es geht um Sophia Jepsen. Ich frage Sie jetzt direkt, Herr Martens, haben Sophia und ihr Kind in den letzten Monaten bei Ihnen gewohnt?«

Martens rührte sich nicht. Fast schien es so, als hielte er für lange Zeit den Atem an. Nach einer gefühlten Ewigkeit sah er auf. »Ich habe Sophia nicht getötet.«

»Sie hat also bei Ihnen gelebt?«

Er senkte wieder seinen Kopf und schwieg.

»Herr Martens. Wenn Sie Sophia nichts angetan haben, wollen Sie doch auch, dass wir ihren Mörder finden.« Lena machte eine kurze Pause und wartete auf eine Reaktion, die nicht kam. »Oder?«, fügte sie mit Nachdruck hinzu.

Gerrit Martens sah auf. Tränen liefen ihm über die Wangen. Er sah Lena mit leeren Augen an, als habe er die Frage nicht verstanden.

»Wir brauchen Ihre Hilfe, Herr Martens. Sophia braucht Ihre Hilfe.«

»Warum redet er nicht mit uns?«, fragte Naya. »Ist ihm nicht klar, was er gemacht hat? Was hat der Staatsanwalt gesagt? Wertet er das als versuchten Mordanschlag? Dann ist Martens U-Haft schon mal sicher.«

Lena schaute auf die Uhr. »Er sollte in spätestens einer Stunde hier sein. Wie Cornelsen entscheiden wird, kann ich dir nicht sagen. Er schwankte noch und wollte sich von Martens selbst ein Bild machen. Es steht auf jeden Fall auf der Kippe.«

Naya nickte. »Was denkst du? Hat Martens Sophia getötet?«

»Sie scheint auf jeden Fall bei ihm gewohnt zu haben. Wie lange und warum, das wissen wir nicht.«

»Du hast meine Frage nicht beantwortet«, warf Naya ein.

»Ich weiß so viel wie du, Naya. Der Mann, den Sophia auf dem Campingplatz kennengelernt hat, scheint nicht Martens zu sein. Da spricht einiges gegen. Trotzdem scheinen sie sich besser gekannt zu haben, als er bisher zugegeben hat. Im Moment fällt mir da nur zu ein, dass Sophia ihren Lebensraum gewechselt hat.«

»Freiwillig oder ist sie ein zweites Mal weggelaufen?«

»Gute Frage.« Lena warf einen Blick auf den Monitor, der das Bild aus dem Vernehmungsraum übertrug. »Versuchen wir es noch ein letztes Mal, bevor der Staatsanwalt kommt?«

»Möchten Sie etwas anderes trinken, oder haben Sie Hunger?«, fragte Lena, als sie wieder Gerrit Martens gegenübersaßen und der uniformierte Beamte den Raum verlassen hatte.

»Nein, danke.«

»Ich will ehrlich zu Ihnen sein. Sie haben auf Polizeibeamte geschossen. Es ist nicht auszuschließen, dass der Staatsanwalt – der übrigens auf dem Weg nach Husum ist – das als Mordversuch wertet. Sollten Sie verurteilt werden, droht Ihnen auf jeden Fall eine längere Freiheitsstrafe. Bis zum Prozess würden Sie sehr wahrscheinlich in Untersuchungshaft bleiben.« Lena legte eine Pause ein. »Haben Sie verstanden, was ich gesagt habe?«

Gerrit Martens nickte.

»Ist Ihnen egal, ob Sie ins Gefängnis gehen oder nicht?«

Martens warf ihr einen ausdrucklosen Blick zu. »Der Hof ist weg. Mein Leben ist vorbei. Mir ist alles egal.«

Lena schluckte. Mit der Antwort hatte sie nicht gerechnet. Ging es Martens nur um seinen Hof? Welche Rolle spielte Sophia Jepsen? War ihr Tod für ihn nicht so wichtig? Oder überlagerte er alle anderen Probleme und raubte dem Mann sämtliche Kraft, um einen klaren Gedanken zu fassen?

»Wissen Sie, was das bedeutet, wenn Sie zu fünf bis zehn Jahren Haft verurteilt werden? Waren Sie schon einmal länger als zwei Stunden irgendwo eingesperrt?«

»Nein, war ich nicht.«

Lena entschloss sich zu einer gewagten Frage. Der Staatsanwalt würde in Kürze übernehmen. Unter Umständen hieß das, dass der Fall Sophia Jepsen nicht mehr die Relevanz hätte.

»Sophia war die Liebe Ihres Lebens. Das war Ihnen klar, als Sie sie zum ersten Mal auf Holnis gesehen haben. Liebe auf den ersten Blick. Aber Sophia hat Ihre Liebe nicht erwidert. Erst viel später kamen Sie mit ihr zusammen. Sie stand eines Tages vor Ihrer Tür, zusammen mit ihrem kleinen Kind, und bat darum, dass Sie sie verstecken. Selbstverständlich haben Sie ihr geholfen.«

Gerrit Martens rutschte unruhig auf seinem Stuhl hin und her. Zwar hielt er nach wie vor den Kopf gesenkt, aber Lena spürte, wie es in ihm brodelte. Er atmete schnell und flach und konnte seine rechte Hand nicht mehr ruhig halten. Er klopfte in einer Tour mit dem Zeigefinger auf die Tischplatte.

»Nach und nach hat sich mehr zwischen Ihnen und Sophia entwickelt. Eine zarte Liebe. Im Laufe der Monate sind Sie sogar so zum Ersatzvater von Sophias Kind geworden. Ihr Leben war …«

Gerrit Martens richtete sich auf dem Stuhl auf und schrie: »Hören Sie auf! Hören Sie sofort auf damit!«

Lena wartete, bis sich Gerrit Martens beruhigt hatte. »Haben Sie mit der Absicht auf uns geschossen, uns zu töten?«

»Nein. Ich habe in die Luft geschossen«, sagte er leise.

»Warum haben Sie auf unsere Reifen geschossen?«

»Ich wollte nicht, dass Sie mich verfolgen. Sie waren so schnell da, dass ich …« Er stockte. »Ich wollte Sie nicht töten.«

»Was ist mit Sophia und ihrem Kind passiert? Haben Sie sie getötet?«

»Nein. Ich habe Sophia geliebt. Und Emma auch.«

»Ist Emma Sophias Tochter?«

Gerrit Martens nickte.

»Wo ist Emma?«

»Das weiß ich nicht.«

»Warum ist Sophia nicht auf Ihrem Hof geblieben?« Im gleichen Augenblick wusste Lena, dass sie die falsche Frage gestellt hatte.

Gerrit Martens starrte sie wütend an und senkte wieder den Blick. Lena war klar, dass sie heute nichts mehr von dem Mann erfahren würde.

Gegen Mittag traf der Staatsanwalt ein, ließ sich von Lena und Naya ausführlich berichten, sprach mit Gerrit Martens und entschied anschließend, dass er am nächsten Tag dem Haftrichter in Flensburg vorgeführt werden würde.

Lena und Naya fuhren zum Martens-Hof zurück und sprachen dort mit den Kriminaltechnikern. Inzwischen hatten sie zahlreiche Fingerabdrücke und DNA-Spuren gesichert, diverse Hinweise auf ein kleines Kind gefunden und waren gerade dabei, die Stallungen zu durchsuchen.

»Lass uns einen Blick ins Haus werfen«, sagte Lena.

Das Wohnzimmer wie das Schlafzimmer schienen auch erst vor wenigen Monaten renoviert worden zu sein. In einem kleineren Zimmer stand ein Kinderbett, die Decke war dunkelblau gestrichen und mit zahlreichen weißen und gelben Sternen gepunktet.

»Trautes Heim, Glück allein«, murmelte Naya und fügte laut hinzu: »Das sieht nach einer richtigen Familie aus.«

»Sophia und Emma müssen hier mindestens ein Jahr gewohnt haben.« In einem der Ordner im kleinen Büro des Hofes hatten sie Rechnungen für die Renovierung und das Kinderbett gefunden. Das Kaufdatum lag fast zwölf Monate zurück.

»Verrückt«, sagte Naya. »Was hat das alles zu bedeuten?«

»Meine Vermutung, dass Sophia hier nicht sehr lange gelebt hat, war wohl richtig. Die Frage ist, wo sie vorher war.«

»Und wer sie getötet hat«, warf Naya ein.

»Nicht zu vergessen Sophias kleine Tochter. Wo ist sie?«

»Beim mysteriösen Unbekannten, der auch gleichzeitig der Vater des Kindes ist?«

Lena nickte. »Aber wer ist er, und wo finden wir ihn?«

»Martens muss es doch wissen, oder?«

»Nicht unbedingt. Wenn Sophia vor dem Unbekannten geflohen ist, wird sie so wenig wie möglich über ihn erzählt haben. Als sie auf den Hof kam, kannte sie ja Gerrit Martens kaum und wird ihm entsprechend wenig von den letzten Jahren erzählt haben. Und später war es vielleicht nicht mehr so wichtig.«

»Redet Martens deshalb nicht? Weil er nicht viel von dem weiß, was vorher passiert ist?«

Lena wiegte den Kopf hin und her. »Wir wissen nicht, weshalb Sophia nicht bei ihm geblieben ist. Vielleicht gibt er sich die Schuld an ihrem Tod, weil sie sich gestritten haben oder es handgreifliche Auseinandersetzungen gegeben hat. Und jetzt sieht er die Haft als gerechte Strafe.« Lena hielt inne. »Mit fällt gerade ein, dass ich gar nicht gefragt habe, was du von Stefan Schwerr, dem Alibi von Thomas Jepsen, erfahren hast.«

»Stimmt. Er hat alles genau so bestätigt, wie Jepsen es angegeben hat.«

»Höre ich da ein *Aber* heraus?«

»Es klang wie abgesprochen, was ja nicht heißt, dass es nicht trotzdem genau so war. Allerdings hat Schwerr etwas zurückhaltend auf meine Frage reagiert, wie sein Freund Jepsen an diesem Samstag gelaunt war.«

»Hat er sich widersprochen?«

»Nein, das nicht. Er zögerte mehrmals, als ich nachgefragt habe, und die Fragen schienen ihm unangenehm zu sein. Aber auch hierfür gibt es harmlose Erklärungen.«

»Vielleicht hatte er gerade von den pädophilen Neigungen seines Freundes erfahren. Damit können viele Menschen nicht umgehen.«

»Kein Wunder, oder?«

»Solange es nicht zu kriminellen Handlungen kommt, habe ich Achtung vor der schwierigen Situation der Betroffenen. Alles andere muss konsequent verfolgt werden. Was in unserem Land nicht immer der Fall ist.«

Naya schien etwas entgegnen zu wollen, hielt sich aber zurück.

»Noch einmal zu Schwerr«, sagte sie stattdessen. »Ich glaube, er weiß mehr, als er mir gesagt hat. Und so, wie die Dinge im Moment stehen, ist es keinesfalls ausgeschlossen, dass sich Sophia an ihren Vater gewandt hat.«

Lena nickte. »Um ihn um eine höhere Summe zu …« Lena malte Anführungszeichen in die Luft. »… zu bitten, damit sie sich vor dem Unbekannten verstecken kann.«

»Immer wieder der mysteriöse Unbekannte. Im Moment scheint alles darauf hinauszulaufen, dass er oder Thomas Jepsen Sophia getötet haben. Sprich: Wir sind ein ganzes Stückchen weitergekommen.«

»Da stimme ich dir zu«, sagte Lena.

Sie verließen das Haupthaus und schauten bei den Kriminaltechnikern vorbei.

»Habt ihr noch was gefunden?«, fragte Lena.

Der Leiter der Gruppe nickte. »Blut.« Er führte sie in einen Stall, in dem mehrere landwirtschaftliche Geräte standen. Der Boden war mit Pflastersteinen ausgelegt. An einer Stelle der Pflasterung befand sich ein dunkelbrauner Fleck in Größe eines Untertellers. »Es ist menschliches Blut. Mehr kann ich noch nicht sagen.«

»Kann man die DNA ermitteln?«, fragte Lena.

»Davon gehe ich aus. Aber es wird ein paar Tage in Anspruch nehmen.«

»Von wie viel Blut geht ihr aus?«, fragte Naya.

»Schwierig zu sagen. Mehr als nur ein Schnitt in den Finger und bei Weitem nicht genug, dass es zum Tode geführt hätte.«

»Eine Platzwunde?«, fragte Lena.

»Wäre möglich.«

»Wie alt ist das Blut?«

»Ganz sicher nicht aus den letzten zwei Tagen. Ich würde eher auf Wochen tippen.«

25

Als Lena auf der Straße vor ihrem Haus parkte, winkte ihr Bent zu. Er stand im Fenster und wurde von Ole, der hinter ihm stand, gehalten. Lena winkte lachend zurück und eilte ins Haus. Bent rannte im Flur auf sie zu und ließ sich von ihr durch die Luft wirbeln. Ole stand schmunzelnd in der Küchentür und beobachtete sie.

»Hat Onkel Ole dich vom Kindergarten abgeholt?«

Bent nickte. »Papa muss arbeiten.«

Lena spürte einen kleinen Stich in der Seite. Sie strich ihrem Sohn über die Haare und nahm ihn an die Hand. In der Küche bestand er darauf, auf ihrem Schoß zu sitzen, während sie Ole zuschauten, wie er zwei Becher Latte macchiato zubereitete.

»Ich habe schon gehört, dass es heute hoch herging«, sagte Ole, als er sich mit den gefüllten Bechern zu Lena an den Tisch setzte. »SEK, Helikopter und Verfolgungsjagd.«

Lena schmunzelte. »Ja, wer hätte gedacht, dass Husum so gefährlich ist. Die zwei zerschossenen Reifen hast du noch vergessen.«

»Stimmt. Wie konnten mir die entgehen.« Er wurde ernst. »War es gefährlich?«

»Eher nicht. Martens hat nur in die Luft geschossen und auf die Reifen. Er wollte Zeit rausschinden für seine Flucht.«

»Eine Kurzschlussreaktion, trotzdem mehr als eine Dummheit. Wie ich den Staatsanwalt kenne, wird er ihn in U-Haft nehmen wollen.«

Lena nickte. Bent sprang von ihrem Schoß und lief auf den Flur. Lena folgte ihm ins Kinderzimmer, saß eine Weile bei ihm, bis der kleine Junge sich einige seiner Playmobil-Figuren und Fahrzeuge mit in die Küche nahm.

»Sorry«, sagte Lena, als sie Ole am Küchentisch sitzen sah. »Ich dachte, du wärst vielleicht schon nach Hause gegangen.«

»Ich bin für ein paar Tage Strohwitwer. Mein Mann hat wieder mal auswärts zu tun.«

Bent richtete sich auf dem Küchenboden ein und platzierte seine Figuren um die Fahrzeuge.

»Morgen ist der Haftprüfungstermin«, sagte Lena. »Ich kann nur hoffen, dass Martens sich einen Anwalt nimmt, der Ahnung von Strafrecht hat. Ansonsten könnte er für Monate in U-Haft bleiben.«

»Du hältst ihn nicht für den Täter in deinem Fall?«

Lena schüttelte den Kopf. »Eher nicht, aber ausschließen kann ich es natürlich auch nicht. Das hat dem Cornelsen gereicht, um es auch mit in den Haftantrag aufzunehmen. Dass Sophia bei ihm gewohnt hat, hat Martens letztlich in der Vernehmung zugegeben.«

»Dir sind die Schüsse auf euch nicht so wichtig, oder? Du willst von ihm erfahren, was er über Sophia und ihr Kind weiß.«

Lena lächelte. Ole war einer der erfahrensten Polizisten, dem sie in ihrer Karriere begegnet ist. Dabei war er bodenständig, empathisch und ließ sich nie von Vorurteilen leiten. Sie vermisste ihn. »Wieder mal ein Treffer, Herr Kotten. Wir sind dem großen Unbekannten keinen Schritt näher gekommen. Zwar sind wir bei der Suche nach den Campingplatzbesuchern auf Gerrit

Martens gestoßen, aber er ist mit hoher Wahrscheinlichkeit nicht der Mann, in den Sophia sich Hals über Kopf verliebt hat.«

»War da jemand unangemeldet auf dem Campingplatz?«

»Nein, davon gehe ich nicht aus. Er müsste über Wochen dort gewesen sein. Einen Tag oder zwei, okay, aber die Pedersens hatten gut unter Kontrolle, wer auf ihrem Platz unterwegs war.«

»Ein Schwarz-Camper?«

»Halte ich für unwahrscheinlich.«

»Wohnte er auf Holnis? Vielleicht private Vermieter.«

»Hat Johann überprüft. In unmittelbarer Nähe zum Campingplatz gibt es keine Pensionszimmer. Natürlich könnte der Mann jeden Tag dort am Strand gewesen sein. Aber wo haben sich Sophia und er dann getroffen?«

»Gibt es einen weiteren Campingplatz in der Nähe?« Ole griff nach seinem Handy und öffnete eine Karte. »Hier, was ist damit?« Er reichte Lena sein Handy. »Was ist das für ein Platz? Und ein Gebäude steht da auch. Das ist doch keine hundert Meter vom Pedersen-Campingplatz entfernt.«

»Ist das nicht ein Sportplatz?« Lena war der Bereich in der vergangenen Woche zwar auf Google Maps aufgefallen, aber weder sie noch Naya hatte vor Ort überprüft, ob ihre Annahme richtig war.

Ole zoomte näher an das Gelände heran. »Das könnte ein Zeltplatz sein. Kein öffentlicher, aber Vereine, kirchliche Organisationen oder sogar Schulen haben solche Plätze, die sie zum Teil auch untervermieten. Nicht an Einzelpersonen, aber an große Gruppen.«

»Verdammt, haben wir da etwas übersehen, weil wir zu sehr auf den Campingplatz der Pedersens fixiert waren?«

»Einen Versuch ist es sicherlich wert.« Bent rief Ole zu sich. An einem der Playmobil-Fahrzeuge schien ein Rad abgebrochen zu sein. Ole inspizierte den Schaden und stellte fest, dass er nicht zu reparieren war. Nach einer kurzen Suche im Internet fand er die Seite, auf der Originalteile angeboten wurden, und bestellte mit Bent zusammen die Radachse mit zwei Rädern.

Auf der Fahrt nach Holnis rief Lena Johann an.

»Guten Morgen«, begrüßte er sie. »Schon im Auto? Wo geht es hin?«

»Holnis! Wir könnten da etwas übersehen haben.« Lena berichtete von Oles Entdeckung. »Bist du weitergekommen?«

»Wie man's sieht. Ich habe im ersten Schritt alle Autoverleiher im Umkreis von sechzig Kilometer Luftlinie angefragt.«

»Das ist ja die Hälfte von Schleswig-Holstein.«

»Klingt schlimmer, als es ist. Knapp fünfzig Firmen. Ich habe inzwischen von einundzwanzig eine Antwort, von denen wiederum vierzehn den Caddy im Angebot haben.«

»Und …«

»Immer mit der Ruhe«, unterbrach Johann Lena. »Natürlich habe ich mich zunächst auf den Bereich Flensburg und Umgebung konzentriert. Hier habe ich acht Anbieter ausfindig gemacht und als Erstes angeschrieben. Von zweien habe ich eine Antwort, die sechs telefoniere ich gleich ab. In ein bis zwei Stunden sollte ich die Liste fertig haben.«

»Gut. Ruf mich an oder schicke sie mir. Eventuell können wir gleich vor Ort nachfragen.«

»Notiert.«

»Was macht der DNA-Abgleich?«

»Läuft gerade und sollte heute kommen. Sie haben es im Labor jetzt vorgezogen.«

»Du schick…«

»Selbstverständlich, Chefin«, fiel Johann ihr ins Wort. »Ich bin nicht erst seit gestern dabei.« Die letzten Worte hatten etwas verschnupft geklungen.

»Sorry, Johann. Wir sind bald in der dritten Woche und ich habe das Gefühl, als wenn wir auf der Stelle treten. Ich muss mich wohl mehr in Geduld üben.«

»Schon klar. Aber so wenig habt ihr doch wirklich nicht. Und im Moment sieht es so aus, als ob sich die Ermittlungen zuspitzen und wir auf einem guten Weg sind.«

Lena registrierte, dass Johann von *wir* gesprochen hatte. Seine Beteiligung an den Ermittlungen schien ihm gutzutun. Sie ahnte, wie sehr er den Außeneinsatz vermisste.

»Ja, mag sein, dass ich im Moment den Wald vor lauter Bäumen nicht sehe.« Sie verabschiedete sich von Johann und rief Naya an.

»Wie weit bist du?«

»Dreißig Kilometer noch«, antwortete Naya. »Treffen wir uns auf dem Parkplatz am Campingplatz?«

»Ja, ich sollte etwa zur gleichen Zeit eintreffen. Bis später.«

Kaum hatte Lena das Gespräch beendet, meldete sich Kort Asmussen bei ihr. Er begrüßte sie herzlich und teilte ihr mit, dass der öffentliche Aufruf in den Medien genehmigt sei und die ersten Zeitungen und Internetportale Sophia Jepsens Foto bereits veröffentlicht hätten.

»Das ist ja mal ein Lichtblick«, antwortete Lena auf Englisch. »Dann werde ich das mal an die zuständigen Stellen in Deutschland weitergeben. Vielleicht passiert hier dann auch mal etwas.«

Lena berichtete von den aktuellen Ermittlungen und bekam im Gegenzug von Kort Asmussen einen Kurzbericht. Viel hatte sich in Dänemark nicht getan. Die Vermutung, dass die entscheidenden Hinweise aus Deutschland kommen mussten, lag nahe. Lena bedankte sich für den Anruf und versprach, sich sofort zu melden, sollte sie Neuigkeiten haben.

26

Lena parkte neben Nayas Fahrzeug, stieg aus und setzte sich zu ihr auf den Beifahrersitz. Nachdem sie von den Neuigkeiten berichtet hatte, machten sie sich auf den Weg zum Campingplatz-Büro. Sven Pedersens Laune schien sich schlagartig zu verschlechtern, als er Lena und Naya im Flur zu seinem Büro entgegenkam.

Lena begrüßte ihn. »Wir haben nur eine Frage. Es geht um den Platz, der etwa hundertfünfzig Meter westlich von hier liegt. Wissen Sie, wer den betreibt?«

Pedersen zuckte mit den Schultern. »Richtigen Kontakt haben wir nicht. Das ist auch kein öffentlicher Zeltplatz. Irgendein christlicher Verein aus Kiel verwaltet das. Das sind keine Einzelcamper, sondern wohl immer nur Gruppen.« Er hob beide Hände. »Was Genaues weiß man nicht. Ärger mit denen hat es aber meines Wissens nie gegeben. Die verhalten sich ruhig. Leben und leben lassen ist mein Motto.« Er sah Lena mit zusammengezogenen Augenbrauen an. »Warum fragen Sie?«

»Sie wissen ja, dass wir nach einem jungen Mann suchen, den Sophia Jepsen kennengelernt hat, als sie bei Ihnen gearbeitet hat. Unsere Nachforschungen haben bisher nichts gebracht. Von daher …«

»Schon klar«, unterbrach Pedersen sie. »Aber wie gesagt, wir haben keinen wirklichen Kontakt. Die Gruppen dort scheinen ständig zu wechseln und wollen auch eher unter sich bleiben.«

»Ist im Moment eine Gruppe auf dem Platz?«

»Davon gehe ich aus. Eigentlich fangen die schon zu Ostern an.«

Lena bedankte sich bei Sven Pedersen und verließ mit Naya die Büroräume des Campingplatzes. »Dann wollen wir mal schauen, ob wir etwas erfahren.«

Nach fünf Minuten Fußmarsch erreichten sie den Eingang des Platzes. Das Tor stand offen, Lena zählte fünf weiße Gemeinschaftszelte und ein dreimal so großes, dessen Front geöffnet war. Im Zelt stand eine Reihe Bierzeltgarnituren, von denen ein Tisch mit acht Personen besetzt war.

Lena sah sich um, fand aber niemanden am Eingang zum Zeltplatz, den sie fragen konnte. Sie gab Naya einen Wink, ihr zu folgen.

Als sie auf das Gemeinschaftszelt zukamen, stand ein Mann in den Dreißigern auf und kam auf sie zu. »Kann ich etwas für Sie tun?«, fragte er, ohne sich vorzustellen.

»Lena Lorenzen, LKA Kiel. Sind Sie der Verantwortliche hier?«

»Unsere Gruppe hat den Platz für zwei Wochen gemietet. Und ja, ich bin der Leiter der Gruppe.« Er räusperte sich. »Elias Brunner ist mein Name. Wie kann ich Ihnen helfen?«

»Darf ich fragen, um was für eine Gruppe es sich handelt?«, fragte Lena.

Brunner zog die Augenbrauen zusammen, entspannte sich aber schnell wieder. »Gern. Wir sind eine evangelisch-freikirchliche Gemeinde aus Niedersachsen. Die Teilnehmer sind zwischen sechzehn und achtundzwanzig Jahren. Wir verbinden die wunderschönen Tage an der Ostsee mit Gesprächen über Gott und wie wir ihm dienen können.« Er lächelte. »Reicht Ihnen die Auskunft?«

»Absolut«, sagte Lena und schenkte ihm ebenfalls ein Lächeln. »Wer ist denn der Betreiber des Platzes?«

Elias Brunner hob leicht die Schultern. »Da muss ich passen. Das hat alles unser Gemeindeoberhaupt organisiert. Soweit ich informiert bin, wird der Zeltplatz von einem Verein verwaltet. Aber wie gesagt, ich kann Ihnen da nicht helfen.«

»Gibt es niemanden von dem Verein, der oder die hier vor Ort ist?«

»Nicht dass ich wüsste. Aber ich gebe Ihre Frage gern weiter an …«

»Vielen Dank für Ihre Mühe«, sagte Lena. »Wir finden alleine hinaus.«

»Was war das denn?«, fragte Naya, als sie zum Campingplatz zurückgingen. »Natürlich weiß er, wer ihm den Platz vermietet hat. Es muss doch einen Ansprechpartner geben.«

Lena hatte bereits das Handy am Ohr. Johann meldete sich und bat noch um etwas Zeit für die Recherchen nach dem VW Caddy.

»Darum geht es nicht. Wir kommen hier vor Ort nicht weiter. Es handelt sich tatsächlich um einen Zeltplatz, der wohl nur an Gruppen vermietet wird. Der Leiter der jetzigen Gruppe konnte oder wollte uns da nicht weiterhelfen. Kannst du Reiner oder Luis darauf ansetzen, wer hier Eigentümer ist und mit wem wir sprechen können?«

»Reiner sollte Zeit haben, aber wir haben Freitag. Die meisten Behörden schließen bald. Aber wir versuchen es. Wo genau liegt der Platz?«

Lena gab ihm eine genaue Standortbeschreibung, Johann versprach, sich sofort zu melden, sollten sie etwas finden.

Naya reichte Lena das Fischbrötchen, das sie kurz zuvor an einem Stand gekauft hatten. Sie saßen am Strand und warteten auf Johanns Rückruf.

»Schmeckt deins?«, fragte Naya.

Lena zeigte ihr den gehobenen Daumen.

»Meins ist auch gut«, antwortete Naya und biss ein weiteres Mal von ihrem Brötchen ab.

Sie aßen schweigend. Der Strand war besser besucht als in der Woche zuvor, viele Kinder liefen herum, spielten Ball oder bauten eine Sandburg.

»Eigentlich schön hier«, sagte Naya, nachdem sie sich mit der Serviette den Mund abgewischt hatte. »Ob sich auf dem Zeltplatz nur religiöse Gruppen treffen?«

Den gleichen Gedanken hatte Lena bereits gehabt, als sie mit Elias Brunner gesprochen hatte. »Denkst du das Gleiche wie ich?«

»Das würde auf unseren Unbekannten passen. Diese Sekten schotten sich doch manchmal komplett ab von der Außenwelt.«

»Sekten? Brunner hat von evangelischer Freikirche gesprochen – das ist schon etwas anderes als eine Sekte.«

»Nicht immer. Da gibt es manche Gemeinden, die ihre ganz eigene Suppe kochen. Am Schluss unterscheiden die sich nicht mehr viel von Scientology oder was da immer noch für krudes Zeug rumläuft. Seelenfresser sind das alle. Unterdrückungsapparate im Zeichen des barmherzigen Gottes. Ich lache mich schlapp.«

»Nicht so voreilig, Naya.« Lena fragte sich, ob ihre Kollegin negative Erfahrungen mit christlichen Sekten gemacht hatte. Sollte sie sie darauf ansprechen? »Es gibt da schon Unterschiede. Du kannst nicht alle religiösen Gemeinschaften über einen Kamm scheren.«

»Da bin ich mir nicht so sicher«, murmelte Naya.

»Du hast schlechte Erfahrungen gemacht?«

»So könnte man es ausdrücken«, antwortete Naya und starrte auf die Ostsee. Nach einer gefühlten Ewigkeit fügte sie hinzu: »Meine Mutter hatte so ihre Phasen. So habe ich das später immer genannt. Eine dieser Phasen hat sie zu Gott geführt. Zwar nur für etwas mehr als zwei Jahre, aber das hat mir gereicht.«

»Wie alt warst du?«

»Ich war gerade zwölf geworden, als es anfing. Zum Glück nicht jünger. Ich sag dir, diese Menschen bohren sich in dein Gehirn, schaben es aus und füllen es mit ihrem kruden Mist. Sie sagen, dass du ein Werkzeug Gottes bist. Schön wär's. Das Werkzeug ist aber in der Hand eines dieser Oberteufel, der nur eins im Sinn hat: sich selbst. Mama hatte Glück, sie ist rechtzeitig zu Verstand gekommen und hat die Biege gemacht.«

»Was ist passiert?«

»Was wohl! Mister Oberteufel hat sich an mich rangemacht. Mit einer perfiden Strategie, die ich zuerst nicht durchblickt habe. Wie auch, mit dreizehn Jahren? Als mir klar wurde, was da läuft, war es fast zu spät. Nur mit viel Glück bin ich ihm an diesem Abend entkommen und habe dann meiner Mutter alles erzählt.«

»Hat sie dir gleich geglaubt?«

Naya lachte bitter auf. »Nein, natürlich nicht. Aber ich war schon damals ein schlaues Mädchen und habe den Oberteufel in eine Falle gelockt. Meine Mutter war im Nebenraum. Was sie dann gehört und gesehen hat, hat ihr die Augen geöffnet. Immerhin, anderen Kindern ist es da schlechter ergangen. Ihre Eltern haben ihnen nicht geglaubt und sie in die Gemeinschaft gezwungen.«

»Du hast bisher nie etwas darüber erzählt«, sagte Lena.

»Das ist nun mal nicht so das Small-Talk-Thema. Wer erzählt schon gern solche Geschichten.«

»Ja, verstehe. Und ich akzeptiere auch deine Meinung über bestimmte Sekten, aber wir müssen da mit klarem Kopf und Distanz rangehen.« Lena machte eine Pause und sah Naya direkt an. »Kann ich mich da voll auf dich verlassen?«

Naya zögerte, nickte aber schließlich. »Ich habe mich im Griff. Keine Angst.«

Bevor Lena etwas antworten konnte, meldete sich ihr Handy. Sie schaute aufs Display und nahm das Gespräch an. »Johann, wie sieht es aus?«

»Der Verein hat seinen Sitz in Schleswig. Die Adresse und Telefonnummer habe ich dir gerade geschickt. Der Vorsitzende ist Jonathan Graumeier, zweiundsiebzig Jahre, wohnhaft in Schleswig unter der Vereinsadresse. Eine persönliche Telefonnummer des Vorsitzenden konnte ich nicht finden, aber ich vermute, unter der Vereinsnummer ist er zu erreichen.«

»Danke, Johann. Wenn du jetzt auch noch etwas zu den Autovermietern hast, bekommst du eine Ehrenmedaille.«

»Die wird warten müssen. Bisher habe ich nicht viel erreicht, und wenn es recht ist, mache ich auch gleich Schluss. Die Familie wartet auf mich. Wir haben einen Wochenendausflug geplant.«

Johanns Stimme klang gepresst. Lena ahnte, dass er lieber weiter an den Ermittlungen arbeiten würde, als nach Hause zu gehen.

»Das hat bis Montag Zeit«, sagte sie. »Naya und ich werden auch morgen und übermorgen pausieren.«

»Okay, grüß Naya von mir und natürlich Ole, unseren Rentner.«

Lena lachte. »Lass ihn das nicht hören. Er fühlt sich alles andere als alt.«

Kaum hatte sie das Gespräch beendet, meldete sich der Staatsanwalt Cornelsen. »Zu Ihrer Information: Herr Martens ist gerade in U-Haft geschickt worden. Er hat jetzt zwei Wochen bis zum nächsten Termin Zeit, über seine Kooperationsbereitschaft nachzudenken.«

»Er befindet sich in Flensburg in Untersuchungshaft?«

»Ja. Sie können ihn für Ihre Vernehmungen nach Husum überführen lassen. Die Kollegen vor Ort sind auch noch nicht sehr weit mit ihm gekommen. Haben Sie noch Fragen?«

»Ja. Sie haben sicherlich gehört, dass Sophia Jepsens Foto in den Medien veröffentlicht wurde mit der Bitte um Mithilfe. Für uns wäre es ausgesprochen wichtig, wenn wir in Deutschland nachziehen könnten.«

»Sie wissen, wie hoch die Hürden hierzulande sind. Die Ermittlungen laufen noch auf Hochtouren. Wenn ich das richtig einschätze, haben wir noch nicht alle Möglichkeiten ausgeschöpft.«

»In Dänemark wird es inzwischen anders gesehen«, warf Lena ein.

»Tut mir leid. Im Moment sehe ich keine Chancen, eine Öffentlichkeitsfahndung durchzubekommen.«

Lena ließ es dabei bewenden. Vielleicht würden sich Zeugen in Dänemark finden, deren Aussagen sie weiterbringen würden. Eventuell würde das den Anstoß dazu geben, dass der Staatsanwalt und der zuständige Richter ihre Meinung änderten.

Lena parkte ihren Dienstwagen zwanzig Meter vor Jonathan Graumeiers Haus und wartete, bis Nayas Dienstwagen hinter ihr stand. Zusammen gingen sie auf den eineinhalbstöckigen Klinkerbau zu, der nach Lenas Schätzungen in den Siebzigerjahren des letzten Jahrhunderts gebaut worden war. Ihr fiel der akkurat angelegte Vorgarten auf und die Gardinen vor den Fenstern. Auf ihr Klingeln öffnete eine Frau Mitte dreißig, in wadenlangem karierten Rock mit weißer Bluse, die langen Haare zu einem Zopf gebunden.

»Was kann ich für Sie tun?«, fragte sie mit skeptischer Miene.

Lena stellte sich vor, zeigte ihren Ausweis und fragte, ob Herr Jonathan Graumeier zu sprechen sei.

»Einen Augenblick bitte, ich frage meinen Vater, ob er Zeit für Sie hat.« Sie schloss die Tür, und Lena hörte die Schritte auf dem gefliesten Boden.

Naya rollte mit den Augen, sagte aber nichts. Kurz darauf kam die Tochter von Jonathan Graumeier zurück, bat Lena und Naya ins Haus und führte sie in eine Bibliothek mit an drei Wänden deckenhohen Bücherregalen.

Ein Mann mit halblangen grauen Haaren trat nach ihnen ein und begrüßte sie. »Wollen wir uns setzen?« Er zeigte auf einen Tisch mit vier Stühlen. »Möchten Sie etwas trinken?«

»Vielen Dank, aber das ist nicht nötig«, sagte Lena und zog einen Stuhl vor.

»Meine Tochter sagte mir, dass Sie von der Polizei sind. Landeskriminalpolizei. Wie kann ich Ihnen helfen?«

»Sie stehen einem Verein vor, der auf der Halbinsel Holnis einen privaten Zeltplatz betreibt. Ist das richtig?«

Graumeier nickte. »Ja, ich bin der erste Vorsitzende. Ist dort etwas vorgefallen?«

»Nicht direkt. Wir sind auf der Suche nach einem jungen Mann, der vor etwa fünf Jahren dort im Sommer gezeltet hat. Sein Vorname ist laut Zeugenaussagen Noah. Mehr wissen wir leider nicht, außer dass er seinerzeit Anfang zwanzig gewesen sein muss.«

Graumeier lächelte. »Fünf Jahre? Das ist eine lange Zeit. Wer im Einzelnen an den jeweiligen Gruppenaktivitäten teilnimmt, ist uns nicht bekannt. Wenn Sie mir das Datum nennen, kann ich unter Umständen in unseren Unterlagen danach suchen, welche Gruppe zu dem Zeitpunkt auf dem Platz war.«

»Unter Umständen?«, fragte Lena. »Was bedeutet das?«

»Nun gut, ich führe nicht die Bücher und bin auch nicht in jede Buchung involviert. Und wenn ich damit zu tun hatte, würde ich mich nach diesem langen Zeitraum sicherlich nicht an Einzelheiten erinnern.« Er hielt inne und lächelte Lena an. »Sie suchen also einen jungen Mann? Hat er sich etwas zuschulden kommen lassen?«

»Wir suchen ihn als Zeuge. Es könnte sein, dass er uns in einem Fall behilflich sein könnte«, antwortete Lena, die nicht beabsichtigte, Jonathan Graumeier die Ermittlungen offenzulegen.

»Als Zeuge? Um was genau geht es in Ihren Ermittlungen?«

»Sie haben sicher Verständnis dafür, dass ich dazu nichts sagen darf. Nur so viel: Auf dem Platz Ihres Vereins ist unseres Wissens nichts passiert, was die Polizei interessieren könnte. Es geht um den Campingplatz in der Nähe. Wir benötigen die Information dringend, Herr Graumeier. Könnten Sie vielleicht mit der zuständigen Person telefonieren und nach den Unterlagen fragen? Es wird ja sicher bei jeder Buchung einen Verantwortlichen geben, an den wir uns wenden können.«

Jonathan Graumeier stand auf. »Ich muss Sie da leider auf nächste Woche vertrösten. Mit einem Anruf wird Ihre Frage nicht so leicht zu beantworten sein.« Er hob die Hand. »Darf ich Sie noch bis zur Haustür begleiten?«

27

Naya ließ sich auf den Beifahrersitz von Lenas Dienstwagen fallen. »Was war das denn? Will der uns verarschen?«

»Nicht aufregen. Auch Vereine können nicht tun und lassen, was sie wollen. Geschäftliche Belege dieser Art müssen zehn Jahre aufbewahrt werden.«

»… wenn sie noch zu finden sind«, fügte Naya hinzu. »Graumeier hatte großes Interesse zu erfahren, was vor fünf Jahren passiert ist. Ich würde mich nicht wundern, wenn genau diese Belege plötzlich verschwunden sind.«

Lena musste Naya insgeheim recht geben. Sie war so unvorsichtig gewesen, den Vornamen des jungen Mannes zu nennen. Zumindest hatte sie nicht den genauen Zeitpunkt verraten, sondern lediglich von Sommer gesprochen. Sie griff nach ihrem Handy und wählte die Kurzwahltaste des Staatsanwalts.

»Frau Lorenzen. Ich bin privat unterwegs. Gibt es etwas Wichtiges?«

»Wir sind heute darauf gestoßen, dass der unbekannte junge Mann, den wir unter den Campingplatzgästen nicht finden konnten, auf einem Zeltplatz in unmittelbarer Nähe zu Sophia Jepsens Arbeitsplatz Urlaub gemacht haben könnte. Der Platz wird durch einen Verein an Gruppen vermietet. Wir haben soeben mit dem Vorsitzenden des Vereins gesprochen, der sich letztlich weigerte, uns den Namen und Ansprechpartner der Gruppe zu nennen.«

»Sind Sie sich sicher, dass dieser Unbekannte, wie Sie ihn nennen, tatsächlich auf dem Zeltplatz Urlaub gemacht hat?«

»Im Moment weist alles darauf hin«, sagte Lena, obwohl ihr klar war, wie weit sie sich damit aus dem Fenster lehnte.

»Sie wissen schon, wie das klingt, oder, Frau Lorenzen? Gibt es diesen Unbekannten überhaupt, oder jagen Sie einem Phantom hinterher?« Der Staatsanwalt legte eine kurze Pause ein. »Um was für Gruppen handelt es sich denn? Sportvereine oder etwas Ähnliches?«

»Wir gehen davon aus, dass es um sehr religiöse freikirchliche Vereinigungen geht. Die bisherigen Erkenntnisse um den mutmaßlichen Freund von Sophia Jepsen würden durchaus zu einer solchen Gruppe passen.«

Cornelsen stöhnte leise. »Das auch noch. Sprechen wir hier etwa von einer Sekte?«

»Da möchte ich mich im Moment noch nicht festlegen. Ich gehe aber fest davon aus, dass wir ohne die Information aus dem Verein nicht weiterkommen.«

»Das ist doch eigentlich nicht Ihre Art, so im völligen Dunkeln zu tappen.« Er räusperte sich. »Entschuldigen Sie meine deutlichen Worte.«

»Selbst in Deutschland kann ein Mensch, wenn die nötigen Mittel und Kontakte vorliegen, untertauchen beziehungsweise eine neue Identität annehmen. Wir haben es hier quasi mit zwei Fällen zu tun: dem Verschwinden von Sophia Jepsen vor vier Jahren und dem Tötungsdelikt. Sie scheinen miteinander verquickt zu sein, und genau hier liegt das Problem. Wäre damals nicht nur ausschließlich in eine Richtung ermittelt worden, wären eine mögliche Verstrickung des Vaters und der mutmaßliche Freund von Sophia schon damals durchleuchtet worden.«

»Schon gut, ich habe verstanden. Ich werde am Montag sehen, was ich erreiche. Versprechen kann ich Ihnen auch in diesem Fall nichts.«

Lena bedankte und verabschiedete sich von Staatsanwalt Cornelsen.

Naya sah sie fragend an. »Kein Beschluss? Nicht dein Ernst?«

»Er versucht es«, murmelte Lena, die im Gespräch mit Cornelsen nur mit viel Mühe ruhig geblieben war. Der Staatsanwalt schien mehr an seiner eigenen Karriere interessiert zu sein als an der Aufklärung des Tötungsdelikts.

»Wie schaffst du es nur, das so gelassen hinzunehmen und weiter so freundlich mit dem Staatsanwalt zu sprechen?«

»Ich will den Fall lösen und nicht den Staatsanwalt erziehen.« Sie verzog das Gesicht. »Obwohl ich ihm manchmal wirklich lieber die Ermittlungsakte an den Kopf werfen würde.«

Naya grinste. »Kann ich mir lebhaft vorstellen.«

Auf ihrer Fahrt von Schleswig nach Husum rief Lena Ole an. »Hast du eine Minute?«

»Auch zwei. Ich sitze hier im Garten und schaue mir die Wolken an. Aufregend und abwechslungsreich.«

Lena schmunzelte. Solange Ole über sein Rentnerdasein noch Scherze machen konnte, schien es ihm nicht so schlecht zu gehen. Sie brachte ihn auf den neuesten Stand und fragte nach seiner Meinung.

»Erstens: Du bist nicht dafür verantwortlich, dass Gerrit Martens in U-Haft gekommen ist. Das ist zuallererst er und in der Folge der Staatsanwalt und der Richter. Du hast alles richtig gemacht.«

»So ganz sicher bin ich mir da nicht«, warf Lena ein.

»Ist mir schon klar, Frau Hauptkommissarin. Deshalb habe ich es ja auch als Erstes gesagt.« Er räusperte sich. »Punkt zwei:

Das ist ein hochkomplexer und schwieriger Fall, eigentlich sogar zwei oder drei. Mutmaßlicher Missbrauch an Sophia Jepsen durch ihren Vater, ihr spurloses Verschwinden und natürlich dein eigentlicher Fall, das Tötungsdelikt. Ihr seid ziemlich weit in die Vergangenheit vorgedrungen und habt Erstaunliches zutage gefördert. Du hast von Anfang an vermutet, dass der unbekannte junge Mann auf dem Campingplatz eine Rolle spielen könnte. Das war mutig, da es nur wenige Anhaltspunkte gab. Bisher scheint sich aber zu bestätigen, dass der Blick in die Vergangenheit etwas mit dem Tod von Sophia Jepsen zu tun hat.«

»Danke fürs Lob, Ole. Aber ich glaube, wir sind längst noch nicht so weit, wie du es gerade dargestellt hast.«

»Lass mich ausreden. So weit war ich noch gar nicht. Kommen wir also zu drittens: Ihr drei, Naya, Johann und du, seid auf dem richtigen Weg. Sophia Jepsen scheint nicht entführt worden zu sein, sondern hat mehr oder weniger freiwillig ihr Elternhaus verlassen. Dafür brauchte sie Unterstützung. Da Gerrit Martens nach deiner Einschätzung mit hoher Wahrscheinlichkeit nicht der Unbekannte sein kann, würde ich die Suche nach dem Freund von Sophia fortsetzen. Ich verstehe nicht, warum der Staatsanwalt so zurückhaltend ist. Auch das ist übrigens nicht dein Fehler. Du hast die ganze Zeit mit offenen Karten gespielt. Dass der Staatsanwalt merkwürdigerweise andere Prioritäten setzt, liegt nicht in deiner Verantwortung. Im Übrigen denke ich, er wird es sich noch überlegen. Deine Erfolgsstatistik spricht für dich, und er wird den Teufel tun und deine Vorschläge ignorieren. Gerade weil er an seine Karriere denkt.« Ole holte tief Luft. »Und Punkt vier: Lass dich nicht beirren. Finde den Unbekannten und bekomme heraus, was er mit der ganzen Sache zu tun hat. Wenn du mich fragst, ist er der Schlüssel zur Lösung des Falles.« Er hielt kurz inne. »Das war das Wort zum Wochenende. Weißt du übrigens schon, dass heute Abend gegrillt wird? Ausnahmsweise bei mir im Garten.«

»Klingt gut.«

»Es gibt aber eine Bedingung.«

»Ich ahne, was jetzt kommt.«

»Kein Wort über die Arbeit. Das Bettchen für Bent habe ich übrigens schon vorbereitet.«

Lena lachte. »Gut, dass es dich gibt. Ich bin auch in zehn Minuten zu Hause. Bis später, Ole. Und … Danke für deine Einschätzung.«

Der Abend bei Ole entschädigte Lena für die anstrengenden zwei Wochen. Sie dachte über viele Stunden nicht mehr an den Fall, lachte mit Erck und Ole über die Geschichten, die sie bei ihrer gemeinsamen Arbeit erlebt hatten, und trank mindestens ein Glas Wein zu viel.

Am nächsten Morgen brachte ihr Erck gemeinsam mit Bent eine große Tasse Milchkaffee ans Bett. Lena reckte sich. »Guten Morgen, ihr beiden. Warum habt ihr mich nicht geweckt?« Sie nahm die Tasse in beide Hände und trank einen Schluck. »Das tut gut.« Sie sah zwischen Erck und Bent hin und her. »Habt ihr schon beschlossen, was wir heute machen?«

»Alles gut bei dir?«, fragte Erck, als sie am Abend in der Küche einen Tee tranken. Ihr Familientag war ein voller Erfolg gewesen. Am Vormittag hatten sie einen langen Spaziergang an der Nordsee gemacht, am Nachmittag hatte ein Kletterpark auf dem Programm gestanden mit anschließendem Kuchenessen in ihrem Lieblingscafé.

»Ich bin rundum glücklich.« Sie beugte sich vor und küsste Erck auf die Wange. »Danke für diesen schönen Tag.«

»War es für mich auch. Und Bent war hellauf begeistert vom Kletterpark. Auch wenn er nur die Kinderpassage machen durfte, ich glaube, da werden wir noch häufiger hinfahren müssen.«

»Warum nicht?«, sagte Lena lachend. »Ich bin auf jeden Fall dabei.« Sie wurde ernst. »Hast du noch mit Beke telefoniert? Ist das in Ordnung, wenn wir morgen bei ihr vorbeikommen?«

»Ja, gestern. Sie freut sich auf uns und hat auch akzeptiert, dass wir den Kuchen mitbringen, und mir versprochen, dass sie außer Kaffee nichts macht.«

Die Torte hatten sie auf der Rückfahrt vom Kletterpark beim Konditor abgeholt. Bent hatte ein Bild für Beke und seinen Großvater gemalt und freute sich auf die Fahrt nach Amrum.

»Ich sehe schon, du hast alles im Griff. Was soll ich da noch sagen?«

»Nichts. Einfach mitkommen. Wir fahren morgen früh um sechs. Also, früh ins Bett, Frau Lorenzen.«

»Nur wenn du mitkommst«, sagte Lena.

»Auf jeden Fall.« Erck lächelte verschmitzt. »Ich muss ja schließlich morgen fahren. Da sollte ich ausgeschlafen sein.«

Lena stieß ihm spielerisch in die Seite. »Den Weg nach Amrum findest du doch auch im Schlaf.« Sie stand auf und hielt ihm die Hand hin. »Dann komm.«

Als er vor ihr stand, küsste sie ihn leidenschaftlich. »Ich fürchte, ganz so müde bin ich doch noch nicht.«

28

Nach einem gemeinsamen Frühstück mit Erck und Bent brach Lena am Montag zum LKA nach Kiel auf und fuhr Richtung Ostenfeld, als ihr Handy sich bemerkbar machte. Sie nahm das Gespräch über die Freisprechanlage an und begrüßte Johann. »Ich bin gerade losgefahren. Gibt es Neuigkeiten?«

»Kann man so sagen«, murmelte er.

Lena schluckte. Was war passiert? Johann klang nicht nach einer angenehmen Information. »Gerrit Martens hat einen Suizidversuch unternommen.«

Lena erstarrte und hatte Mühe, sich auf den Verkehr zu konzentrieren. Sie setzte den Blinker und für auf eine kleine Seitenstraße ab. »Wann?«, fragte sie, nachdem sie am Straßenrand geparkt hatte.

»Heute Nacht. Er stand zum Glück unter besonderer Beobachtung. Jede halbe Stunde hat jemand nach ihm gesehen. Kurz nach Mitternacht ist er gefunden worden. Er hat aus einem Bettlaken ein Seil geflochten und versucht, sich zu erhängen. Er liegt auf der Intensiv in der Flensburger Klinik.«

»Wird er durchkommen?«

»Sie haben ihn ins künstliche Koma versetzt. Nach meinen Informationen besteht keine Lebensgefahr. Ich konnte allerdings auch nicht herausbekommen, wann er aus dem Koma geholt wird. Vielleicht ist das auch noch gar nicht beschlossen.«

Lena schwieg. Schlimmer hätte es nicht kommen können. Sie hatte den Staatsanwalt gewarnt und ihm vorgeschlagen, Gerrit Martens von einem Psychiater untersuchen zu lassen. Er hatte abgelehnt.

»Schlechte Nachrichten, ich weiß«, fuhr Johann fort.

»Mehr als das«, sagte Lena. »Zumindest besteht keine Lebensgefahr mehr. War von Hirnschäden die Rede? Wie schnell ist er gefunden worden?«

»Das weiß ich leider alles nicht. Ein Kollege aus Flensburg, den ich von einer Fortbildung kenne, hat mich angerufen. Er hatte von dem Suizidversuch gehört und wusste, dass wir an dem Fall arbeiten. Soll ich …«

»Nein, schon gut, Johann. Ich rufe gleich den Staatsanwalt an. Bis später.«

Lena wählte die Nummer von Cornelsens Büro und wurde direkt zum Staatsanwalt durchgestellt.

»Sie haben es schon gehört?«, fragte Cornelsen, ohne sie zu begrüßen.

»Ja. Ich bin auf der Fahrt nach Kiel. Johann Grasmann hat mich gerade angerufen. Er meinte, dass Herr Martens außer Lebensgefahr ist?«

»Ja, ich habe vor fünf Minuten mit dem Chefarzt gesprochen. Martens liegt im künstlichen Koma und wird mit großer Wahrscheinlichkeit heute Nachmittag aufgeweckt. Professor Salzmann geht davon aus, dass keine Schäden zurückbleiben. Glücklicherweise ist Martens rechtzeitig gefunden worden.« Der Staatsanwalt hielt kurz inne. »Ich weiß, Sie haben mich gewarnt. Aber wir können nicht alle Untersuchungshäftlinge erst mal eine aufwendige psychiatrische Untersuchung durchlaufen lassen.«

»Wann werden wir mit ihm sprechen können?«

»Da hat Professor Salzmann mir keine so große Hoffnung gemacht. Wenn ich seine Worte richtig interpretiere, wird es ein paar Tage dauern, bevor wir an Martens herankommen.«

Lena verabschiedete sich von Cornelsen. Nur mit Mühe konnte sie ihre Wut über den Staatsanwalt unter Kontrolle bringen. Seine Stimme hatte wenig empathisch geklungen. Für ihn schien der Suizidversuch nur eine unangenehme Unterbrechung seines Arbeitsalltags zu bedeuten. Der Mensch hinter dem Namen schien ihm vollkommen gleich zu sein.

Lena startete den Motor, fuhr zurück auf die Hauptstraße und rief kurz darauf Naya an.

»Hast du es schon gehört?«, fragte sie.

»Nein, was ist passiert?«

Lena berichtete mit wenigen Worten, was sie von Johann und dem Staatsanwalt gehört hatte.

»Verdammter Mist«, fluchte Naya. »Du hattest doch dem Staa…«

»Hatte ich, aber ich entscheide nicht darüber. Glaub mir, wenn ich sicher gewesen wäre, dass das passiert, hätte ich so lange gedrängelt, bis Cornelsen einen roten Kopf bekommen hätte.«

»Wann bist du in Kiel?«

»In einer Dreiviertelstunde. Wir treffen uns dann gleich mit Johann in meinem Büro.«

»Bis später.«

Eine Viertelstunde vor Kiel rief Lena Ole Kotten an und berichtete ihm von Gerrit Martens' Suizidversuch.

»Tragisch«, sagte Ole. »Sehr tragisch, aber nicht zu ändern. Du machst dir Vorwürfe?«

»Das kommt vielleicht noch, wenn die Wut nachlässt. Im Moment würde ich lieber nach Husum umkehren, mir eine Decke über den Kopf ziehen und zwei Tage schlafen.«

»Verständlich. Ich weiß nicht, ob dir überhaupt der Sinn danach steht, aber ich habe gestern Abend – du weißt, mein Mann ist wieder mal unterwegs – über den Fall nachgedacht.«

»Erzähl. Ich bin ganz Ohr.«

»Ich mache es mal kurz: Ihr habt immer noch nicht die geringste Ahnung, wo sich Sophia Jepsen während der drei ersten Jahre aufgehalten hat. Von diesem Ort ist sie offensichtlich geflohen und hat sich mindestens ein Jahr bei Gerrit Martens versteckt. Warum? Wenn ich dich richtig verstanden habe, hatte sie ursprünglich überhaupt kein Interesse an dem Mann. Also war er eine Notlösung, weil Sophia vollkommen unter dem Radar bleiben musste – das heißt, wir haben es mit einem Mann zu tun, der nicht lockerlässt, vor dem sie unglaubliche Angst gehabt haben muss. Jemand, der Macht über sie hat.«

»Ein Psychopath?«

»Drei Jahre, eine Schwangerschaft, eine Geburt und dann das Kind? Wenn wir davon ausgehen, dass sie freiwillig zu ihm gegangen ist, tippe ich eher auf die große Liebe. Die Frage ist, wie konnte sie bei der landesweiten Suche unerkannt in unserem oder im Nachbarland leben?«

»Auf dem Land und das möglichst isoliert«, warf Lena ein. »Und wohl nicht allein. Also eine Gemeinschaft, die sich gegenüber ihrer Umgebung abschottet.«

»Genau. Und von dem Gedanken bin ich geradewegs zur religiösen Sekte gekommen. Das würde auch zu euren bisherigen Ermittlungsergebnissen passen.«

»Eine Sekte, die in Deutschland und Dänemark aktiv ist?«

»Und die bereit wäre, ein gerade mal sechzehnjähriges Mädchen nicht nur aufzunehmen, sondern auch zu verstecken. Es ist nicht auszuschließen, dass Gerrit Martens Sophia getötet hat, aber nach seiner eher katastrophalen Flucht glaube ich kaum, dass er sich einen VW Caddy besorgt, falsche Nummernschilder angebracht und dann mit der Leiche durch halb Schleswig-Holstein und Dänemark gefahren ist, um sie in der Nähe von Odense abzulegen. Und wo ist das Kind? Sophias Vater kommt noch für die Tat infrage. Er würde es logistisch eher hinbekommen, aber auch er müsste das Kind, sein Enkelkind, irgendwo unterbringen. Also bleibt nur der Unbekannte, in den Sophia sich verliebt hat. Mutmaßlich in der Zeit, als sie auf dem Campingplatz gearbeitet hat.«

Ähnliche Gedanken hatte Lena sich am Freitag auch gemacht, hatte aber übers Wochenende vollkommen abgeschaltet und sich auf ihre Familie konzentriert.

»Habt ihr einen Beschluss bekommen, um den Zeltplatzverein zu durchsuchen?«, fuhr Ole fort. »Da würde ich ansetzen.«

»Noch nicht, aber ich hoffe, dass er schnell kommt. Du weißt sicher, was ich befürchte?«

»Klar, die werden die Bücher schon bereinigt haben. Aber davon wirst du dich doch wohl kaum stoppen lassen. Es muss Hinweise in den Büchern geben. Wenn die Sekte nicht zum ersten Mal auf dem Platz war, findest du etwas. Der Platz wird nicht kostenlos sein. Also gab es eine Überweisung. Haben Sie über Mail korrespondiert oder per Briefverkehr?«

Ole hatte recht. Sich kampflos zu ergeben, kam nicht infrage. »Danke, Ole. Die Aufmunterung habe ich gerade gebraucht. Die Nachricht von Martens' Suizidversuch hat mich etwas aus der Bahn geworfen.«

»Absolut verständlich. Ruf mich jederzeit an, wenn du einen Sparringspartner brauchst.«

»Das mache ich, Ole. Bis später.«

Johann verteilte die gefüllten Kaffeebecher.

»Was für ein Service«, sagte Naya lächelnd.

»Immer gern. Wo ihr draußen die harte Arbeit macht.«

»Können wir?«, unterbrach Lena die beiden und erhielt zustimmendes Nicken. »Ist der Durchsuchungsbeschluss für den Verein in Schleswig da?«

Lars öffnete seinen Laptop und tippte sein Passwort ein. »Tatsächlich. Der muss gekommen sein, als ich auf dem Weg zu dir war. Ich schicke ihn gleich weiter. Wollt ihr sofort los?«

»Ich brauche jemanden aus der Wirtschaftskriminalität, der uns begleitet. Allein steigen wir wohl kaum durch die Buchhaltung durch.«

»Buchhaltung?«, fragte Lars.

»Nur zur Sicherheit, falls zufällig die Daten fehlen, nach denen wir suchen.«

Lars nickte, während er auf den Bildschirm seines Laptops schaute. »Das Blut, das auf dem Hof von Gerrit Martens gefunden wurde, ist von Sophia Jepsen. Und sie haben zahlreiche Fingerabdrücke von ihr gefunden. Zusätzlich die eines Kindes. Damit sollte eindeutig bewiesen sein, dass sich Sophia und ihre Tochter längere Zeit auf dem Hof aufgehalten haben.«

»Was ist mit den DNA-Spuren, die auf Sophias Kleidung und unter den Fingernägeln gefunden wurden?«, fragte Naya.

»Auch da!«, rief Johann nach erneuter kurzer Suche. »Kein Treffer in der deutschen Datenbank. Der Abgleich mit Gerrit Martens' DNA ist negativ.«

»Blut von Sophia auf seinem Hof, aber keine DNA von Martens«, sagte Naya. »Passt das zusammen?«

Lena zuckte mit den Schultern. »Wir wissen noch nicht, wie das Blut da hinkam. Es muss nicht unweigerlich etwas mit dem Tod von Sophia Jepsen zu tun haben.« Sie warf Lars einen fragenden Blick zu. »Du nimmst heute die Suche nach dem Caddy wieder auf?«

»Steht an erster Stelle auf meinem Zettel. Ich hab auch schon angefangen. Heute, spätestens morgen sehen wir klarer.«

»Okay, ich telefoniere mit den Kollegen aus der Wirtschaftskriminalität und sag dir, Naya, Bescheid, wann Abfahrt nach Schleswig ist.«

Eine halbe Stunde später fuhr Lena in Kiel auf die A 210 auf. Sie hatten sich für die Route über die Autobahn entschieden, die zwar von der Strecke länger war, aber Zeit sparte gegenüber der Bundesstraße, die parallel zur Ostsee über Eckernförde führte.

Auf dem Beifahrersitz saß Tim Seitz, ein junger Kollege aus der Wirtschaftskriminalität. Lena erläuterte ihm, in welchem Zusammenhang die Durchsuchung stand und auf was sie es abgesehen hatten.

»Religiöse Sekte?«, fragte Seitz.

»Von Sekte würde ich im Moment noch nicht reden. Nach unseren bisherigen Erkenntnissen handelt es sich um freikirchliche Gruppen und Gemeinden, die den Zeltplatz nutzen beziehungsweise für einige Wochen pachten.«

»Um zu beten?«

»Du bist nicht religiös?«, fragte Lena.

»Nein, nicht die Bohne. Ich kann mit dem ganzen Zeug nichts anfangen. Wer's braucht – meinetwegen, aber sie sollen mich damit in Ruhe lassen. Wenn die Zeugen Jehovas an meiner Tür klingeln, bekomme ich so einen Hals.« Er hielt beide Hände im Abstand um seinen Hals. »Ich laufe doch auch nicht herum und bekehre wildfremde Menschen zu was auch immer.«

»Zwar bin ich noch in der Kirche, aber ganz sicher nicht strenggläubig. Ich finde es in Ordnung, wenn Menschen an etwas Höheres glauben, nenn es Gott oder wie auch immer. Es gibt vielen Menschen Halt und Richtung im Leben. Ich habe unter meinen Freunden einige aktive Christen, die ich sehr mag.«

»Ich tue mich damit eher schwer«, gab Tim Seitz zu.

»Ich würde dich bitten, gleich zurückhaltend und neutral an die Durchsuchung zu gehen. Lass dich nicht provozieren. Den Vorsitzenden des Vereins, Jonathan Graumeier, schätze ich als sehr gewieft im Umgang mit Menschen ein.«

»Ein Seelenfänger? Nennt man die nicht so?«

»Ja, zumindest wenn sie Menschen zu ihren Gunsten manipulieren und beherrschen und sich diese Menschen nicht nur nicht dagegen wehren können, sondern die Person auch noch als Vertreter Gottes auf Erden preisen.«

Tim Seitz nickte. »Letztens lief eine Doku im Fernsehen über genau das Thema. Autoritäre Strukturen mit charismatischen Führungspersönlichkeiten, strenge Regeln und ein eng geknüpftes Netz von Kontrollen und Strafen, ein strafender Gott mit fest gefügten und unumstößlichen …« Tim Seitz malte Anführungsstriche in die Luft. »… Werten und Normen. Nicht zu vergessen die abgeschottete Gemeinschaft, die sich als auserwählt ansieht und die als einzige die Strafe Gottes in Form des Weltuntergangs überleben wird. Klar, Frauen spielen in solchen …« Er schien nach dem richtigen Begriff zu suchen. »… solchen Gruppen eine untergeordnete Rolle. Sie dienen und schweigen.«

»Alles richtig, aber trotzdem kannst du nicht jede religiöse Gemeinschaft, die sich nicht direkt einer der großen Weltreligionen zuordnet, als Sekte aburteilen. Man muss schon genau hinschauen, um nicht auf die eigenen Vorurteile reinzufallen«, warf Lena ein.

»Mag sein. Ich habe Unterdrückung in der eigenen Familie kennengelernt – nicht bei meinen Eltern, aber schon in der näheren Verwandtschaft –, und es hat mir schon von Weitem gereicht, was da ablief. Nein danke, wenn ich auch nur höre, dass jemand die Weisheit mit Löffeln gefressen hat, sprich, in jeder Lebenssituation genau weiß, was zu tun ist und wie man sich zu verhalten hat, läuft mir ein Schauer den Rücken hinunter. Das ist doch komplett aus der Zeit gefallen. Und wenn ich das richtig beobachte, nehmen solche Tendenzen auch noch zu. Das ist mir vollkommen unerklärlich. Warum begeben sich Menschen freiwillig in solche Abhängigkeiten und Unterdrückungsmechanismen?«

»Es gibt sicher viele Gründe, die häufig nicht so einfach nachzuvollziehen sind«, sagte Lena. »Ob wir sie verstehen oder nicht, ist für uns erst mal irrelevant. Unsere private Meinung muss da hintanstehen, solange nicht gegen Gesetze verstoßen wird.«

29

Die Tochter von Jonathan Graumeier öffnete ihnen die Tür und sah Lena missbilligend an.

»Guten Tag, Frau Graumeier«, begrüßte Lena sie und reichte ihr den Durchsuchungsbeschluss. Sie wartete, bis Dorothea Graumeier den Beschluss gelesen hatte. »Ist Ihr Vater im Haus?«

Einen Moment schien es Lena so, als wollte die Frau ihnen die Tür vor der Nase zuknallen, aber Dorothea Graumeier ließ den Beschluss achtlos auf den Boden fallen und trat zur Seite. Lena hob das Dokument auf, nickte ihr zu und trat ein. Naya und Tim Seitz folgten ihr.

Graumeier kam ihnen im Flur entgegen, ließ sich wortlos den Beschluss zeigen und schüttelte mit starrer Miene den Kopf. »Selig sind, die reinen Herzens sind; denn sie werden Gott schauen.«

»Matthäusevangelium, Vers acht im fünften Kapitel«, sagte Naya, die neben Lena stand. »Dann hoffen wir doch mal, dass es auf Sie zutrifft, Herr Graumeier. Könnten Sie uns jetzt die Unterlagen Ihres Vereins zeigen? Und ihren Laptop oder Computer.«

Jonathan Graumeier warf Naya einen hasserfüllten Blick zu, hatte sich aber im nächsten Augenblick wieder voll unter Kontrolle. »Selbstverständlich, Frau …«

Naya reichte ihm eine Visitenkarte. »Naya Olsen.«

Graumeier setzte ein abgeklärtes Lächeln auf. »Wenn ich dann bitten darf.« Er zeigte den Flur entlang.

Graumeier führte sie in einen Raum, in dem lediglich ein langer Tisch mit acht Stühlen stand. »Meine Tochter bringt Ihnen gleich die Ordner. Wie viele Jahre zurück sollen sie gehen?«

»Zehn Jahre«, antwortete Lena. »Falls Sie die Unterlagen noch haben, wären fünfzehn gut.«

Wortlos verließ Graumeier den Raum. Wenige Minuten später schob seine Tochter einen Rollwagen in den Raum, auf dem über ein Dutzend Ordner standen.

»Denken Sie bitte an den Laptop des Vereins?«, sagte Lena, als sich Dorothea Graumeier bereits abwenden wollte. »Oder haben Sie einen PC?«

»Laptop.«

»Sie verwalten die Geschäfte des Vereins?«, fragte Lena weiter.

»Ja.«

»Seit wann?«

»Seit acht Jahren.«

»Sie reichen auch die Unterlagen beim Finanzamt ein, oder macht das ein Steuerberater?«

»Das mache ich.«

»Haben Sie eine offizielle Funktion im Vorstand des Vereins?«, fragte Lena, die um die offiziellen Angaben wusste.

»Nein.«

»Wer ist der Kassenwart?«

»Johannes Grothe.«

»Wir brauchen die Anschrift von Herrn Grothe.«

Dorothea Graumeier nickte. Als sie den Raum verlassen hatte, griff Lena nach dem ersten Ordner.

Die Vermietungen waren nach Datum abgeheftet. Sie enthielten die gesamte Korrespondenz mit den jeweiligen Interessenten, die Zusage und eine Kopie der Rechnung. Die eigentliche Buchführung lief separat, hier waren Eingangs- und Ausgangsrechnungen nach den jeweiligen Monaten geordnet. Nach einer halben Stunde hatten sie sich einen ersten Überblick verschafft und festgestellt, dass es in der fraglichen Zeit vor fünf Jahren eine Lücke von drei Monaten in den Unterlagen gab. Weder fanden sie Anfragen für die Zeit noch Rechnungen. Im Ordner, in dem die Kontoauszüge abgeheftet waren, fehlten sogar sechs Monate.

»Wie erwartet«, sagte Lena und warf ihrem Kollegen einen fragenden Blick zu. »Wie würdest du vorgehen?«

»Kommt drauf an, wie lange ihr Zeit habt«, sagte Tim Seitz. »Die Banken müssen die Kontoauszüge für zehn Jahre speichern. Mit einem entsprechenden Beschluss werden wir da rankommen. Dauert allerdings sicher eine Woche.«

»Finden wir da eindeutig die Organisation, die zu der Zeit den Zeltplatz gemietet hat?«

»In den vier Monaten werden so einige Zahlungen eingegangen sein. Beim ersten Überblick in den Kontoauszügen sind da nur selten die Rechnungsnummer und andere Angaben gemacht worden. Hinzu kommt, dass eine der Banken ihren Hauptsitz nicht in Deutschland hat und dass die Überweisungen von außerhalb nur auf dieses Konto gelaufen sind. Von da wurde wiederum das Geld in höheren Beträgen auf ein deutsches Konto transferiert. Ich kannte diese Bank übrigens noch gar nicht und habe gerade gegoogelt. Es ist eine christliche Bank mit Sitz in Liechtenstein. Die werden wohl kaum schnell auf unsere Anfragen reagieren, wenn überhaupt. Es könnte also eine Weile dauern, bis abgeklärt ist, welche Zahlung für was geleistet wurde. Eventuell bekommen wir auch gar nichts. Aber das ist jetzt alles Spekulation. Wenn der Beschluss schnell da ist, die Bank sofort reagiert und auf der Buchung vermerkt ist, wofür gezahlt wurde, haben wir schnell denjenigen, der überwiesen hat.«

»Klingt nicht gut«, sagte Lena. »Die Zeit drängt. Es geht um ein kleines Mädchen, von dem wir nicht wissen, wo es sich aufhält und wie es ihr geht.«

»Okay, ich mache mich über den Laptop her«, schlug Tim Seitz vor. »Ihr sucht die Jahre rund um den besagten Sommer durch. Vereine buchen häufig zur gleichen Jahreszeit ihre Freizeiten. Der Zeltplatz ist bestimmt heiß begehrt und immer lange im Voraus ausgebucht. Gibt es weitere Besonderheiten?«

»Es könnte eine Verbindung zu Dänemark bestehen«, warf Naya ein. »Eventuell eine deutsch-dänische Sekte.« Als sie Lenas Blick bemerkte, fügte sie schnell hinzu: »Oder Religionsgemeinschaft.«

»Handelt es sich um Kinder oder Jugendliche oder junge Erwachsene?«, fragte Tim Seitz weiter.

»Eher um junge Erwachsene«, sagte Lena. »Zwar könnte der junge Mann, den wir suchen, auch ein Gruppenleiter für Kinder oder Jugendliche gewesen sein, aber dafür hatte er meines Erachtens zu viel Freizeit.«

»Dann hätten wir schon drei Merkmale. Versucht, die zu finden. Bei der schnellen Durchsicht habe ich einige Briefe und Mails gesehen. Vielleicht findet ihr da etwas über die einzelnen Gruppen, die gebucht haben oder buchen wollten.«

Tim Seitz öffnete den Laptop, den Dorothea Graumeier ihnen übergeben hatte, während Lena und Naya sich die ersten Ordner der entsprechenden Jahre griffen.

»Merkwürdig«, murmelte Tim Seitz, nachdem er sich über eine halbe Stunde mit dem Laptop beschäftigt hatte.

»Hast du was gefunden?«, fragte Lena.

»Wenn mich nicht alles täuscht, lief auf diesem Laptop eine Banksoftware, über die man zum Beispiel überweisen und sämtliche Buchungen der vergangenen Jahre abrufen kann.«

»Banksoftware?«, fragte Naya.

»Das ist nichts für Privatleute wie dich und mich. Wir loggen uns ja einfach über das Internet ein. Hier hast du ein Softwareprogramm auf deinem Rechner, vernünftig abgesichert und mit mehr Funktionen als bei Privatleuten.«

»Und das ist gelöscht?«, fragte Lena.

»Danach sieht es aus.«

»Kannst du sehen, wann das passiert ist?«

»Gestern.«

»Kann man es rückgängig machen?«

Tim Seitz wiegte den Kopf hin und her. »Kann ich so nicht sagen. Ich müsste das in Kiel probieren. Große Hoffnungen kann ich euch aber nicht machen.«

»Gut. Wir nehmen den Laptop mit.«

»Okay. Ich gehe hier noch die Mails durch, aber ich vermute, wenn schon die Banksoftware gelöscht wurde, ist ganz sicher der Mailverkehr auch bereinigt worden. Habt ihr denn etwas gefunden?«

Lena und Naya schüttelten den Kopf.

Nach einer weiteren Stunde fassten sie ihre einzelnen Funde aus den Ordnern zusammen.

»Ich habe zehn Organisationen beziehungsweise Einzelpersonen, die auf unser Profil mehr oder weniger passen«, sagte Lena.

Naya nickte. »Ich kann noch neun aus meinen überprüften Jahren mit einbringen. Wären neunzehn. Haben bei dir alle etwas mit Dänemark zu tun?«

»Schwierig zu sagen. Da sich die Organisationen oder religiösen Vereinigungen untereinander zu kennen scheinen, habe ich in dem Schriftverkehr nicht so richtig viel herauslesen können. Im Internet habe ich nur wenige Einträge gefunden, die sich mit den jeweiligen Gruppen beschäftigen.«

»Gibt es nicht bei den Kirchen Sektenbeauftragte?«, warf Naya ein. »Die müssten sich doch halbwegs auskennen. Und ich glaube, selbst beim Land Schleswig-Holstein gibt es einen solchen Posten.«

Lena nickte. »Wir sollten uns da schlaumachen.«

»Ich bin jetzt so weit mit dem Laptop durch und mir sicher, dass die Banksoftware gelöscht wurde«, berichtete Tim Seitz von seiner Recherche. »Das ist an und für sich nicht strafbar, allerdings frage ich mich, warum gerade jetzt. Von der Bank aus Liechtenstein gibt es in ganz Schleswig-Holstein keine Filiale, selbst in Hamburg habe ich nichts gefunden. Von daher ist es schlichtweg eine Notwendigkeit, die Buchungen online zu tätigen. Für mich ist die Absicht ganz klar.«

»Sind die ganzen Buchungsdaten der vergangenen Jahre für Graumeier jetzt auch verloren beziehungsweise haben sie da keinen Zugriff mehr drauf?«, fragte Lena.

»Ich gehe davon aus, dass Frau Graumeier eine Sicherungskopie gemacht hat, mit der sie relativ einfach auf einem weiteren Rechner alles wiederherstellen kann.«

»Auf einem Datenträger?«, fragte Naya.

»Ein Stick reicht da vollkommen aus. Ob wir ihn hier im Haus finden, ist noch eine ganz andere Frage.«

»Der Beschluss lässt auch keine Durchsuchung der Privaträume zu«, sagte Lena. »Wir werden uns die Daten anders besorgen müssen.«

Jemand klopfte an die Tür und trat gleich darauf ein. Jonathan Graumeier lächelte Lena an. »Kommen Sie so weit zurecht?«

Lena stand auf. »Sie wissen vermutlich, dass Sie sich strafbar machen, wenn Sie die Daten, nach denen wir suchen, bewusst vor uns verstecken?«

»Liebe Frau Lorenzen, nichts liegt mir ferner, als Ihre Arbeit zu behindern. Allerdings möchte ich anmerken, dass wir über Ihr Vorgehen außerordentlich erstaunt sind. Wir sind es zwar gewohnt, dass uns von staatlicher Seite Misstrauen entgegengebracht wird, aber dass selbst in unsere Privatsphäre eingebrochen wird, hätten wir uns nicht träumen lassen.« Er wandte sich an Naya. »Selig seid ihr, wenn euch die Menschen um meinetwillen schmähen und verfolgen und allerlei Böses gegen euch reden und dabei lügen.«

Naya warf ihm einen bemitleidenswerten Blick zu. »Vielleicht sollten Sie mal wieder die Zehn Gebote lesen. *Du sollst nicht töten* würde besser passen. Wir sitzen hier nicht zum Spaß, lieber Herr Graumeier. Ein Mensch wurde brutal ermordet und achtlos in der Wildnis entsorgt. Wir machen hier nur unsere Arbeit. Glauben Sie wirklich, Sie könnten uns an der Nase herumführen?«

Jonathan Graumeier schien für einen Moment sprachlos, fing sich aber schnell wieder. »Junge Frau, Sie sollten Ihr Mundwerk besser unter Kontrolle haben. Das ziemt sich nicht, wie Sie sich hier aufführen.«

Lena räusperte sich hörbar. »Was sich ziemt und was nicht, wird sich bald herausstellen, Herr Graumeier. Lassen Sie uns bitte in Ruhe unsere Arbeit machen. Wir sagen Bescheid, wenn wir fertig sind.«

30

»Du hattest also recht mit deiner Befürchtung«, sagte Johann, als Lena ihn auf der Rückfahrt nach Husum über die Durchsuchung ins Bild setzte. »Dass es so schlimm kommt, hätte ich nicht gedacht.«

»Zumindest scheinen wir auf der richtigen Spur zu sein. Würde der Verein ansonsten solch ein Risiko eingehen?«

»Ich weiß nicht. Diese Vereinigungen leben oft in dem Glauben, sie würden staatlicherseits unterdrückt und verfolgt. Da ist der Schritt nicht mehr weit, Bücher zu fälschen beziehungsweise Daten verschwinden zu lassen.«

»Ja, vielleicht habe ich das unterschätzt«, gab Lena zu. »Bist du mit dem Caddy weitergekommen?«

»Ich bin mit den Autovermietern durch. Keiner von ihnen hat zur fraglichen Zeit einen Caddy in Dunkelblau oder Anthrazit verliehen. Ich fürchte, der Ermittlungsstrang ist eine Sackgasse. Hier kommen wir nicht weiter. Augenblick, da kommt gerade eine Meldung rein.« Nach einigen Sekunden meldete sich Johann wieder. »Halt dich fest. Die Kollegen von der Kriminaltechnik haben DNA und zwei Fingerabdrücke von Sophia Jepsen in der Wohnung ihres Vaters gefunden.«

»Ist das sicher?«, fragte Lena, die nicht mit einem solchen Fund gerechnet hatte. »Sophia war in der Wohnung ihres Vaters?«

»Definitiv. Und noch etwas. Die DNA von Thomas Jepsen ist jetzt mit dem Fund auf Sophias Kleidung abgeglichen worden. Leider kein Treffer.«

»Aber sie war bei ihm in der Wohnung«, sagte Lena mehr zu sich selbst. Sie war inzwischen von der Bundesstraße abgebogen und stand am Straßenrand.

»Jepsen hat gelogen … oder glaubst du, seine Tochter ist in die Wohnung eingebrochen?«, warf Johann ein.

»Warum sollte sie das machen? Nein, sie war bei ihm. Mit U-Haft brauche ich dem Staatsanwalt damit sicher nicht kommen. Aber Jepsen wird trotzdem Rede und Antwort stehen müssen.«

Lena verabschiedete sich von Johann und rief gleich darauf Cornelsen an. Sie berichtete dem Staatsanwalt, was bisher bei der Durchsuchung herausgekommen war, und bat ihn, Thomas Jepsen ein weiteres Mal vorzuladen.

»In drei Tagen am Donnerstag. Wieder zwölf Uhr?«, schlug Cornelsen vor.

»Ja, vielleicht haben wir bis dahin noch mehr, mit dem wir ihn unter Druck setzen können. Es wäre gut, wenn sein Anwalt noch nicht von dem Fund erfahren würde.«

Der Staatsanwalt stöhnte theatralisch. »Die Ermittlungsakten sind nicht immer auf dem letzten Stand. Das habe ich schon so häufig beklagt.«

»Das ist richtig. Wir werden uns bemühen, an dem Problem zu arbeiten. Dann sehen wir uns spätestens am Donnerstag in Flensburg.«

Am späten Nachmittag rief Kort Asmussen aus Dänemark an.

»Darf ich noch stören?«, fragte er auf Englisch.

»Selbstverständlich. Zumindest wenn es sich um gute Nachrichten handelt. Die könnte ich heute gut gebrauchen.«

»Es geht um die Öffentlichkeitsfahndung. Wir haben inzwischen unzählige Hinweise bekommen. Sie kennen das sicher: Plötzlich haben ganz viele die gesuchte Person an vielen Stellen des Landes gesehen oder sogar mit ihr gesprochen.«

»Neunzig Prozent der Hinweise verlaufen normalerweise im Sand.«

»Mindestens«, bestätigte Asmussen. »Bisher gibt es nach unserer Einschätzung nur einen glaubwürdigen Hinweis. Eine fünfundzwanzigjährige Dänin, die heute in Esbjerg lebt.«

»Wo hat sie Sophia gesehen?«

»Das war vor etwa drei Jahren. Alma Lund ist als Studentin in die Fänge einer Sekte gekommen. Vor zweieinhalb Jahren ist sie ausgestiegen und engagiert sich seitdem in einer Organisation, die Aussteigern behilflich ist. Wahrscheinlich wird es bei Ihnen in Deutschland auch etwas Ähnliches geben.«

»Ja, von mehreren Seiten sogar. Kirchen, staatliche Beauftragte, aber auch Vereine und Organisationen.«

»Frau Lund hat in Kopenhagen gelebt und gearbeitet und war mit ihrer Gemeinschaft zu Besuch bei einer befreundeten religiösen Gemeinschaft und meint, dort Sophia Jepsen gesehen zu haben.«

»Wo war das?«

»Auf der Insel Fyn oder auf Deutsch Fünen. In der Gemeinde Tommerup, die etwa siebentausend Einwohner hat. Die Hofanlage mit einem Haupthaus und fünf Wohngebäuden liegt etwa zwei Kilometer entfernt. Dort sind im Moment zweiundzwanzig Bewohner gemeldet.«

»Eine religiöse Gemeinschaft?«, fragte Lena.

»Laut Alma Lund eine religiöse Sekte, die dort ihren Hauptsitz hat, und in Dänemark weitere Standorte verteilt im ganzen Land. Es ist nicht viel über die Gruppe bekannt. Am

Hauptsitz finden aber wohl Schulungen und Seminare statt. In den Gebäuden können nach Almas Auskunft mindestens sechzig Gäste Platz finden.«

»Wie weit ist Tommerup von dem Fundort der Leiche entfernt?«, fragte Lena.

»Luftlinie vielleicht zwölf oder vierzehn Kilometer. Mit dem Auto braucht man etwa fünfundzwanzig Minuten.«

»Schließt sich da gerade ein Kreis?«

»Ja, das war auch mein erster Gedanke. Ich bin kein großer Freund von Zufällen und würde eher darauf tippen, dass es eine Verbindung zu unserem Fall gibt.«

»Wie ist der Name der …« Sie zögerte. »… der Sekte.«

»*Lysets brødre.* Das bedeutet auf Deutsch so viel wie *Brüder des Lichts.*«

»Kommt mir irgendwie bekannt vor, aber mehr historisch. Irgendwas Anfang des 18. Jahrhunderts in Italien. Eine Verschwörung gegen den König. Aber damit wird *Lysets brødre* wohl nichts zu tun haben.«

»Eher nicht. Aber warum ich anrufe: Ich habe mich morgen mit Frau Lund in Esbjerg verabredet. Wollen Sie dazukommen?«

»Sehr gern. Darf ich meine Kollegin mitbringen?«

»Das ist kein Problem. Ist Ihnen elf Uhr am Vormittag recht? Die Befragung findet in der Polizeistation statt.«

»Die kenne ich. Wir sind pünktlich vor Ort.« Sie verabschiedete sich von ihrem dänischen Kollegen und rief gleich darauf Naya an.

»Noch ein Bier?«, fragte Lena.

Ole schüttelte den Kopf. »Ich bin mit dem Auto da und möchte ungern von meinen ehemaligen Kollegen angehalten werden, weil ich in Schlangenlinie fahre.«

Lena griff nach der Wasserflasche und schob ihm ein sauberes Glas über den Tisch. Ole war bereits seit einer Stunde bei ihnen zu Besuch, allerdings hatten sie, solange Bent und Erck in der Nähe waren, nicht über den Fall gesprochen. Lena hatte Ole angesehen, wie schwierig ihm die Zurückhaltung fiel. Da Erck gerade dabei war, Bent ins Bett zu bringen, nutzte sie die Zeit, um Ole einen schnellen Bericht zu geben.

»Das sind ja gute Neuigkeiten.«

»Ich will den Tag nicht vor dem Abend loben«, sagte Lena. »Abwarten, was morgen bei der Befragung in Esbjerg herauskommt. Du weißt doch, was bei solchen öffentlichen Aufrufen so zusammenkommt. Ein Großteil der Informationen stellt sich als falsch heraus.«

»Trotzdem. Es geht voran. Das Gleiche mit dem Verein, der den Zeltplatz auf Holnis verwaltet. Wenn ihr die Unterlagen genau unter die Lupe nehmt, werden sich Anhaltspunkte für die Identifizierung der Organisation, die ihr sucht, ergeben.«

»Johann geht morgen an die Arbeit. Aber das kann noch ganz schön steinig und langwierig werden, Ole. Und den Vater des Opfers dürfen wir auch nicht vergessen.«

Ole sah sie fragend an.

»Er hat behauptet, keinen Kontakt zu seiner Tochter gehabt zu haben. Jetzt sind aber DNA und Fingerabdrücke von ihr in seiner Wohnung gefunden worden. Sophia war also definitiv dort.«

»Steckt er tiefer mit drin, als wir bisher angenommen haben?«

»Frag mich etwas Leichteres. Der Mann wird mir immer unheimlicher.«

»Wollte Sophia Geld von ihm und war dafür bei ihm in der Wohnung? Viel Geld? Er hat sie weggeschickt, trotz ihrer Drohungen, ihn anzuzeigen?«

»Und jetzt schämt er sich, weil seine Tochter ums Leben gekommen ist? Jemand, der Tausende von Kinderpornofotos und -filmchen auf Datenträgern versteckt hat und aufgeflogen ist. Warum sollte der sich noch schämen? Seinen Beruf kann er doch jetzt schon an den Nagel hängen. Es sollte mich wundern, wenn er weiter als Lehrer arbeiten darf. Doch wohl kaum bei diesen Vorwürfen, oder?«

»Wenn es nach mir ginge, ganz bestimmt nicht. Aber du kennst doch unsere Justiz. Wenn das später mit einem Strafbefehl abgeht, der nur eine bestimmte Höhe hat, wird er kaum aus dem Beamtenverhältnis entlassen.«

Lena schüttelte verzagt den Kopf. »Ich bin mir sehr sicher, dass er seine Tochter missbraucht hat. Von der Schülerin vor fast dreißig Jahren einmal abgesehen. Glaubst du wirklich, dass das die einzigen Übergriffe waren? Ich nicht. Du kennst meine Einstellung zu pädophilen Männern und weißt, dass ich da durchaus differenzieren kann, aber Jepsen hat für mich eindeutig eine rote Linie überschritten.«

»Wie gesagt, ich bin kein Richter, und wenn es nach mir ginge …«

»Der Fall?«, unterbrach Erck ihn, der mit einer Bierflasche in der Hand ins Wohnzimmer kam.

»Nur ein paar Worte«, beschwichtigte Ole. »Du weißt doch, wie sehr ich meiner Arbeit nachhänge. Lena erleichtert mir sozusagen den Abgang. Das ist ein reiner Freundschaftsdienst.«

Erck schmunzelte. »Um eine gute Ausrede warst du noch nie verlegen.«

31

Lena bog von der A 1 auf den Rastplatz ab, auf dem sie sich mit Naya verabredet hatte. Sie parkte neben ihrem Dienstwagen und wartete, bis Naya ihre Tasche auf den Rücksitz gelegt und auf der Beifahrerseite Platz genommen hatte. Bis Esbjerg mussten sie noch fast hundertfünfzig Kilometer zurücklegen.

»Hast du schon lange gewartet?«, fragte Lena, als sie wieder auf die Autobahn auffuhr.

»Zehn Minuten. Alles gut.«

Lena berichtete ihr ausführlich von den Telefongesprächen am Tag zuvor. »Hast du schon einmal von einer Gemeinschaft namens *Lysets brødre* gehört?«

»*Brüder des Lichts?* Nein, aber ich kenne mich in der Szene auch nicht aus. Es gibt in Skandinavien so viele religiöse Gemeinschaften und Sekten, dass da nur noch Experten durchblicken.«

»Kollege Asmussen hat mit Alma Lund länger telefoniert und meint, dass sie eine vielversprechende Zeugin sein könnte.«

»Wenn wir so die Gruppe finden, die den Zeltplatz gebucht hat, ersparen wir uns oder besser Johann eine Menge Arbeit.«

»Ich habe vorhin schon mit ihm gesprochen und ihm gesagt, dass er erst mal die Unterlagen liegen lassen soll, bis wir Alma Lund befragt haben.«

»Soll ich übersetzen, wenn sie kein Deutsch oder Englisch spricht?«

»Warten wir es ab. Viele Dänen sprechen ja perfekt Englisch, manche sogar Deutsch. Ein wenig verstehe ich ja auch, aber für eine Befragung reicht es leider nicht.«

Der lang gezogene dreistöckige Backsteinbau der Esbjerger Polizei lag auf der Rückseite des Rathauses, an der sich auch ein großer Parkplatz anschloss. Am Empfang erwartete sie bereits Kort Asmussen. Er begrüßte sie herzlich und führte sie durchs Gebäude in ein Befragungszimmer, das recht einladend aussah. Zwei der Wände waren blau gestrichen. Der Tisch, die Stühle und die zwei Schränke waren aus geöltem Holz.

»Frau Lund sollte gleich eintreffen. Sie spricht übrigens perfekt Englisch und hat auch zugesagt, in der Sprache mit uns zu reden.«

»Wissen Sie inzwischen mehr über *Lysets brødre*?«, fragte Lena.

»Ich habe mit mehreren Stellen Kontakt aufgenommen. Die Gemeinschaft scheint sehr darauf bedacht zu sein, unter dem Radar zu laufen. Sie missionieren nicht offen, isolieren sich von der restlichen Gesellschaft und scheinen strikt darauf zu achten, nicht mit dem Gesetz in Konflikt zu kommen. Der Sektenbeauftragte in Kopenhagen meinte, dass es in Dänemark sechs Standorte gebe, häufig etwas außerhalb der Städte, aber trotzdem gut erreichbar. Er schätzt die Mitgliederzahl auf etwa vierhundert. Männer, Frauen, Kinder. Das Oberhaupt der Gemeinde ist Frederik Winther. Er ist der Sohn des Gründers, der vor fünfzehn Jahren mit neunundneunzig Jahren verstorben ist. Frederik Winther ist sechsundsechzig, hat sieben Kinder, die ebenfalls in seine Fußstapfen getreten sind. Sozusagen ein Familienbetrieb.«

»Ist es eine christliche Gemeinschaft?«, fragte Naya.

»Zumindest berufen sie sich auf die Bibel und den christlichen Glauben. Allerdings sieht der Sektenbeauftragte eindeutige Merkmale, dass es sich um eine autoritär strukturierte Sekte handelt, die massiven Druck auf ihre Mitglieder ausübt, damit die starre Lehre befolgt wird und dem Führer der Gemeinschaft absolute Gefolgschaft garantiert ist.«

»Sie isolieren sich von der Gesellschaft? Was bedeutet das?«

»Im Detail weiß ich das auch nicht, aber die Mitglieder – diesen Status erreicht man erst nach einer längeren Lernphase – arbeiten durchaus in normalen Berufen und leben auch nicht alle in Gemeinschaften zusammen. Die Sekte bekommt einen großen Teil des Gehalts und finanziert sich so und durch andere Spenden und Erbschaften. Im Hauptsitz oder Zentrum von *Lysets brødre* werden die angehenden Mitglieder geschult und auf ihr Leben in der Gemeinschaft vorbereitet.«

»Und das ist alles öffentlich bekannt?«, fragte Naya.

»Nein, die Sekte veröffentlicht selbst nichts. Es gibt nicht einmal eine Homepage. Die Informationen stammen von Aussteigern.«

Jemand klopfte an die Tür. Ein uniformierter Polizist sah herein und kündigte Alma Lund an. Die schlanke kleine Frau mit kurzen blonden Haaren und einem freundlichen Gesicht erschien hinter dem Polizisten. Asmussen stand auf, begrüßte sie und stellte die Kolleginnen aus Deutschland vor. Als sie zu viert am Tisch saßen, wechselte Asmussen ins Englische.

»Vielen Dank, Frau Lund, dass Sie sich zu unserem Treffen bereit erklärt haben.«

»Das ist für mich selbstverständlich«, sagte Alma Lund. »Sie wissen ja, dass ich mich für Sektenaussteiger engagiere und sie bei ihrem Start in ein neues Leben unterstütze.«

Asmussen nickte. »Würden Sie uns noch einmal erzählen, wann und wo Sie Sophia Jepsen alias Jonna Holm getroffen haben?«

»Ich kenne Sie nur unter dem Namen Jonna, bin mir aber ganz sicher, dass sie die junge Frau auf dem Foto ist. Unser Zusammentreffen war auf dem Schulungsgelände von *Lysets brødre* in der Nähe von Odense. Ich war dort mit zwei weiteren Mitgliedern meiner Gemeinschaft eingeladen. Wie ich heute weiß, ging es nicht so sehr um eine Kooperation, sondern vor allem darum, neue Mitglieder zu werben. Aber das spielt jetzt keine Rolle.«

»Wie und wo genau haben Sie Jonna kennengelernt?«, fragte Asmussen.

»Das war mehr zufällig. Sie hat sich nicht direkt um uns gekümmert, sondern arbeitete in der Küche. Ich habe sie dort gesehen und später, als wir im Garten aufeinandertrafen, angesprochen. Ich habe gleich gemerkt, dass Dänisch nicht ihre Muttersprache ist, sie aber nicht gefragt, ob sie aus Deutschland kommt.«

»Warum nicht?«, stellte Lena ihre erste Frage.

»Sie war sehr zurückhaltend und ängstlich. Eigentlich schon etwas panisch, als ich sie angesprochen habe. Da habe ich lieber etwas Unverfängliches gesagt. Dass es landschaftlich sehr schön dort ist und wir Glück mit dem Wetter haben. Sie ist dann etwas aufgetaut, hat sich aber immer wieder umgeschaut, ob uns jemand beobachtet.«

»Worüber haben Sie mit ihr sonst gesprochen?«, fragte Asmussen.

»Das weiß ich nicht mehr genau. Es war für mich ja auch eine beliebige Begegnung.«

»Hat sie das Gespräch abgebrochen?«

»Ja und nein. Ein junger Mann kam auf uns zu. Jonna konnte ihn zuerst nicht sehen, aber sie hat wohl meinen Blick bemerkt und sich dann umgedreht. Sie ist regelrecht zusammengezuckt, hat sich nicht einmal verabschiedet und ist gleich losgerannt.«

»Auf den Mann zu?«, fragte Naya.

Alma Lund nickte. »Sie blieb vor ihm stehen und hat den Kopf gesenkt. Wie ein kleines Kind. Der Mann hat nichts zu ihr gesagt, sie aber wütend angesehen. Wenn ich nicht dabei gewesen wäre, hätte sie sicher etwas zu hören bekommen. Oder vielleicht auch mehr.«

»Mehr?«, fragte Lena.

»Vielleicht sehe ich ja Gespenster, aber wenn mich nicht alles täuscht, hatte sie ein blaues Auge. Ich habe Medizin studiert und in der Notfallaufnahme gearbeitet. Das ist nicht die erste Frau, die ich mit so einer Verletzung gesehen habe. Es war natürlich immer die Tür oder ein Tisch oder irgendwas anderes, aber wir alle in der Notaufnahme wussten, dass es der Ehemann oder Partner war.«

»Sie gehen also davon aus, dass sie geschlagen wurde?«

»Es sah alles danach aus. Mehr kann ich dazu nicht sagen.«

»Kannten Sie den Mann?«, fragte Kort Asmussen.

»Nein, nicht persönlich. Aber ich habe ihn zuvor gesehen, wie er mit einem unserer Betreuer sprach. Das sah nicht so aus, als wenn beide auf Augenhöhe kommunizierten. Dieser Mann schien mehr zu sagen zu haben.«

»Wie sah er aus?«, fragte Lena.

»Etwas älter als Jonna, aber sonst kann ich mich nicht mehr genau erinnern.«

»Versuchen Sie es bitte?«, schlug Asmussen vor.

»Nun gut. Er war größer als ich, etwa so wie Sie. Und schlank. Kurze schwarze Haare, eher ein längliches Gesicht mit einer dominanten Nase. Aber wie gesagt, das ist eine Weile her und hätte ich nicht kurz zuvor Jonnas blaues Auge bemerkt und dann sein autoritäres Gehabe, könnte ich gar nichts mehr zu ihm sagen. Ob ich ihn wiedererkennen würde, weiß ich nicht. Käme auf einen Versuch an. Haben Sie denn Fotos oder wissen Sie, wer der Mann ist?«

»Bisher noch nicht«, sagte Kort Asmussen. »Aber wir nähern uns diesem Mann Tag für Tag.« Er warf Lena einen Blick zu. »Oder?«

»Definitiv«, bestätigte Lena. »Und Ihre Aussagen haben uns wieder ein ganzes Stück vorangebracht.«

»Das freut mich.«

»Darf ich fragen, warum Sie kein Interesse an *Lysets brødre* hatten?«, fragte Lena.

»Das kann man so nicht sagen. Interesse bestand damals schon bei mir. Zumindest als ich dort hinfuhr. Sie fragen sich jetzt sicher, warum ich nicht dort gelandet bin. Dieses Wochenende auf dem Hof hat mich zum Nachdenken gebracht. Ich hatte plötzlich wieder Zweifel. Und das ist der Anfang vom Ende. Oder besser, der Anfang vom neuen Anfang. Die Monate danach waren hart, richtig hart. Ich war hin- und hergerissen zwischen weitermachen und aussteigen. Das ging manchmal tageweise hin und her. Nun gut, ich habe es geschafft. Mehr noch, ich habe mich gewehrt und wehre mich weiter gegen diese sogenannten religiösen Gemeinschaften.«

»Soweit ich weiß«, sagte Lena, »wird in aller Regel keine körperliche Gewalt auf die Mitglieder ausgeübt. Ich frage mich, wie das funktioniert. Wenn ich Sie richtig verstanden habe, konnten Sie auch gehen, ohne mit dem Tod bedroht zu werden. Warum schaffen andere das nicht?«

»Das ist die zentrale Frage«, sagte Alma Lund. »Für viele Außenstehende ist es paradox, was die Menschen letztlich freiwillig über sich ergehen lassen. Niemand zwingt sie vordergründig, und ja, in der Situation nimmt man das wirklich so wahr. Natürlich hat man sich aus freien Stücken für den Weg zu Gott entschieden. Der Einstieg in diese Gruppen wird einem leicht gemacht. Die Gemeindemitglieder sind freundlich und hilfsbereit, sie kümmern sich um dich, stehen dir bei und geben dir Halt. Das ist für viele Menschen eine ganz neue Erfahrung, eine neue, schöne Welt. Die Regeln, der Gehorsam, die Kontrolle und Überwachung kommen erst später. Ganz langsam entwickelt sich das. Sie müssen sich das nicht so vorstellen, als wenn Sie ins Gefängnis müssen. In der einen Minute sind Sie noch frei, in der nächsten schließt jemand hinter Ihnen ab, und Sie stehen in einem kleinen kahlen Raum mit Bett, Tisch und Toilette. Nein, jeden Tag, jede Woche, jeden Monat kommt etwas hinzu, und das erst, wenn du schon so weit in die Welt der Gemeinschaft eingetaucht bist, dass du sie voll und ganz akzeptierst. Mehr noch, du siehst sie als deine neue Familie an, bist glücklich, den richtigen Weg gefunden zu haben, du bist endlich frei und gleichzeitig geborgen. Bis zu diesem Zeitpunkt hast du unzählige Bibelstunden, Gespräche, Gottesdienste und vieles mehr hinter dir. Du bist eins mit der Gemeinschaft. Erst jetzt werden die Regeln enger, es werden Forderungen an dich gestellt, du bekommst gesagt, dass du stärker an dir arbeiten musst, wenn du erlöst werden willst, in den Himmel willst und nicht in der Hölle schmoren. Nur die Mitglieder der Gemeinschaft sind die Auserwählten, die das große Beben, das Ende der Welt, überstehen.«

Alma Lund atmete tief ein, nachdem sie ohne Punkt und Komma geredet hatte. Lena spürte, wie wichtig ihr das Thema war, aber auch, wie nah es ihr ging und mit welcher Energie sie sich für ihre Leidensgenossen einsetzte und das System der religiösen Sekten inzwischen verabscheute.

»Man ist zu allem bereit, arbeitet bis zum Umfallen, gibt sich die Schuld, wenn etwas nicht funktioniert. Zum Beispiel, dass man es nicht geschafft hat, eine Person, auf die du angesetzt wurdest, für die Gemeinschaft zu begeistern, oder wie diese Menschen es nennen: sie zu missionieren. Alles spielt sich nur noch in der eigenen Blase ab. Später kommt es einem so vor – und tatsächlich ist es auch so –, dass der eigene Wille ausgeschaltet wurde. Man hat verlernt, Zweifel zu haben, weil allein das des Teufels ist. Man verliert die Kontrolle über die eigenen Gedanken, und wie ich inzwischen gelernt habe, ist genau das der Punkt, wo die Indoktrination auf der Gefühlsebene ankommt. Die Kontrolle, die Demütigungen, die Strafen, alles rechtfertigt man mit der eigenen Schuld. Das Leiden nimmt man als heldenhaft hin, da doch selbst Jesus für andere gelitten hat und sogar für sie gestorben ist. Man ist an diesem Punkt der Sekte mit Haut und Haar ausgeliefert.« Alma Lund schloss die Augen und schwieg eine Weile.

»Und wie haben Sie und andere es geschafft, sich von der Gemeinschaft zu trennen?«, fragte Lena weiter.

»Wenn der Zweifel zurückkommt – und das ist fast zwangsläufig so –, versucht man, mit den vorgesetzten Mitgliedern darüber zu sprechen.«

»Vorgesetzte Mitglieder?«, fragte Naya. »Was heißt das?«

»Das müssen Sie sich fast so vorstellen wie bei den Spionen, die einen Führungsoffizier haben. Es gibt immer jemanden, der oder die über dir in der Hierarchie steht und darüber wacht, dass man nicht vom Weg abkommt. Das ist in der Situation des Zweifelns der erste Ansprechpartner. Natürlich wird alles abgewiegelt und als Prüfung bezeichnet. Man wird unter Druck gesetzt, sich gegen die Zweifel zu wehren. Das geht bis zur körperlichen und geistigen Erschöpfung, ist aber auch manchmal der Einstieg in den Ausstieg. Die Zweifel werden größer, du stehst irgendwann vor der Wahl, zusammenzubrechen und dich vollkommen aufzugeben oder den Schritt nach außen zu machen. Es ist ein langer Prozess, man muss es selbst wollen, sich durchkämpfen, trotz der Rückschläge, die immer kommen. Mithilfe von außen kann man es schaffen. Diese Hilfe kann ganz unterschiedlich sein. Eine Organisation, die auf Aussteiger spezialisiert ist, aber auch ein Freund oder eine Freundin, die dir hilft, gerade in den ersten Wochen und Monaten. Man verabschiedet sich quasi von seiner Familie, von seinem ganzen Leben, von allem, was einem kurz zuvor noch wichtig war. Das ist unglaublich schmerzhaft und ein steiniger Weg.«

32

»So allmählich blicke ich bei dem System durch«, sagte Naya, nachdem sie eine halbe Stunde schweigend in Lenas Fahrzeug Richtung Deutschland unterwegs waren. »Das ist schlimmer als ein Gefängnisaufenthalt. Das ist der geistige Tod. Und manchmal auch der körperliche.«

»Du denkst an deine Mutter?«, fragte Lena.

Naya nickte. »Ich habe es immer als Schwäche angesehen, dass sie in die Krallen dieser Menschen gekommen ist. Als Dummheit. Ich muss da wohl Abbitte leisten. Das scheint fast allen passieren zu können – gerade wenn man in einer Sinnkrise ist.« Naya hielt kurz inne. »Und das war meine Mutter damals. Aber als Zwölfjährige checkt man das nicht.«

»Es ist auch nicht die Aufgabe von Kindern, die Sorgen der Eltern zu mildern«, warf Lena ein.

»Nein, sicher nicht. Aber ich hätte es vielleicht später verstehen können.«

»Es ist noch nicht zu spät. Wenn du sie nächstes Mal triffst, sprich es an. Sie wird dich verstehen.«

»So wie sie meinen Großvater versteht?«

»Er ist nicht ihr Kind.«

»Aber mein Opa und ein Teil von mir.«

»Du vermisst ihn sehr, oder?«

Als Naya schweigend nickte, fügte Lena hinzu: »Du wirst ihn sicher bald wiedersehen und eine Weile dortbleiben. Es wird dir guttun.«

»Ja, das wird es.«

»Das klingt ja vielversprechend«, sagte Ole, nachdem Lena ihm auf der Fahrt von Flensburg nach Husum telefonisch von der Befragung berichtet hatte. »Wenn ich das mal zusammenfassen darf: Sophia Jepsen ist von einer glaubwürdigen Zeugin auf dem Gebäudekomplex einer Sekte gesehen worden. Sie hat mit ihr gesprochen und beobachtet, dass ein Mann bei ihr war, der mutmaßlich auch ihr Partner und Vater ihres Kindes ist. Dieser Mann, so vermutet eure Zeugin, hat in der Sekte etwas zu sagen, sprich, er scheint kein einfaches Sektenmitglied zu sein. So weit richtig?«

»Deine Annahmen halte ich für sehr wahrscheinlich.«

»Aus anderer Quelle wisst ihr, dass sich Sophia ein Jahr vor ihrem Verschwinden in einen jungen Mann verliebt hat, der Noah heißt und im Zusammenhang mit einer religiösen Gemeinschaft steht.«

»Auch richtig.«

»Weiterhin ist bekannt, dass Sophia sich zusammen mit ihrer Tochter bei Gerrit Martens über ein Jahr versteckt hat. Anzunehmen ist, dass sie vor jemandem oder einer Gruppe geflüchtet ist.«

»Auch das kann ich bestätigen.«

»Parallel zu der Flucht ist der Vater von Sophia erpresst worden und hat gezahlt. Nach bisherigen Erkenntnissen stecken Sophia Jepsen und Gerrit Martens dahinter.«

Lena nickte.

»Ihr vermutet, dass es zwischen Sophia und Gerrit zum Streit kam oder zu einer Auseinandersetzung, die letztlich dazu führte, dass Sophia mehr Geld von ihrem Vater wollte und sich dafür zu erkennen gegeben hat. Sie war in seiner Wohnung, was er allerdings bestreitet. Die große Frage ist jetzt: Was ist nach dem … ich nenne es jetzt mal Treffen in Flensburg … passiert? Hat Thomas Jepsen seine Tochter getötet, weil er Angst davor hatte, dass sie ihn anzeigen würde?«

»Möglich, aber wir haben keine Indizien oder Beweise, dass Jepsen der Täter ist«, sagte Lena. »Ob das Motiv vor Gericht Bestand hätte, hängt sehr davon ab, was die KTU noch aus den Datenträgern herausholt.«

»Wie kommt jetzt Noah ins Spiel? Hat er Sophia und ihre Tochter gefunden und letztendlich getötet? Woher wusste er, wo er sie findet? Oder hat Sophia sich an ihn gewandt, an den Vater ihres Kindes? Aus der zeitlichen Entfernung sieht so manches positiver aus als zuvor. Oder wusste Sophia nicht mehr, wo sie hinsollte?«

»Was hätte dagegen gesprochen, dass sie zur Polizei geht?«, fragte Lena. »Sie hat sich nicht strafbar gemacht. Im Gegenteil, sie hätte behaupten können, Noah hätte sie entführt und über Jahre festgehalten. Gut, sie hat ihren Vater erpresst. Das ist natürlich strafbar.«

»Könnt ihr das beweisen? Am Telefon war eine Männerstimme. Das Geld ist vermutlich auf ihr PayPal-Konto geflossen, aber wusste sie davon? Das hätte sie, wenn es überhaupt rausgekommen wäre, Gerrit Martens in die Schuhe schieben können. Und so, wie du ihn beschrieben hast, hätte er die Schuld vielleicht sogar auf sich genommen.«

»Durchaus möglich«, bestätigte Lena.

»Selbst wenn sie es zugeben würde, da wäre nicht allzu viel passiert. Sie war das Opfer, ist geflohen, hatte Angst, vielleicht sogar Todesangst, ihr Vater ist derjenige, der eine Straftat begangen hat. Ich weiß, trotzdem hat sie ihn erpresst. Aber sei ehrlich, konnte sie sich nicht ausrechnen, dass sie am Schluss straffrei davongekommen wäre? Sie hatte immerhin ein Jahr Zeit, sich zu erholen und zu überlegen, wie es weitergehen soll. Sophia muss doch klar gewesen sein, dass sie sich nicht ewig auf dem Hof verstecken konnte. Nach einer gewissen Zeit bestand einfach keine Notwendigkeit dafür.«

»Das zeugt nur davon, dass Sophia sehr große Angst vor Noah gehabt haben muss«, sagte Lena. »Wenn jemand wusste, was ihm zuzutrauen ist, dann war es Sophia.«

»Aber Sophia war ein Jahr verschwunden, und Noah – nehmen wir einmal an, dass unsere Vermutungen alle zutreffen – wird sie sicher intensiv gesucht haben. Warum hat er sie nicht gefunden?«

»Weil er wohl kaum die Möglichkeiten hat wie wir«, entgegnete Lena. »Aber das ist dir auch klar. Du meinst, wenn er sie nach zwölf Monaten noch nicht gefunden hat, hätte er es allein nie geschafft.«

»Richtig! Sie muss zu ihm gegangen sein, oder jemand anders hat sie verraten. Gerrit Martens?«

»Ich bin davon ausgegangen, dass Martens wegen Sophias Tod zu fertig war, aber es könnte auch sein, dass er etwas bereut. In dem Jahr wird ihm Sophia sicher etwas darüber erzählt haben, wo sie nach ihrem Verschwinden war.« Lena hielt inne. »Er machte auf mich allerdings nicht den Eindruck, als würde er sich schnell zu etwas hinreißen lassen.«

»Ihr seid von ihm beschossen worden? Widerspricht das nicht deiner Einschätzung?«

»Ja und nein. Das ist eine Verkettung von Umständen gewesen, die bei Martens diese Kurzschlussreaktion ausgelöst hat. Er muss kurz vor unserem Erscheinen informiert worden sein, dass die Polizei zu ihm unterwegs ist, und dann standen wir auch schon auf dem Hof.«

»Das weiß ich alles, Lena. Trotzdem, wie häufig mussten wir schon unsere ursprüngliche Einschätzung über einen

Verdächtigen oder auch Zeugen revidieren? Ich zumindest nicht nur einmal.«

»Du meinst, Gerrit Martens hat entweder Sophia getötet oder sie an den Unbekannten verraten?«

»Ich sehe das im Moment durchaus als reale Möglichkeit.«

»Und Thomas Jepsen? Was spielt er für eine Rolle? Hast du vergessen, dass Sophia in seiner Wohnung war?«

»Nein«, sagte Ole. »Sie wird ihn um eine hohe Summe erpresst haben. Er hat sich geweigert zu zahlen und sie damit zurück in die Hände von Martens oder dem Unbekannten getrieben.«

»Möglich, Ole. Ich bin in ein paar Minuten in Husum. Danke, dass du dir Zeit genommen hast. Ich lasse mir das alles noch einmal durch den Kopf gehen. Du hast mir auf jeden Fall weitergeholfen. Wie schon so oft.«

»Du bist so ruhig«, sagte Erck am Abend. »Ich dachte, ihr habt heute eine Art Durchbruch gehabt. Oder habe ich dich falsch verstanden?«

»Es scheint zumindest so zu sein.«

»Aber?«

»Ich weiß nicht. Im Moment sieht es so aus, als gäbe es nur Verlierer in dem Fall. Das Opfer, weil es sich in einen Mann verliebt hat, der wahrscheinlich in einer Sekte aufgewachsen ist und sie nach und nach da hineingezogen hat. Der Mann, bei dem sie sich in den letzten zwölf Monaten vor ihrem Tod versteckt hat und den sie benutzt hat. Er war in sie verliebt und hätte alles für sie getan. Der junge Mann aus der Sekte, der nie ein anderes Leben kennengelernt hat. Die Mutter, die den mutmaßlichen Missbrauch durch den Vater nicht bemerkt hat, weil sie mit ihrem Leben und ihrer Depression nicht fertiggeworden ist, und der pädophile Vater, der keine Hilfe gesucht hat aus Angst, seine Arbeit und Familie zu verlieren. Und der seiner Neigung zumindest zweimal nachgegeben hat, als er eine Schülerin und seine Tochter missbraucht hat.«

»Ich kenne deine Arbeit und die Fälle nur aus deinen Erzählungen, aber ist es nicht immer so, dass es am Ende nur Verlierer gibt?«

»Nicht immer, aber es kommt vor«, sagte Lena. »Vielleicht fehlt mir im Moment die Kraft oder Motivation. Ich weiß es auch nicht. Ole ist in Pension, Johann im Büro, und Naya, an die ich mich langsam gewöhnt habe, denkt darüber nach, ein Jahr bei ihrem Großvater in Grönland zu leben.«

»Na ja, zumindest ist Ole noch ansprechbar. Ihr redet doch jeden Tag über den Fall, oder?«

Lena nickte. »Ja, er ist eine große Hilfe.« Sie zuckte mit den Schultern. »Vermutlich bin ich selbst das Problem.«

Erck zog sie zu sich her und nahm sie in den Arm. »Ganz bestimmt nicht. Dich lassen diese Schicksale der Opfer und selbst der Täter nun mal nicht kalt. Wäre es nicht schrecklich, wenn es nicht so wäre und dir alles egal wäre? Täter gefunden und auf zum nächsten Fall?«

Lena schüttelte den Kopf. »Nein, sicher nicht.«

»Du solltest dir ein paar Tage freinehmen, wenn der Fall abgeschlossen ist. Vielleicht kann ich auch etwas kürzertreten und wir unternehmen etwas zu dritt.«

Lena küsste Erck zärtlich auf den Mund. »Was würde ich ohne dich machen?«

33

Lena begrüßte ihre Kollegen, die in Kiel vor ihren Computerbildschirmen saßen. Sie hatte sich entschlossen, nach der Videokonferenz nach Flensburg zu fahren, um mit Gerrit Martens zu sprechen. Vom behandelnden Arzt hatte sie die Erlaubnis bekommen, mit ihm zu sprechen, allerdings nur für eine halbe Stunde.

»Ich fahre nach unserer Sitzung nach Flensburg in die Klinik«, kündigte Lena an. »Später habe ich einen Termin bei der Kollegin Walter, um zu besprechen, wie weit die Datenträger ausgewertet sind und wie der Stand der Ermittlungen ist.«

»Zum VW Caddy gibt es nichts Neues«, sagte Johann. »Ich habe die Suche jetzt vorläufig zurückgestellt. Einer von Kort Asmussens Kollegen hat mir gestern noch durchgegeben, dass auch in Dänemark wegen dem gefälschten dänischen Kennzeichen des Caddys nichts gefunden wurde. Es lässt sich nicht zurückverfolgen, wo und wann es hergestellt worden ist.«

»Wir wissen also nicht mal, ob dieser Caddy in Deutschland oder Dänemark gemeldet war?«, fragte Naya.

»Nein. Das war wohl Sinn der Aktion. Ich tippe auf eine deutsche Zulassung. Da wusste jemand, was er machte.«

»Aber wie schnell bekommt man gefälschte Kennzeichen?«, fragte Naya. »Das geht doch auch nicht von jetzt auf gleich. Klar, von einem anderen Auto welche stehlen, ist schnell gemacht, aber das war es ja nicht. Also war die Tat entweder länger geplant, oder jemand hatte die Kennzeichen schon einige Zeit in Benutzung.«

»Guter Gedanke«, sagte Lena. »Ich wollte euch bitten, dass ihr euch heute mit religiösen Gemeinschaften und Sekten in Schleswig-Holstein beschäftigt. Kort Asmussen hat bisher nicht herausbekommen, wo die *Lysets brødre* in Deutschland zu finden sind. Sie müssen natürlich auch nicht offiziell angemeldet sein, aber vielleicht ist die Sekte ja schon einmal durch Aussteiger bekannt geworden.«

»Ist notiert«, sagte Johann. »Ich setze mich gleich mit Naya zusammen, um das zwischen uns zu koordinieren.«

Sie gingen noch einmal die anstehenden Arbeiten durch und verabschiedeten sich.

Lena entschied sich, über die B 200 nach Flensburg zu fahren. Das Navi zeigte dreiundvierzig Kilometer an, die sie voraussichtlich in knapp vierzig Minuten zurücklegen würde. Zeit, um über den Fall und ihre Fragen an Gerrit Martens nachzudenken.

Bisher hatte der Jungbauer nur einzelne Bruchstücke aus der Zeit mit Sophia Jepsen verraten. Wie konnte sie ihn heute zum Sprechen bringen? Lena glaubte nicht, dass der Grund seines Suizidversuchs in der Angst vor einer Haftstrafe zu suchen war, sondern dass es um Sophia ging. Hatte er sich selbst bestrafen wollen? Warum? Waren die beiden in den langen Monaten auf dem Hof zu einem Paar geworden, oder hatte Gerrit Martens vergebens darauf gehofft?

Der behandelnde Arzt empfing Lena in seinem Büro und schärfte ihr noch einmal ein, dass Gerrit Martens seiner

Einschätzung nach nicht sehr belastbar sei. Er habe sich bisher geweigert, mit jemandem zu sprechen, und stand kurz davor, in die Psychiatrie eingewiesen zu werden.

Der Arzt begleitete sie bis zur Station. Auf dem Flur vor der Tür saß ein uniformierter Polizist, dem Lena ihren Ausweis zeigte, woraufhin er ihren Namen in einer Liste notierte und sie ins Zimmer gehen ließ.

Gerrit Martens lag leicht aufgerichtet im Bett. Lena griff nach einem Stuhl und setzte sich zu ihm.

»Guten Tag, Herr Martens. Wie geht es Ihnen heute?«

Martens nickte und schwieg.

»Darf ich Ihnen ein paar Fragen stellen? Dr. Schneider sagte mir, dass Sie noch etwas Schwierigkeiten mit dem Sprechen haben. Geht es trotzdem?«

Martens nickte erneut, antwortete aber nicht.

»Ich bin hier, weil wir bisher Sophias Tochter Emma noch nicht gefunden haben. Sie sind der Einzige, der in den letzten zwölf Monaten Kontakt zu Sophia und auch Emma gehabt hat. Ich brauche Ihre Hilfe.« Lena hatte Gerrit Martens nicht aus den Augen gelassen. Er hatte deutlich auf den Namen des kleinen Mädchens reagiert und setzte sich jetzt noch etwas aufrechter hin.

»Wollen Sie mir helfen?«, fragte Lena.

Martens nickte nach kurzem Zögern.

»Hat Sophia Ihnen erzählt, wo sie sich die Jahre nach ihrem Verschwinden aufgehalten hat?«

»Ja«, brachte Gerrit Martens das erste Wort heraus. Er klang heiser und müde.

»Ich gehe inzwischen davon aus, dass Sophia bei einem Mann mit dem Vornamen Noah war.«

Erneut nickte Martens.

»Sie kennen seinen Nachnamen?«

Er schüttelte den Kopf.

»Noah ist dänischer Staatsbürger?«

»Ja.«

»Sophia hat bei ihm und seiner religiösen Gemeinschaft gelebt?«

»Ja.«

»Wissen Sie, wo?«

»Ganz unterschiedlich. Die haben viele Höfe und Häuser in Dänemark. Sophia hat mir nicht genau gesagt, wo sie überall war.«

»Gibt es auch einen Standort in Deutschland?«

»Ja.«

»Wissen Sie, wo der liegt?«

»Das wollte Sophia mir nicht sagen.«

»Ist dieser Mann Emmas Vater?«

»Ja. Aber er ist ein Ungeheuer. Diese Leute haben Sophia alles genommen.«

»Hat Sophia das so gesagt?«

»Nein. Am Anfang hat Sophia überhaupt nicht darüber gesprochen.« Gerrit Martens’ Stimme klang jetzt fester, seine Gesichtsfarbe hatte sich von kreidebleich zu einer annähernd normalen Farbe geändert.

»Sie hing noch an der Gemeinschaft?«, fragte Lena weiter.

»Ich glaube schon. Etwas zumindest. Ich habe es nicht verstanden.«

»Wie alt ist Emma?«

»Fast zwei Jahre.«

»Hat sie sich, als Sophia zu Ihnen kam, an ihren Vater erinnert?«

»Das weiß ich nicht. Emma konnte doch noch gar nicht reden. Ich glaube nicht, dass sie ihren Vater vermisst hat.«

»Emma versteht Deutsch?«

»Ja, Sophia wollte kein Dänisch mehr mit ihr sprechen.«

Lena schaute auf die Uhr. Die Hälfte der Zeit war inzwischen vorbei. Sie ging davon aus, dass Dr. Schneider die Befragung nach einer halben Stunde unterbrechen würde. Es wurde Zeit, Fragen anzusprechen, auf die Gerrit Martens unter Umständen nicht so positiv reagieren würde.

»Was ist passiert, dass Sophia Ihren Hof verlassen hat?«

Gerrit Martens schwieg und senkte den Kopf.

»Herr Martens, wenn ich Emma finden soll, müssen Sie mir alles erzählen.« Sie wartete eine Weile und fügte hinzu. »Bitte!«

»Wir hatten kein Geld mehr. Die Bank – Sie wissen ja. Die wollen mir alles wegnehmen.«

»Sophia und Sie haben sich gestritten?«

Martens nickte.

»Sophia wollte, dass ihr Vater mehr zahlen sollte?«

Gerrit Martens nickte ein weiteres Mal.

»Woher stammt das Blut, das wir auf Ihrem Flur gefunden haben?«

»Sophia ist gestürzt und hat sich verletzt«, sagte Gerrit Martens. »Ich war nicht zu Hause, und sie hat eine ganze Weile dort gelegen. Sophia hatte Angst, zum Arzt zu gehen.«

»Wann war das?«

»Das ist ungefähr einen Monat her.«

»Warum hat Sophia Sie verlassen?«

Gerrit Martens schaute erschrocken auf. »Das hat sie nicht. Sie ist nach Flensburg gefahren, um mit ihrem Vater zu reden. Er sollte mehr bezahlen.«

»Wie viel?«

»Das weiß ich nicht genau. Aber sie hat von einem höheren Betrag gesprochen. Ich denke, es sollten wohl mehrere Zehntausend Euro sein.«

»Wie ist sie nach Flensburg gekommen?«

»Mit dem Bus.«

»War Emma dabei?«

»Ja, sie hat sie mitgenommen.«

»Wollte sie am gleichen Tag zurück?«

»Das wusste Sophia noch nicht. Sie hat sich in einem Hotel ein Zimmer gemietet.«

»In welchem Hotel?«

»Das weiß ich nicht genau. Sie sagte, es liegt ganz in der Nähe der Innenstadt. Nur wenige Minuten zu Fuß.«

»Sie haben vorhin meine Frage bejaht, dass Sie sich mit Sophia gestritten haben, bevor sie weggegangen ist.«

»Ich wollte nicht, dass Sophia nach Flensburg fährt. Aber sie wollte es unbedingt und auch allein machen. Das wäre wichtig für sie, hat sie gesagt. Ich bin da wohl wütend geworden und habe Dinge gesagt, die ich unglaublich bereue.«

»Waren Sie beide ein Paar?«

Gerrit Martens schüttelte kaum merklich den Kopf und schwieg.

»Aber Sie haben Sophia und Emma als Ihre Familie angesehen?«

»Ja, das habe ich.«

»Ich muss noch mehr über Noah wissen, Herr Martens. Was hat Sophia erzählt? Versuchen Sie, sich zu erinnern. Es ist wirklich wichtig.«

»Ich glaube, dass er eine wichtige Stellung in der Sekte hat.«

»Hat Sophia das so gesagt?«

»Nein. Das habe ich mir so zusammengereimt. Ich weiß aber außer seinem Namen nichts. Weder wie er aussieht, noch wie er mit Nachnamen heißt noch wo genau er lebt. Glauben Sie mir, hätte ich das gewusst, wäre ich sofort losgefahren und hätte Sophia gesucht. Sofort. Aber wie sollte ich ihn in Dänemark finden?«

In diesem Augenblick öffnete sich die Tür, und Dr. Schneider trat ein. »Die Zeit ist um«, sagte er.

»Fünf Minuten noch, bitte.«

Der Arzt warf einen Blick auf Gerrit Martens und nickte schließlich, bevor er das Zimmer wieder verließ.

»Ich muss Ihnen noch eine Frage stellen: Wer hat Sie darüber informiert, dass meine Kollegen und ich zu Ihnen unterwegs waren?«

Gerrit Martens schüttelte den Kopf. »Das werde ich Ihnen nicht sagen. Können wir es dabei belassen?«

»Fürs Erste ja.« Lena hielt kurz inne. »Ich werde ein Protokoll anfertigen.« Lena hatte die Aussage per Handy-App mitgeschnitten. »Sie müssen die Aussage dann unterschreiben. Ich kann Ihnen nur empfehlen, einen Anwalt zu nehmen. Und reden Sie mit den Kollegen aus Husum. Erklären Sie ihnen, warum und wohin Sie geschossen und wen Sie erwartet haben. Ansonsten werden Sie wieder in Untersuchungshaft kommen.« Lena schaute Martens direkt an. »Haben Sie mich verstanden?«

»Darf ich Emma sehen, wenn Sie sie finden?«

»Das müssen Sie mit dem Jugendamt klären oder eventuell mit Sophias Mutter, falls sie ihre Enkelin aufnehmen würde. Ich persönlich sehe nicht, warum Sie Emma nicht treffen dürften.«

»Danke«, sagte Gerrit Martens leise. »Danke, dass Sie gekommen sind. Ich werde machen, was Sie gesagt haben. Und Sie können sich darauf verlassen, dass ich das Protokoll unterschreibe.«

34

Simone Walter von der Flensburger Kriminalpolizei begrüßte Lena am Empfang und führte sie in ihr Büro.

»Danke, dass Sie Zeit für mich haben«, sagte Lena. »Thomas Jepsen ist für morgen in unserem Fall vom Staatsanwalt vorgeladen worden. Gibt es bei Ihnen neue Erkenntnisse bezüglich der Datenträger?«

»Ja. Auf der einen Seite können wir inzwischen in drei Fällen nachweisen, dass Thomas Jepsen mit den Fotos und Filmen gehandelt hat. In den drei Fällen wurden eigene Daten gegen andere getauscht.«

»Eigene Daten?«, fragte Lena.

»Wir konnten inzwischen fünf Fotos seiner Tochter identifizieren, auf denen sie nackt und in eindeutigen Posen zu sehen ist. Diese Fotos haben wir bei drei anderen Personen gefunden, die unter Verdacht stehen beziehungsweise bereits verurteilt wurden. München, Frankfurt und in Großbritannien.«

»Gibt es Beweise, dass Jepsen seine Tochter missbraucht hat?«

»Auf einem der fast zerstörten Datenträger haben wir eine kurze Filmsequenz gefunden, die Thomas Jepsen und seine

Tochter zeigt. Ich brauche nicht zu sagen, von was für einer Szene ich hier spreche.«

»Reicht das Material, um ihm Missbrauch nachzuweisen?«

»Die Sequenz ist nur sieben Sekunden lang, aber sehr eindeutig. Wie die Gutachter das später sehen werden und wie das Gericht urteilt, ist leider immer noch eine andere Sache. Ich habe den Filmschnipsel gesehen und finde, er ist eindeutig.«

»Wie geht es weiter?«

»Wir suchen mit Hochdruck in den Datenträgern nach weiteren Beweisen, bevor wir Thomas Jepsen vorladen. Der Staatsanwalt hat noch nicht entschieden, ob Jepsen in U-Haft kommt. Er will das abhängig machen von seiner Aussage, sprich, ohne vollständiges Geständnis wird es wohl auf U-Haft hinauslaufen.« Sie hielt kurz inne. »Ich muss Sie natürlich bitten, dass Sie morgen unsere Ermittlungen weitestgehend aus dem Spiel lassen. Ansonsten könnte Fluchtgefahr bei Herrn Jepsen bestehen.«

»Die beiden Fälle hängen unmittelbar zusammen. Sophia Jepsen hat ihren Vater mutmaßlich erpresst und wollte nach Aussage des Mannes, bei dem sie und ihr Kind über ein Jahr lang gelebt haben, eine hohe Einmalzahlung von ihm. Jepsen steht unter Verdacht, seine Tochter daraufhin getötet zu haben.«

»Der Staatsanwalt wird darauf bestehen, dass wir die Fälle getrennt behandeln. Er mag keine unsicheren Anklagen.«

»Keine Chance, dass wir gemeinsam vorgehen?«

Simone Walter schüttelte den Kopf. »Wenn es nach mir ginge, wäre es kein Problem. Ich sehe auch, dass die beiden Fälle zusammenhängen. Ob Jepsen seine Tochter getötet hat, mag ich nicht beurteilen, aber es wird schwer, es ihm nachzuweisen.«

»Dann werde ich einen anderen Weg finden müssen. Die Möglichkeit, dass weitere Daten gefunden werden, kann ich aber ansprechen?«

»Sicher. Wir haben ja einen beweisbaren Anfangsverdacht. Das ist Jepsen und seinem Anwalt auch bekannt.«

Bevor sich Lena auf den Rückweg nach Husum machte, fuhr sie auf die Halbinsel Holnis, um ein weiteres Mal mit Christina Jepsen zu sprechen. Sophias Mutter wirkte stabiler und ausgeruhter als beim letzten Gespräch, bot ihr einen Kaffee an und stellte Kuchen auf den Tisch.

»Den habe ich heute Morgen gebacken«, sagte sie.

Lena probierte. »Ausgezeichnet. Ich bekomme meine Kuchen nie so hin.«

»Danke fürs Lob.« Christina Jepsen warf Lena einen fragenden Blick zu. Bisher hatten sie weder über Sophia noch über Emma gesprochen.

»Wir wissen jetzt, wie Ihre Enkelin heißt. Emma.«

Christina Jepsen lächelte. »Ein schöner Name. Emma.« Sie zuckte zusammen. »Lebt Emma denn noch? Wissen Sie inzwischen mehr?«

»Gefunden haben wir sie noch nicht. Aber ich gehe davon aus, dass sie noch lebt. Über die Details der Ermittlungen darf ich leider nicht reden.«

»Bei ihrem Vater?«, fragte Christina Jepsen.

»Ja. Oder bei Verwandten des Vaters. Sollte sich etwas ergeben, sind Sie die Erste, die es erfährt.«

»Danke!«, flüsterte Christina Jepsen.

»Ihr Ex-Mann wird morgen noch einmal vernommen. Haben Sie noch Informationen für mich?«

Christina Jepsen sah auf ihre Hände. »Ich zermürbe mir seit Tagen den Kopf. Es tut weh, darüber nachzudenken, was alles passiert sein könnte. Ich hätte Sophia schützen müssen, hätte für sie da sein müssen, aber ich war nur für mich da. Und nicht einmal das habe ich richtig geschafft.« Christina Jepsens Augen waren feucht geworden. »Ich habe keine Beweise, dass dieser …«

Sie schluckte. »… dass er meiner Tochter etwas angetan hat. Wenn Sie meine Aussage brauchen – später vor Gericht –, bin ich bereit, alles offenzulegen. Mein Versagen, aber auch das, was mir inzwischen klar geworden ist.« Sie stockte. »Er wird doch vor Gericht kommen?«

»Davon gehe ich aus. Mehr darf ich Ihnen dazu aber leider auch nicht sagen.«

Christina Jepsen atmete erleichtert auf. »Ich hoffe, er kommt für viele Jahre ins Gefängnis.«

»Ich habe noch eine Bitte. Könnten Sie mir einige Fotos von Sophia heraussuchen? Als Baby, Kleinkind, als sie zur Schule gekommen ist und als sie zwölf Jahre alt war. Ich würde sie mit dem Handy abfotografieren. Sie können sich darauf verlassen, dass ich sie nicht aus der Hand gebe und sie in ein paar Tagen wieder löschen werde. Ist das möglich?«

Christina Jepsen nickte. »Glauben Sie wirklich, dass er darauf reagiert?«

Lena hatte ihr Auto noch nicht gestartet, als Kort Asmussen anrief. »Haben Sie eine Minute für mich?«

»Auch mehrere«, antwortete Lena. »Ich komme übrigens gerade aus dem Haus von Frau Jepsen.«

»Wie geht es ihr?«

»Sie macht sich große Vorwürfe, aber ich glaube, sie wird mit der Situation fertig. Im Moment hält sie sich sehr an der Hoffnung fest, dass sie bald ihre Enkelin in den Arm nehmen kann.«

»So weit sind wir leider noch nicht. Aber ich habe jetzt das Okay für eine Durchsuchung der Hofanlage von *Lysets brødre* bekommen.«

»Das ging aber schnell.«

»Das hängt damit zusammen, dass wir den großen Unbekannten identifiziert haben. Zumindest sieht es danach aus.« Er macht eine kurze Pause. »Frederik Winther – Sie erinnern sich?«

»Das Oberhaupt der Sekte … oder sollte ich sagen, der Führer.«

»Da gibt es sicher die unterschiedlichsten Begriffe. Auf jeden Fall hat er einen Sohn, der mit Vornamen Noah heißt. Wir haben sein Passfoto im System. Alma Lund ist sich sicher, dass er der Mann ist, den sie seinerzeit mit Sophia Jepsen auf dem Hof gesehen hat. Mit etwas Glück sollten wir ihn morgen festnehmen können.«

Lena brauchte einen Augenblick, um die gute Nachricht zu begreifen.

»Sind Sie noch in der Leitung?«, fragte Kort Asmussen.

»Ja. Das ist ja mal eine wirklich gute Nachricht. Wann findet die Durchsuchung auf dem Hof statt?«

»Kurz vor elf Uhr am Vormittag. Ich informiere Sie sofort, sollten wir auf Noah Winther stoßen.«

Lena gab ihrem dänischen Kollegen einen Kurzbericht ihres Ermittlungsstands und verabschiedete sich von ihm.

Auf halber Strecke nach Husum erreichte sie Ole telefonisch und berichtete ihm, was der Tag gebracht hatte.

»Ihr habt ihn also, den großen Unbekannten. Den Sohn des Sektenführers. Glückwunsch!«

»Dazu haben vor allem die dänischen Kollegen beigetragen.«

»Na, nun stell euer Licht aber mal nicht unter den Scheffel. Ihr drei habt fantastische Arbeit abgeliefert.«

»Belassen wir es dabei und stoßen darauf an, wenn der Täter überführt ist«, sagte Lena. »Ich rufe wegen etwas anderem an. Ich hatte dir ja schon von meiner Vermutung erzählt, dass Gerrit Martens über unser Kommen informiert worden sein muss. Das hat sich jetzt im Gespräch mit ihm bestätigt. Er will aber keinen Namen nennen.«

Ole stöhnte leise. »Ich bin schon mal alle Kollegen oder jetzt ja ehemaligen Kollegen durchgegangen und traue es eigentlich keinem von ihnen zu.«

»Höre ich da noch ein Aber?«

»Wir haben drei junge Kollegen bekommen, die alle in Martens Alter sind. Nur einen von ihnen habe ich noch miterlebt. Sollte einer von ihnen das gewesen sein, würde das erhebliche Konsequenzen nach sich ziehen.«

»Ich weiß, wie schwer das ist, solch einen Verdacht auszusprechen. Kannst du trotzdem vorsichtig bei den Ex-Kollegen anklopfen und darum bitten, dass …«

»Ja, da führt wohl kein Weg drum herum. Ohne diese Info wäre die Durchsuchung sicher friedlicher abgelaufen, und Martens läge jetzt nicht im Krankenhaus.«

»Genauso sehe ich das. Da muss jemandem im Husumer Team ein deutliches Stoppschild gezeigt werden.«

»Ich kümmere mich darum. Wahrscheinlich wird dann noch jemand auf dich zukommen. Aber das ist dir ja klar. Und jetzt fährst du schön nach Hause und kümmerst dich um deine Lieben. Grüß beide von mir.«

35

»Guten Morgen«, begrüßte Lena Naya und Johann zu ihrer Videokonferenz. »Gut geschlafen?«

»Geht so«, murmelte Naya und nahm einen großen Schluck aus ihrer Kaffeetasse.

Johann lachte. »Die Kollegin hat verschlafen. Ich habe ihr aber eine große Tasse starken Kaffee gemacht.«

»Lustig – nicht«, sagte Naya. »Können wir dann anfangen?«

Lena nickte und berichtete ausführlich über den vergangenen Tag.

»Wow!«, rief Naya, als Lena von der Identifizierung von Noah berichtete. »Das ist ja mal der Hammer.«

»Der Durchbruch«, warf Johann ein. »Soll ich jetzt berichten, Naya?«

»Gern«, sagte Naya und lehnte sich mit der Kaffeetasse in der Hand auf dem Stuhl zurück.

»Unsere Aufgabe war ja, den deutschen Sitz oder Hauptsitz der *Lysets brødre* zu finden. Wir haben jede Menge Gespräche mit kompetenten Menschen geführt und eine Weile gebraucht, bis wir oder in diesem Fall ich jemanden gefunden haben, der die Sekte kennt. Klaus Sörensen, ein Pastor der evangelischen Kirche. Er hat zwar kein offizielles Amt im Sektenbereich, hat aber lange mit jungen Erwachsenen gearbeitet und musste sich dabei zwangsweise mit dem Thema beschäftigen. In den Jahren – so hat es Klaus Sörensen mir gegenüber formuliert – ist das zu seinem Steckenpferd geworden. Er wird häufig von seinen Kollegen angesprochen, wenn vor Ort entsprechende Probleme auftauchen.«

»Und er wusste Näheres über *Lysets brødre* zu berichten?«, fragte Lena.

»So ist es. Nachdem er vor drei Jahren von einer jungen Frau um Hilfe gebeten wurde, hat er sich mit der Sekte auseinandergesetzt. Er bestätigt übrigens, dass es schwierig ist, öffentlich zugängliche Informationen zu finden. Die spätere Aussteigerin suchte nach jemandem, mit dem sie ihre Zweifel am Glauben besprechen konnte. Da lag es nahe, sich an den Pastor zu wenden.«

»In welcher Gemeinde ist Pastor Sörensen tätig?«, fragte Lena.

»In Heide. Zunächst hat die Frau, deren Namen ich nicht kenne und Sörensen auch nicht nennen wollte, ihm gar nicht gesagt, dass sie in dieser Sekte lebt oder, wie sie vermutlich sagen würde, in der religiösen Gemeinschaft. Erst nach und nach hat der Pastor erfahren, um was es geht. Letztendlich hat sie sich nach einem halben Jahr entschieden, die Sekte zu verlassen. Sörensen hat ihr eine Unterkunft in Niedersachsen besorgt und Arbeit bei einer Kirchengemeinde.«

»Klingt das nicht fast nach einem Zeugenschutzprogramm?«, warf Naya ein. »Neuer Name, neue Identität, neuer Ort, neue Arbeit.«

»Den Gedanken hatte ich auch, als ich davon gehört habe«, bestätigte Johann. »Pastor Sörensen meinte allerdings, dass es nicht nur Schutz von außen wäre, sondern auch ein Schutz für die Aussteiger, nicht rückfällig zu werden.«

»Das trifft so auch wohl bei Sophia zu«, sagte Lena. »Sie hat sich ein Jahr auf diesem einsamen Hof versteckt. Erst als das Geld knapp wurde, hat sie sich rausgewagt. Was hat der Pastor weiter erzählt?«

»Er hält die Sekte für außerordentlich gefährlich. Er sprach von Gehirnwäsche und eigenwilliger Auslegung der Bibel, von einer absolut hierarchischen Struktur der Gruppe und enormem Druck, damit die strikten Regeln und Vorschriften eingehalten werden. Die arbeitenden Mitglieder müssen einen Großteil ihres Gehalts in die Gemeinschaftskasse einzahlen und sind verpflichtet, neue Mitglieder zu werben oder, wie diese Leute es nennen, zu missionieren.«

»Weiß der Pastor, wo der Sitz der Sekte ist?«, fragte Lena.

»Nicht genau. Aber es muss in der Nähe von Heide sein. Auch hat die Frau, die sich an ihn gewandt hat, von einer zweiten Gruppe in Schleswig-Holstein gesprochen. Sie soll in der Gegend von Flintbek liegen. Also nicht weit von Kiel entfernt.«

»Wie viele Mitglieder haben die beiden Gruppen?«

»Die Frau war sehr zurückhaltend mit ihren Informationen. Das wäre eine normale Reaktion von Aussteigern, meinte der Pastor. Im Grunde empfinden sie ihr Tun bis zuletzt als Verrat – manchmal auch noch nach der Flucht aus der Sekte. Erst später kommt der Zeitpunkt, an dem sie erkennen, aus was für einem totalitären System sie sich befreit haben.«

»Aber nicht immer«, warf Naya ein. »Es kann auch der Wunsch bleiben, wieder zurückkehren zu wollen. So eine Art Stockholm-Syndrom.«

»Ja, es ist wohl ein komplizierter Prozess, der aus dieser Abhängigkeit führt«, sagte Johann. »Mit Höhen und Tiefen und vielen Rückschlägen. Auch deshalb scheint es wichtig zu sein, sich weit von der Gruppe zu entfernen.«

»Also Heide und Flintbek«, sagte Lena. »Aber wo genau dort? Auch ein Bauernhof oder etwas Ähnliches?«

»Wir sind auf der Suche«, sagte Naya. »Es ist verdammt schwierig, wenn diese Leute sich bewusst unter dem Radar bewegen.«

»Aber nicht unmöglich«, fügte Johann hinzu. »Wir haben ein paar gute Ansätze, brauchen aber noch Zeit. Sprich: Wir haben heute reichlich zu tun.«

»Die Standorte könnten wichtig sein, wenn Noah Winther in Dänemark nicht auffindbar ist«, sagte Lena.

Johann nickte. »Schon klar.«

»Wie schätzt du die Chancen ein, dass Thomas Jepsen heute auspackt?«, wechselte Naya das Thema.

»Schwierig zu sagen. Ich habe Simone Walter gebeten, nach dem Hotel zu suchen, in dem Sophia und Emma übernachten wollten. Vielleicht bringt uns das weiter.«

»Du hast Jepsen noch nicht von der Verdächtigenliste gestrichen?«, fragte Johann.

»Nein, ganz und gar nicht. Seitdem ich von Kollegin Walter erfahren habe, dass er seine Tochter nicht nur missbraucht hat, sondern mit dem Film – vermutlich auch mit einer ganzen Reihe davon – gehandelt hat, ist mir klar, wie groß der Druck für ihn gewesen sein muss, als seine Tochter ihn erpresst hat und vor allem als sie bei ihm aufgetaucht ist. Vorher konnte er bei der Erpressung immer noch von jemandem ausgehen, der sein Wissen aus zweiter Hand hatte und vielleicht auch nur bluffte. Als Sophia vor ihm stand und vermutlich auch kein Blatt vor den Mund genommen hat, wird ihm klar geworden sein, welche Gefahr sie für ihn ist.«

»Warum sollte er gestehen?«, fragte Naya.

»Das wird er natürlich nicht, solange wir ihm nicht nachweisen können, dass er seine Tochter getötet hat. Trotzdem erwarte ich mir von der Vernehmung Hinweise. Drückt mir die Daumen.«

36

Staatsanwalt Cornelsen begrüßte Rainer Trebing und Thomas Jepsen und eröffnete die Vernehmung mit einigen einleitenden Worten.

Trebing meldete sich gleich zu Wort. »Ich bin sehr erstaunt, dass mein Mandant zum zweiten Mal vorgeladen wurde. In den Ermittlungsakten habe ich keine neuen Erkenntnisse gefunden, die das rechtfertigen würden. Ich würde es …«

Cornelsen hob die Hand, um den Redeschwall des Anwalts zu stoppen. »Es gibt neue Erkenntnisse, die sich erst kurzfristig konkretisiert haben.« Er warf einen Blick zu Lena. »Bitte, Frau Hauptkommissarin.«

»Ich will gleich auf den Punkt kommen, Herr Jepsen. In Ihrer Wohnung wurden DNA und Fingerabdrücke Ihrer Tochter gefunden. Wie erklären Sie uns das?«

Jepsen schwieg und sah zu seinem Anwalt, der keine Reaktion zeigte. Schließlich räusperte er sich. »Das ist entweder ein Irrtum, oder die Tochter meines Mandanten hat sich widerrechtlich Zugang zu seiner Wohnung verschafft.«

»Gab es Anzeichen für einen Einbruch?«, fragte Lena. »War die Tür aufgebrochen, waren Ihre Sachen durchwühlt oder Ähnliches?«

»Nein«, antwortete Trebing für Thomas Jepsen. »Ansonsten hätte mein Mandant selbstverständlich die Polizei informiert.«

»Wir haben die Aussage eines Zeugen, der darüber informiert war, dass Frau Jepsen ihren Vater aufsuchen wollte.«

»Das mag ja sein, aber Fakt ist, dass Herr Jepsen seine Tochter seit ihrem Verschwinden nicht mehr gesehen hat und sie daher auch nicht in seiner Wohnung empfangen haben kann.«

Lena legte sechs Fotos nacheinander auf den Tisch. Sie hatte sie am Vortag zu Hause ausgedruckt und zugeschnitten. »Erkennen Sie Ihre Tochter auf den Fotos?« Thomas Jepsen war zusammengezuckt, als Lena die Aufnahmen nebeneinander auf den Tisch legte.

Rainer Trebing sprang auf. »Was soll das hier? Ist das eine Art Folter? Herr Staatsanwalt, schreiten Sie bitte ein. Mein Mandant hat seine geliebte Tochter gleich zweimal verloren, zunächst, als sie von einem Tag auf den anderen verschwunden ist, und dann erst vor wenigen Tagen, als ihm die Todesnachricht überbracht wurde. Ihm jetzt diese Kinderbilder seiner Tochter vorzulegen, ist eine Ungeheuerlichkeit. Ich werde ei…«

»Setzen Sie sich bitte«, fiel Cornelsen dem Anwalt ins Wort. »Ich kann Ihrem Mandanten nur raten, seine Aussage noch einmal zu überdenken. Es ist wenig glaubwürdig, dass seine Tochter bei ihm eingebrochen ist.« Er gab Lena einen Wink, weiterzumachen.

»Ihre Tochter hatte ein Hotelzimmer in Flensburg gebucht. Das Hotel liegt gar nicht so weit entfernt von uns. Sie kennen es, Herr Jepsen?«

Thomas Jepsen starrte auf seine Hände und schwieg. Lena konnte ihm seine Angst ansehen. Er schien zu ahnen, was jetzt kommen würde.

»Ich bitte darum, dieses groteske Schauspiel sofort zu beenden«, sagte Trebing, der inzwischen wieder auf seinem Stuhl saß. Er hatte weit weniger energisch gesprochen als zuvor. Auch er schien zu ahnen, dass Lena einen weiteren Trumpf in der Hand hatte.

Lena legte ein weiteres Foto vor, das Simone Walter ihr gegeben hatte. »Kennen Sie dieses Hotel?«

»Das wird den meisten Flensburgern bekannt sein«, warf der Anwalt kopfschüttelnd ein.

»Ich habe Herrn Jepsen gefragt«, sagte Lena ruhig.

Nach kurzem Zögern nickte Thomas Jepsen.

»Könnten Sie das bitte für die Aufnahme laut bestätigen.«

»Ja, ich kenne das Hotel von außen.«

»Wir haben zwei Zeugen, die Sie am Donnerstagabend – an dem Tag, als Ihre Tochter und Ihre Enkelin im Hotel übernachtet haben – vor dem Hotel gesehen haben. Und das, kurz nachdem Ihre Tochter es betreten hat. Eine der Zeuginnen ist sich sicher, dass Sie Ihrer Tochter gefolgt sind.«

»Ich möchte mich bitte mit meinem Mandanten beraten«, sagte Rainer Trebing.

Staatsanwalt Cornelsen stand auf, Lena folgte ihm. »Wir sind in einer Viertelstunde wieder bei Ihnen.«

»Wo bekommen wir hier einen Kaffee?«, fragte der Staatsanwalt, als sie die Tür hinter sich geschlossen hatten.

Lena zeigte den Flur entlang und führte ihn zur Teeküche des Kommissariats, in der ein Kaffeevollautomat stand. Kurz darauf gesellte sich Simone Walter zu ihnen, die über Video die Vernehmung live verfolgt hatte.

»Vielen Dank noch einmal für die hervorragende Arbeit in so kurzer Zeit«, sagte Lena.

»Das war Glück. Gleich beim dritten Hotel hatten wir einen Treffer und haben mit der Empfangsdame gesprochen, die auch an dem besagten Donnerstag Dienst hatte. Zufälligerweise kam Sophia Jepsen genau zum Schichtwechsel. Dadurch hatten wir gleich zwei Zeugen, die Thomas Jepsen gesehen haben.«

»Das sollte auf jeden Fall reichen, um ihn unter Druck zu setzen«, sagte Cornelsen. »Ich bin gespannt, wie es gleich weitergeht.«

Lena und der Staatsanwalt ließen sich Zeit und trafen zwanzig Minuten später als angekündigt ein.

»Sind Sie zu einem Ergebnis gekommen?«, fragte Cornelsen.

»Mein Mandant möchte seine Aussage ergänzen beziehungsweise korrigieren. Seine Tochter Sophia hat ihn zusammen mit einem etwa zweijährigen Kind am besagten Donnerstag in seiner Wohnung aufgesucht und wollte eine höhere Summe von ihm erpressen.«

»Wie hoch war die Summe, und womit hat sie gedroht?«

»Zweihunderttausend Euro. Sie hat damit gedroht, meinen Mandanten wegen sexuellen Missbrauchs anzuzeigen. Da die Anschuldigung jeder Grundlage entbehrt, hat sich mein Mandant geweigert, die Summe zu zahlen. Unabhängig von seiner Weigerung hätte mein Mandant auch keinen schnellen Zugriff auf eine so hohe Summe gehabt. Herr Jepsen hat ihr allerdings angeboten, dass er sie finanziell unterstützen würde, sollte sie ins normale Leben zurückkehren. Ebenfalls hat er angedeutet, dass seine Ex-Frau Platz im Haus habe und Sophia sicher bei sich aufnehmen würde.«

»Aus welchem Grund ist Ihr Mandant seiner Tochter bis zum Hotel gefolgt?«, fragte Lena, die den bisherigen Ausführungen des Anwalts keinen Glauben schenkte.

»Sophia hat das Angebot meines Mandanten abgelehnt und in der Folge die Wohnung verlassen. Herr Jepsen, der weder wusste, wo seine Tochter im Moment lebte, noch eine Möglichkeit besaß, Kontakt – zum Beispiel telefonisch – mit ihr aufzunehmen, wollte einen letzten Versuch unternehmen, sie umzustimmen. Er ist ihr gefolgt, hat es aber bis zum Hotel nicht gewagt, sie noch einmal anzusprechen.«

Lenas Handy vibrierte. Sie schaute aufs Display. Simone Walter hatte ihr eine Nachricht geschrieben.

> Auf den beschlagnahmten Datenträgern sind vier weitere Filme gefunden worden, auf denen Sophia Jepsen und mutmaßlich ihr Vater zu sehen sind. Der Staatsanwalt hat mich beauftragt, Thomas Jepsen nach der heutigen Vernehmung zu verhaften. Schweigegebot entfällt somit. Simone Walter

Lena reichte das Handy an Cornelsen weiter, er las und nickte schließlich.

»Erinnern Sie sich an meine ersten Worte heute?«, sagte Lena. »Ich wollte direkt auf den Punkt kommen und nicht lange drum herumreden. Sie, Herr Jepsen, stehen unter dem dringenden Tatverdacht, Ihre Tochter getötet und anschließend in Dänemark neben einem Feldweg abgelegt zu haben. Sie haben ein Motiv, Sie hatten die Gelegenheit und die Mittel. Wenn Sie bei Ihrer jetzigen Version der Ereignisse bleiben, werden wir Sie vorläufig festnehmen und morgen dem Haftrichter vorführen. Haben Sie das verstanden?«

Thomas Jepsen starrte sie mit kreideweißem Gesicht und weit geöffneten Augen an. Sein Anwalt schnappte nach Luft, legte seine Hand auf Jepsens Arm und räusperte sich. »Ich bitte Sie! Mein Mandant hat eingestanden, kurzen Kontakt mit seiner Tochter gehabt zu haben, und kann auch schlüssig erklären, warum er ihr gefolgt ist.« Die Stimme des Anwalts vibrierte hörbar. »Es gibt keinerlei Beweise, dass Herr Jepsen seiner Tochter auch nur zu nahe gekommen ist, er hat fast durchgängig ein Alibi nachgewiesen, die fehlenden Zeiten werden sich sicher mit etwas Recherche Ihrerseits auch erledigen. Kein Haftrichter in Deutschland wird meinen Mandanten auf dieser Faktenlage in Untersuchungshaft nehmen.«

Der Staatsanwalt und Lena standen auf. »Wir geben Ihnen noch etwas Zeit, um mit Ihrem Mandanten zu reden. Zehn Minuten – reicht das?«

Ohne auf die Antwort zu warten, wandten sich Cornelsen und Lena ab und verließen das Vernehmungszimmer.

»Wir werden noch ein richtig gutes Team, Frau Hauptkommissarin«, sagte der Staatsanwalt, während sie den Flur entlanggingen und dabei auf Simone Walter stießen. »Jetzt heißt es warten. Kaffee habe ich genug getrunken, aber vielleicht bekommen wir ein Glas Wasser, Frau Walter?«

Nach genau zehn Minuten betraten Lena und der Staatsanwalt das Vernehmungszimmer, blieben vor ihren Stühlen stehen und warteten.

»Mein Mandant möchte seine Aussage ergänzen«, sagte Rainer Trebing mit müder Stimme. »Setzen Sie sich doch bitte.«

Der Anwalt nickte Jepsen zu, der richtete sich leicht auf und rang kurz nach Luft. »Ich habe Sophia nicht getötet, aber ich habe, wie ich inzwischen realisiert habe, einen folgenschweren Fehler gemacht.« Jepsen legte eine kurze Pause ein. Lena konnte deutlich sehen, wie schwer ihm jedes seiner Worte fiel. »Vor etwa einem halben Jahr kam ein junger Mann zu mir. Er behauptete, Sophias dänischer Ehemann zu sein. Ich habe ihm das zunächst nicht geglaubt, bis er mir eine ganze Reihe von Fotos gezeigt hat. Eindeutig war darauf Sophia zu erkennen. Vor allem die Bilder der Hochzeit haben mich davon überzeugt, dass er die Wahrheit sagte. Sophia stand in einem Hochzeitskleid neben dem jungen Mann in einer Kirche oder etwas Ähnlichem, es gab Fotos der Feier und auch von ihrem späteren Leben. Da habe ich auch zum ersten Mal meine Enkelin gesehen.«

»Wie ist der Name dieses Mannes?«, fragte Lena.

»Er hat mir nur seinen Vornamen genannt. Noah. Er sagte mir, dass Sophia ein halbes Jahr zuvor zusammen mit meinem Enkelkind entführt worden sei und er sie seitdem suche. Schließlich hat er mich darum gebeten, dass ich ihn informiere, sollte Sophia zu mir kommen. Er hat mich auch gewarnt, dass sie der festen Überzeugung sei, dass ich sie als Kind missbraucht habe. Der junge Mann beteuerte, dass er sich das nicht vorstellen könne und nie daran geglaubt habe, aber Sophia eine Weile in therapeutischer Behandlung war und wohl dabei diese fixe Idee entstanden sei.«

»Wie sah der Mann aus?«, fragte Lena.

»Schlank, so groß wie ich, dunkle kurze Haare, ein schmales Gesicht, braune Augen.«

»Würden Sie ihn wiedererkennen?«

»Ja, auf jeden Fall.«

»Was ist weiter passiert, nachdem Sie wussten, wo Sophia und Ihr Enkelkind untergekommen sind?«

»Ich habe ihn angerufen und informiert.«

Lena unterbrach die Vernehmung, bat Simone Walter, mit ihrem Anliegen noch etwas zu warten und einen Kollegen zu schicken, der mit Thomas Jepsen eine Phantomzeichnung anfertigen würde. Lena würde diese später mit dem Foto von Noah Winther vergleichen, das ihr dänischer Kollege ihr geschickt hatte. Ob es später zu einer offiziellen Gegenüberstellung kommen würde, musste die dänische Polizei entscheiden.

Während Lena auf die Zeichnung wartete, verabschiedete sich der Staatsanwalt von ihr und bat darum, telefonisch über den weiteren Verlauf informiert zu werden.

37

Kurz nachdem Lena Bent ins Bett gebracht hatte, meldete sich Kort Asmussen und fragte als Erstes, ob er sie noch stören dürfe.

»Alles gut«, antwortete Lena. »Ich habe gerade meinen Sohn ins Bett gebracht und bin gespannt, was heute bei Ihnen passiert ist.«

»Was möchten Sie als Erstes hören? Die gute oder die schlechte Nachricht?«

»Fangen wir doch mit der guten an«, schlug Lena vor.

»Wir haben Noah Winther auf dem Hof der Gemeinschaft gefunden und festgenommen. Die Sekte und auch er scheinen nicht damit gerechnet zu haben, dass wir kommen. Die erste Vernehmung werden wir morgen Vormittag durchführen. Ich hoffe, dass wir bis dahin schon das Ergebnis des DNA-Abgleichs vorliegen haben.«

»Und die schlechte Nachricht?«, fragte Lena, die bereits ahnte, was Kort Asmussen ihr gleich mitteilen würde.

»Wir haben Sophia Jepsens Kind nicht gefunden.«

»Gehen Sie davon aus, dass Emma noch in Dänemark ist?«

»Wir haben zeitgleich alle Standorte der Sekte durchsucht, da wir uns nicht sicher waren, wo wir Noah Winther antreffen würden. Nirgendwo gab es eine Spur des Kindes.«

Lena schwieg. Unweigerlich erschien Bent vor ihrem geistigen Auge. Er war älter als Emma, aber genauso hilflos wie sie, sollte er aus seiner gewohnten Umgebung gerissen werden und plötzlich bei wildfremden Leuten sein. Ihr lief ein Schauer den Rücken hinunter.

»Sind Sie noch in der Leitung?«

»Ja, sorry. Im Moment fällt mir nur noch Deutschland ein. Wir haben leider noch nicht die Standorte der Sekte gefunden, werden jetzt aber mit Hochdruck daran arbeiten.« Lena berichtete ihrem dänischen Kollegen von Thomas Jepsens Vernehmung.

»Die Phantomzeichnung zeigt eindeutig Noah Winther«, schloss Lena ihren Bericht.

»Da schließt sich gerade der Kreis«, kommentierte Kort Asmussen das Gehörte. »So hat Winther also von dem Aufenthaltsort von Sophia Jepsen erfahren. Sollte es zu einem Prozess kommen – und davon gehe ich im Moment fest aus –, wird zu klären sein, in welchem Land das Verbrechen begangen wurde und wo somit der Prozess stattfindet. Aber das steht im Moment nicht im Vordergrund.«

»Halten Sie mich morgen auf dem Laufenden?«, fragte Lena.

»Selbstverständlich. Ich entschuldige mich noch einmal für die späte Information. Ich wollte erst sicher sein, dass sich das Kind nicht bei den Sektenmitgliedern in Dänemark aufhält.«

»Das verstehe ich voll und ganz. Ich hätte nicht anders gehandelt. Vielen Dank für Ihren Anruf. Ich weiß Ihre Kooperation zu schätzen.«

»War das dein dänischer Kollege?«, fragte Erck, der mitbekommen hatte, dass Lena Englisch gesprochen hatte.

»Ja, der mutmaßliche Täter ist gefasst, aber es fehlt jede Spur von dem Kind.«

»Wie alt ist es?«

»So um die zwei Jahre. Ein Mädchen. Emma.«

»Lebt sie noch?«, fragte Erck mit brüchiger Stimme.

»Davon gehe ich aus. Zumindest hoffe ich es inständig.«

»Hast du auch gleich an Bent gedacht?«, fragte Erck.

Lena nickte und setzte sich ganz nah zu Erck auf die Küchenbank. Er legte seinen Arm um sie und hielt sie fest.

»Guten Morgen!«, begrüßte Johann sie. Er schien ausgesprochen gute Laune zu haben, und auch Naya lächelte, als sie Lena am Monitor zuwinkte.

»Ich bin gestern leider nicht mehr dazu gekommen, euch anzurufen.« Sie gab ihren beiden Kollegen einen kurzen Bericht der Vernehmung und des spätabendlichen Anrufs von Kort Asmussen.

»Wird Thomas Jepsen heute dem Haftrichter vorgeführt?«, fragte Naya.

»Ja, die Beweise in puncto Kindesmissbrauch scheinen auszureichen. Wenn er heute umfänglich aussagt, hat er vielleicht noch eine Chance, erst mal auf freiem Fuß zu bleiben.«

»Dann zu unseren Recherchen«, sagte Johann. »Um es kurz zu machen, wir haben beide Standorte der Sekte gefunden.«

»Nachdem wir kurz davor waren, zu verzweifeln«, fuhr Naya fort, »hatte Johann die Idee, es noch einmal beim Pastor zu versuchen. Johann hat es geschafft, dass der Pastor die Aussteigerin fragt, ob sie mit uns kooperieren würde.«

»Naya hat dann mit der Frau, die eine Stunde später anonym bei uns angerufen hat, gesprochen«, übernahm wieder Johann. »Ich habe zugehört. Es war ein hartes Stück Arbeit.«

»Emma hat den Ausschlag gegeben«, sagte Naya. »Ich habe der Frau erzählt, dass das Mädchen im schlimmsten Fall in der Sekte aufwachsen wird, wenn wir sie jetzt nicht zeitnah finden.«

»Ein ehemaliger Gutshof in der Nähe von Heide«, wechselte es wieder zu Johann. »Die Frau schätzt die Anzahl der Sektenmitglieder auf etwa dreißig. Dann ein kleinerer Hof bei Flintbek. Hier sollen allerdings nur acht bis zehn Frauen und Männer wohnen. Beide Adressen haben wir überprüft. Frederik Winther ist bei beiden als Eigentümer eingetragen. Die Anzahl der gemeldeten Personen an der Adresse stimmt auch ungefähr mit den Aussagen der Zeugin überein.«

»Sehr gute Arbeit.« Lena ließ sich die Neuigkeit kurz durch den Kopf gehen. »Ich werde jetzt sofort mit dem Staatsanwalt reden und hoffe, zwei Durchsuchungsbeschlüsse zu bekommen. Wir werden dann zeitgleich die Höfe nach Emma durchsuchen. Ihr in Flintbek und ich mit einigen Kollegen aus Husum bei dem Gutshof.«

»Einverstanden«, sagte Johann.

»Kann ich nach Heide kommen?«, fragte Naya. »Ich glaube, wenn das kleine Mädchen in Deutschland ist, dann wird sie dort untergebracht worden sein. Geht ihr nicht auch davon aus, dass Sophia dort auch länger war?«

Lena ahnte, weshalb es Naya wichtig war, bei einer Suche nach dem kleinen Mädchen dabei zu sein. »Okay, ich gebe den Treffpunkt noch bekannt. Vorausgesetzt, Cornelsen gibt grünes Licht.«

Lena telefonierte kurz mit Erck und bat ihn, Bent vom Kindergarten abzuholen. Anschließend machte sie sich auf den Weg nach Heide. Staatsanwalt Cornelsen hatte ihrem Vorschlag zugestimmt und einen Termin beim Richter gemacht. Lena hoffte, dass der Beschluss bereits vorliegen würde, wenn sie vor Ort in Heide ankam. Sechs uniformierte Beamte aus Husum würden kurz nach ihr beim ehemaligen Gutshof eintreffen. Lena hatte sich das Gelände bei einem Online-Kartendienst angeschaut. Der Gutshof hatte drei Zufahrten, eine große und zwei, die über kleine Feldwege auf die Zufahrtsstraße führten. Lena würde sich mit Naya und den Husumer Kollegen auf einem Platz treffen, der einen Kilometer vom Gutshof entfernt lag. Nach der Lagebesprechung würden sie von drei Seiten die Straße beziehungsweise die Feldwege blockieren und anschließend das Gebäude durchsuchen.

38

Als sie beim Treffpunkt eintraf, stand Naya bereits wartend neben ihrem Dienstfahrzeug.

»Du bist schnell durchgekommen«, sagte Lena.

»Und schnell gefahren. Wenn ich etwas nicht abkann, sind es Kindesentführungen.«

»Es geht hier nicht um deinen Großvater. Ich hoffe, du weißt das.«

»Natürlich. Ich halte mich an die Regeln.«

»Okay.« Lena sah ihre junge Kollegin an. »Sollte die kleine Emma auf dem Gutshof sein, finden wir sie.« Sie sah auf die Uhr. »In fünf Minuten sollten die Kollegen hier sein. Johann hat mir schon geschrieben, dass sie in Flintbek bereitstehen.«

»Gibt es schon Informationen aus Dänemark? Hat Winther gestanden?«

Lena schüttelte den Kopf. »Kort Asmussen wollte mich gleich informieren. Wenn alles nach Plan gelaufen ist, wird er bereits seit einer Stunde vernommen.«

Ihr Handy machte sich bemerkbar. Eine Nachricht aus Dänemark.

DNA von Winther stimmt mit der gefundenen überein. Noah Winther schweigt weiter. Melde mich. Kort Asmussen

Lena las die Nachricht vor. »Bei der Beweislage wird es für Winther schwierig werden. Trotzdem wäre ein Geständnis besser.«

»Wo findet der Prozess statt?«

»Das ist eine gute Frage. Wir wissen nicht, wo Sophia getötet wurde. Ich nehme zwar an, dass sie bereits tot war, als sie über die Grenze geschafft wurde, aber beweisen lässt es sich vermutlich nicht. Die Staatsanwaltschaften werden sich einigen müssen, wo Winther vor Gericht kommt.«

Die drei Streifenwagen trafen ein. Lena breitete eine Karte auf der Motorhaube aus, erklärte, wie sie vorgehen würden, und teilte die Mannschaften ein.

»Stellen Sie Ihr Fahrzeug so auf, dass niemand durchfahren kann. Anschließend kommen Sie zum Haupteingang. Das Mädchen, das wir suchen, ist um die zwei Jahre, hat blonde Haare und ist etwa zweiundachtzig Zentimeter groß und versteht Deutsch.« Sie reichte ein Kinderfoto von Sophia Jepsen herum. »Das ist ihre Mutter im gleichen Alter. Es könnte durchaus sein, dass es starke Ähnlichkeiten gibt.« Sie sah in die Runde. »Weiterhin suchen wir einen dunkelblauen oder anthrazitfarbenen VW Caddy mit deutschem oder dänischem Kennzeichen.«

Sie sah auf die Uhr. »In fünf Minuten fahren wir.« Sie hob ihr Funkgerät. »Falls es zu Zwischenfällen kommt, möchte ich sofort informiert werden.«

Sie trennten sich. Zwei der Streifenwagen fuhren als Erstes los, da sie den längsten Weg hatten. Drei Minuten später fuhren die restlichen drei Fahrzeuge auf das Haupttor zu. Naya und der

Streifenwagen parkten so, dass niemand über diesen Weg mit einem Fahrzeug das Gelände verlassen konnte, Lena fuhr bis kurz vor den Haupteingang.

Der dreistöckige Putzbau hatte schon bessere Tage gesehen. Fenster, Türen und selbst das Dach würden in absehbarer Zeit erneuert werden müssen. An jeder Seite des Haupthauses schloss sich ein Seitenflügel an.

Lena wartete, bis die drei Kollegen zu ihr stießen, fragte per Funk nach, ob die Kollegen die Feldwege erreicht hatten, und ging schließlich auf die große Doppelflügeltür zu. Auf ihr Klingeln und Klopfen wurde ihr nach einer Weile geöffnet. Ein Mann, etwa Anfang fünfzig, sah sie fragend an.

»Lena Lorenzen, Landeskriminalamt. Ich habe einen Durchsuchungsbeschluss für das komplette Anwesen.« Sie zeigte ihm das geöffnete Dokument auf dem Tablet. »Wie ist Ihr Name?«

Der Mann las den Beschluss durch. »Das ist Staatsterror. Ich protestiere gegen diese Vorgehensweise.«

»Darf ich um Ihren Namen bitten?«

»Matthias Scheffler.«

»Herr Scheffler, wenn Sie bitte zur Seite treten würden, damit meine Kollegen und ich eintreten können.« Inzwischen waren die uniformierten Beamten, die die Außenwege abgesichert hatten, zu ihrer Gruppe hinzugestoßen.

Nach kurzem Zögern trat Matthias Scheffler zur Seite. »Was soll das Ganze überhaupt?«

»Wir suchen nach einem etwa zweijährigen Mädchen, die Tochter von Sophia Jepsen und Noah Winther. Hält sie sich in diesem Gebäude auf?«

»Ich weiß nicht, wovon Sie sprechen«, antwortete Matthias Scheffler.

»Wie viele Menschen befinden sich im Moment im gesamten Gebäudekomplex?«

Matthias Scheffler schwieg.

»Mein Kollege wird gleich Ihre Personalien aufnehmen. Wir werden jetzt den Gutshof durchsuchen. Bitte verhalten Sie sich kooperativ.«

Matthias Scheffler warf ihr einen wütenden Blick zu, verschwand dann aber hinter einer der nächsten Türen. Lena teilte die Kollegen auf und ging zusammen mit Naya den Flur entlang in den ersten Stock. Hier arbeiteten sie sich Tür für Tür vor, nahmen Personalien auf und suchten die Zimmer ab.

Nach zwanzig Minuten fragte Lena über Funk, ob die Kollegen etwas gefunden hatten. Die beiden Kollegen, die die Stallungen absuchten, meldeten sich als Letzte und baten darum, dass Lena zu ihnen kommen möge.

Lena und Naya liefen die breite Holztreppe hinunter, traten nach draußen und schauten sich um. Einer der Beamten trat aus einem der Schuppen und winkte sie zu sich.

»Wir haben einen Caddy gefunden. Er ist allerdings dunkelrot. Er hat ein dänisches Kennzeichen, deshalb kann ich von hier aus nicht überprüfen, auf wessen Namen er gemeldet ist.«

Lena trat in den Schuppen.

»Wir müssen ganz nach hinten.« Der Beamte schaltete seine Lampe an. »Leider haben wir den Lichtschalter nicht gefunden.«

Lena und Naya folgten ihm. Hinter einer landwirtschaftlichen Maschine stand der zweite Beamte neben einem Auto, das halb zugedeckt war. Lena leuchtete mit der Taschenlampe das Fahrzeug ab, roch am Lack des Daches und kratzte schließlich vorsichtig mit einem Taschenmesser ein Stück der ersten Schicht ab. Darunter kam ein dunkles Blau zum Vorschein.

»Der Caddy muss abgeschleppt werden. Bekommen wir ihn hier raus?«

»Wir kümmern uns darum«, sagte einer der Beamten.

»Falls Sie dafür im Auto sitzen müssen, ziehen Sie sich bitte Schutzanzüge an. Ich rufe in der KTU in Kiel an, die werden einen Abschleppwagen schicken.«

Als Lena und Naya wieder auf das Haupthaus zugingen, blieb Naya abrupt stehen und zeigte auf den rechten Flügel des Gebäudes.

»Was ist?«, fragte Lena.

»Hast du es nicht auch gesehen? Da schaute doch eine Person hinter der Ecke hervor. Wenn mich nicht alles täuscht ...« Im nächsten Augenblick rannte sie los. Bevor Lena überhaupt reagieren konnte, befand sich Naya bereits einige Meter vor der Hausecke, stoppte und lief weiter. Lena sprintete hinterher, erreichte das Haus und sah, wie Naya etwa zehn Meter hinter der Frau zurücklag. Mit dem langen Kleid war sie bei Weitem nicht so schnell wie Naya, aber da war noch etwas anderes. Es kam Lena vor, als würde sie etwas Schweres tragen. Im nächsten Augenblick drehte sich die Frau halb zu Naya um und Lena konnte erkennen, dass sie ein kleines Kind im Arm trug.

Bevor sie Naya warnen konnte, stürzte die sich auf die Frau und brachte sie mit einem kräftigen Stoß zu Fall. Die Frau stolperte, hielt das Kind weiter in ihren Armen und schaffte es, so zu fallen, dass das Kind durch ihren Körper geschützt wurde.

Als Naya die Frau hochreißen wollte, erreichte Lena sie. »Es ist gut, Naya«, fuhr sie ihre junge Kollegin an und half der Frau vorsichtig auf die Beine, die weiterhin das Kind in ihren Armen trug.

Lena zeigte den Polizeiausweis vor und fragte nach dem Namen der Frau.

»Das geht Sie nichts an!«, zischte die Frau, während das Kind leise vor sich hin schluchzte. »Sehen Sie nicht, was Sie angerichtet haben?«

»Emma!«, rief Lena.

Das Mädchen hob den Kopf und hörte auf zu weinen.

»Bist du Emma?«

Kaum merklich nickte das schluchzende Mädchen.

Lena hielt der Frau die Arme entgegen. »Geben Sie mir Emma«, sagte sie ruhig. »Jetzt.«

Die Frau warf ihr einen hasserfüllten Blick zu, schien aber begriffen zu haben, dass sie keine andere Wahl hatte. Lena nahm ihr das kleine Mädchen aus den Armen und trat zwei Schritte zurück, während Naya sich zwischen sie stellte und der Frau Handschellen anlegte.

Lena wandte sich ab und sprach beruhigend auf Emma ein. Nur mit Mühe konnte sie ihre eigenen Tränen zurückhalten.

39

Eine Woche später empfing Lena Ole zum Nachmittagskaffee. Er hatte Kuchen mitgebracht und behauptete mit einem frechen Grinsen, dass er ihn im Schweiße seines Angesichts selbst gebacken hätte.

»Wer's glaubt«, sagte Lena schmunzelnd und nahm ihm den im Papier einer örtlichen Bäckerei eingeschlagenen Kuchen ab. »Dann setz dich mal hin, du Superbäcker.«

»Ich schwöre, beim nächsten Mal ist es eine Eigenproduktion.«

Lena schenkte ihm Kaffee ein und reichte ihm einen Teller mit dem mitgebrachten Kuchen.

»Wie geht es dir?«, fragte Ole. »Du siehst auf jeden Fall etwas erholter aus als am Freitagabend.«

Da Erck einen wichtigen Termin gehabt hatte, hatte Ole den Babysitter gemacht, als Lena gegen einundzwanzig Uhr das Haus betreten hatte.

»Die vier Tage Ruhe haben mir gutgetan. Morgen geht es aber wieder nach Kiel. Wir müssen noch einiges nacharbeiten.«

»Weißt du inzwischen, wo Emma ist?«

»Ja, das Jugendamt hat es mir heute Morgen mitgeteilt. Sie haben eine Pflegefamilie in Flensburg gefunden, wo Emma erst mal unterkommt. Ihre Großmutter darf sie dort besuchen. Was weiter passiert, konnte mir niemand sagen.«

»Warten wir's ab. Zumindest lebt sie. Die Frau ist in Untersuchungshaft?«

»Ja. Ella Hansen. Ein DNA-Abgleich hat ergeben, dass sie Kontakt mit Sophia Jepsen gehabt haben muss. Ihre DNA ist auf Sophias Kleidung gefunden worden.«

»Schweigt sie weiter?«

Lena nickte. »Ich gehe davon aus, dass sie Noah Winther begleitet hat, als er Sophia in Flensburg entführt hat. Auch im Caddy fanden sich Fingerabdrücke von Frau Hansen.«

»Und die dritte DNA? Sie war von einem Mann, oder?«

»Werden wir finden. Die Beschlüsse sind da. In den nächsten Tagen müssen alle Mitglieder von *Lysets brødre* einen DNA-Abstrich machen.«

»Schweigt Noah Winther immer noch?«

»Nein, die dänischen Kollegen haben nicht lockergelassen und es geschafft. Winther ist wohl klar geworden, wie eindeutig die Indizienlage ist. Thomas Jepsen wird wohl kaum seine Aussage ändern, die Flensburger haben Zeugen gefunden, die den Caddy und Noah Winther gesehen haben. DNA, die Aussage von Gerrit Martens. Selbst bei einem reinen Indizienprozess glaube ich an eine Verurteilung.«

»Weißt du Näheres über seine Aussage?«, fragte Ole.

»Ja, gestern hat uns Kollege Asmussen ein Video der entscheidenden Aussagen geschickt. Naya hat mir einige übersetzt.«

Lena berichtete Ole von ihrem Eindruck, den sie von dem jungen Mann bekommen hatte. Noah Winther wirkte auf sie selbstbewusst und ohne jegliche Reue. Er schilderte, wie er Sophia kennengelernt hatte und gleich gespürt habe, dass sie gläubig und die richtige Frau für ihn sei.

»Winther ist eiskalt, von Empathie habe ich nichts bemerkt«, fuhr Lena fort. »Er hält es für sein Recht, Sophia auf den Pfad der Tugend und vor allem des reinen Glaubens gebracht zu haben. Dann sprach er von dem Teufel, der Besitz von seiner Frau erlangt habe, sodass sie immer mehr gezweifelt habe. Alle Maßnahmen, die er ergriffen habe, hätten keine Besserung gebracht.«

»Maßnahmen?«, warf Ole ein.

»Er hat nicht im Detail erläutert, was die Sekte genau mit Sophia gemacht hat, aber ich vermute mal, dass sie durch die Hölle gegangen ist. Mir ist es eiskalt über den Rücken gelaufen, als ich mir die Stelle in dem Video noch einmal angeschaut habe, nachdem Naya zuvor übersetzt hatte. Er fühlt sich vollkommen im Recht. Kein Funken Zweifel oder Zögern. Der würde sofort wieder so handeln.«

»Der Teufel«, sagte Ole kopfschüttelnd. »Wer auch sonst.«

»Die eigentliche Tat hat er übrigens abgestritten. Sophia ist angeblich an einem Apfelstück erstickt. Sie soll keine Luft mehr bekommen haben und er konnte sie nicht retten. Das Apfelstück will er angeblich später entfernt haben.«

»Kommt er damit durch?«

Lena schüttelte den Kopf. »Nein, die Obduktion hat ergeben, dass Sophia mit einem Kissen oder etwas Ähnlichem erstickt wurde. Außerdem war Sophia zu dem Zeitpunkt bereits seit fast einem Jahr auf der Flucht.«

»Und was sagt Winther dazu?«

»Angeblich ist sie zusammen mit dem Kind zu ihm zurückgekehrt. Er habe die beiden in Flensburg getroffen und wollte mit ihnen zu der Gemeinde zurückfahren, in der wir Emma gefunden haben. Während der Fahrt soll es passiert sein.«

»Unglaublich dreist«, warf Ole ein. »Und warum hat er sie dann in Dänemark in der Wildnis abgelegt?«

»Das haben die dänischen Kollegen natürlich auch gefragt. Der See soll für sie beide eine wichtige Rolle gespielt haben.

Dort hätten sie sich verlobt. Er habe es dann nicht geschafft, den Leichnam ganz bis zum See zu bringen.«

»Absurde Geschichte«, sagte Ole. »Ich hoffe, er wird für lange Zeit weggesperrt. Auch wenn ich nicht glaube, dass er da zur Besinnung kommt.«

»Nein, den Eindruck hat er nicht auf mich gemacht.«

Sie schwiegen eine Weile, beide in Gedanken versunken.

»Ich habe von einem ehemaligen Kollegen gehört ...«, sagte Ole in die entstandene Stille hinein. »... dass Gerrit Martens aus der Untersuchungshaft entlassen worden ist.«

»Ja, er hat sich einen Anwalt genommen und wird sich selbstverständlich für seine Schüsse auf uns und die Fahrzeuge verantworten müssen. Mit Glück kommt er mit einem blauen Auge davon. Ich würde es ihm wünschen.«

»Der Hof wird aber wohl nicht mehr zu retten sein. Hörte ich zumindest.«

Lena musste unwillkürlich schmunzeln. »Du hörst ja so allerhand. Erstaunlich, dabei bist du – das ist mir zu Ohren gekommen – doch schon seit einiger Zeit in Pension.« Das Wort *mir* hatte Lena besonders betont.

»Ach, das sieht nur so aus. Hier und da trifft man halt alte Kollegen, und da fällt schon das eine oder andere Wort über die Arbeit.«

»Ach, Ole, jetzt lass mal gut sein. Ich verstehe doch, dass dir die Arbeit fehlt. Würde mir wahrscheinlich auch so gehen. Zum alten Eisen gehörst du auch lange noch nicht. Ich jedenfalls vermisse dich sehr.«

Ole seufzte. »Das geht runter wie Öl. Und ja, ich vermisse unsere Zusammenarbeit auch. Und die Arbeit an sich natürlich. Aber damit werde ich mich langsam, aber sicher abfinden müssen. Zum Glück habe ich ja bei Erck eine neue Aufgabe gefunden.«

»Und er ist froh, dass er dich gefunden hat. Sozusagen das Husumer Dream-Team.« Sie beugte sich etwas vor und sprach leiser. »Und wenn es dir recht ist, werde ich dich hin und wieder noch um Rat fragen, was unsere Fälle betrifft. Auch wenn es nicht so ganz legal ist.«

Ole winkte ab. »Ach, ich wollte immer schon mal etwas machen, was ungesetzlich ist«, sagte er grinsend. »In meinem Alter wird das ja wohl mal erlaubt sein.«

40

Lena hielt vor dem Haus von Christina Jepsen. Die Mutter von Sophia hatte sie gebeten, noch einmal vorbeizukommen.

Der eigentliche Fall lag inzwischen vier Monate zurück. Noah Winther war von einem deutschen Gericht zu lebenslanger Freiheitsstrafe verurteilt worden. Der Mann, der ihm geholfen hatte, Sophia Jepsen nach Dänemark zu bringen, war mit einer Bewährungsstrafe davongekommen. Die Frau, die die kleine Emma in Flensburg in Empfang genommen hatte und die Lena und Naya auf dem Gutshof der Sekte festgenommen hatten, wurde zu einem Jahr Haft verurteilt.

Als Lena auf die Tür zuging, wurde sie von innen geöffnet. Frau Jepsen trat auf sie zu und zögerte einen Moment, bevor sie Lena umarmte. »Kommen Sie doch rein. Ich habe uns Kaffee gekocht.«

»Schläft Emma?«

Christina Jepsen nickte. »Sie ist vor fünf Minuten eingeschlafen. Eine Stunde haben wir bestimmt Zeit. Wollen wir kurz bei ihr reinschauen?«

Vorsichtig öffnete Christina Jepsen die Tür zum Kinderzimmer und ließ Lena ins halbdunkle Zimmer schauen.

Das kleine Mädchen schlief friedlich in seinem Bettchen. Lena zog sich wieder zurück, Christina Jepsen schloss leise die Tür.

»Sie ist das liebste Kind. Sie strahlt den ganzen Tag vor Freude. Ich bin überglücklich, dass sie bei mir sein darf.«

»Ist es schon endgültig entschieden?«, fragte Lena, als sie in der Küche am Tisch saßen.

»Nein, das dauert, hat mir die nette Dame beim Jugendamt gesagt. Sie sieht aber keinen Grund, weshalb Emma nicht bei mir aufwachsen sollte.« Christina Jepsen goss Lena Kaffee ein und reichte ihr die Milch.

»Das freut mich. Haben Sie inzwischen Kontakt zu Herrn Martens aufgenommen? Ich hatte Ihnen ja seine Kontaktdaten geschickt.«

»Ja, er war vor einer Woche hier. Ein wirklich netter junger Mann. Emma hat ihn auch wiedererkannt und ihn lange umarmt. Er wird in zwei Wochen wiederkommen und zwei Tage auf Holnis verbringen.«

»Herr Martens hat alles gemacht, um es Ihrer Tochter und Emma so schön wie möglich auf seinem Hof zu machen. Finanziell hat er sich dabei leider noch mehr in Schieflage gebracht, als er vorher schon war. Ich hoffe, dass er einen Weg findet, das Erbe seiner Eltern zu retten.«

Christina Jepsen seufzte. »Herr Martens hat mir davon erzählt. Im Moment ist er ja noch auf seinem Hof und hofft, dass er sich irgendwie mit der Bank einigen kann.« Sie hielt inne. »Sie wissen, dass … also mein Ex-Mann verurteilt wurde?«

»Ja. Zu drei Jahren Haft ohne Bewährung.«

»Mein Anwalt sagte, dass er sicher nach zwei Jahren wieder auf freien Fuß kommt. Ist das richtig?«

Lena wiegte den Kopf hin und her. »Wenn alles gut läuft, könnte das sein.«

»Nicht dass Sie mich falsch verstehen. Ich habe keine Angst vor ihm. Nach seiner Haft darf er sich weder Emma noch mir nähern.«

»Aber?«, fragte Lena.

»Irgendwann werde ich Emma erzählen müssen, was mit ihrer Mutter passiert ist. Und auch, was ihr Großvater ihrer Mutter angetan hat. Ich weiß nicht, ob ich das kann.«

»Es wird die Zeit kommen, wo Sie es können. Sie haben noch Jahre Zeit. Und die sollten Sie sich auch nehmen. Zusammen mit Ihrer Enkelin.«

Christina Jepsen schwieg eine Weile. »Vielleicht haben Sie recht, und ich werde an meiner Aufgabe wachsen. Das bin ich Sophia schuldig, wo ich schon nicht für sie da war, als sie mich dringend gebraucht hätte.« Sie schluckte schwer und schien noch etwas sagen zu wollen. »Ich habe mir … wie soll ich das jetzt sagen. Seit Emma bei mir ist – und eigentlich auch schon vorher –, habe ich mich immer wieder gefragt, warum Sophia mich nicht angerufen hat oder sich irgendwie mit mir in Verbindung gesetzt hat.«

Lena nickte, schwieg aber.

»Hat sie mich so gehasst? Dafür, dass ich nicht da war und sie im Stich gelassen habe?«

Lena musste unwillkürlich an ihren Vater denken, zu dem sie über viele Jahre jeglichen Kontakt vermieden hatte. Sie hatte ihn für den Unfalltod ihrer Mutter verantwortlich gemacht und war nicht in der Lage gewesen, mehr als nur ihre Seite zu sehen. »Ich habe eine ähnliche Erfahrung mit meinem Vater gemacht«, sagte Lena und zwang sich, ruhig zu sprechen. »Das, was ich erlebt habe, ist bei Weitem nicht so furchtbar gewesen wie der Missbrauch, den Sophia durchmachen musste. Trotzdem habe ich es erst nach vielen Jahren geschafft, mich wieder meinem Vater anzunähern. Sophia hat zuallererst ihre Situation gesehen – und dazu hatte sie auch alles Recht der Welt. Sie hätte vermutlich noch viel Zeit gebraucht, um sich Ihnen zu nähern. Die hat sie leider nicht mehr gehabt.«

Christina Jepsen nickte mit ernster Miene.

»Hinzu kommt«, fuhr Lena fort, »dass der Mann, den Sophia kennengelernt hat, sie manipuliert hat. Ein wichtiger Faktor, um neue Sektenmitglieder an sich zu binden, ist die Isolation vom vorherigen Umfeld. In Sophias Fall wird er alles getan haben, damit Sophia keinen Kontakt zu Ihnen aufnehmen würde.«

Tränen flossen jetzt über Christina Jepsens Wangen. Sie schluchzte laut auf und verbarg das Gesicht in den Händen.

Zwei Stunden später verließ Lena das Haus. Zu dritt – mit der kleinen Emma im Buggy – hatten sie einen Spaziergang an der Ostsee gemacht und sich weiter unterhalten. Lena hatte inzwischen den Eindruck, dass Emma bei ihrer Großmutter gut aufgehoben war. Ein kleiner Lichtblick bei den vielen dunklen Seiten des Falles.

Bevor Lena ins Auto stieg, drehte sie sich noch einmal zum Jepsen-Haus um. Christina Jepsen hatte Emma auf den Arm genommen und winkte jetzt Lena zu. Das kleine Mädchen lachte und hob ebenfalls ihre Hand zum Abschied.

Als sie die B 200 bei Flensburg erreichte, klingelte ihr Telefon. Sie nahm den Anruf über ihre Freisprechanlage an.

»Bist du schon am Flughafen?«

»Gerade angekommen. Mein Flug geht in zwei Stunden.«

»Hast du deinen Vater noch besucht?«, fragte Lena.

»Wo ich schon in Kopenhagen bin, habe ich auch bei ihm übernachtet. Wir hatten gestern einen guten Abend. Seit Langem mal wieder. Ich habe ihm erklärt, warum ich zu seinem Vater fliege und für ein Jahr bleiben werde.«

»Hat er es verstanden?«

»Ich hoffe. Er hat gesagt, dass er stolz auf mich und es meine Entscheidung ist. Ja, das hat er tatsächlich gesagt. Eventuell kommt er uns sogar besuchen.«

»Das klingt doch gut. Und du? Mit dir alles in Ordnung?«

»Ja, es fühlt sich gut an. Ist das nicht das Wichtigste?«

»Ja, ist es. Lass von dir hören. Ich hoffe doch, dass es auf Grönland Internet gibt und Handyempfang.«

Naya lachte. »So schnell wirst du mich nicht los.«

»Nein, das will ich auch hoffen. Guten Flug und grüß deinen Großvater von mir. Unbekannterweise.«

»So unbekannt bist du ihm gar nicht. Ich habe viel von dir erzählt.«

»Na dann würde ich mich auch über ein paar Fotos freuen. Johann und Ole sicher auch.«

»Kommen. Ganz sicher.« Naya hielt kurz inne. »Ach verflucht, ich kann das nicht so gut mit Abschieden. Grüß noch mal alle von mir. Ich werde euch vermissen.«

»Guten Flug, Naya. Und pass auf dich auf.«

»Mache ich. Wir sehen uns.«

»Ja, wir sehen uns«, sagte Lena und wischte sich mit einer Hand über ihre feuchten Augen.

Folge der Autorin auf Amazon

Wenn dir dieses Buch gefallen hat, folge Anna Johannsen auf Amazon. Dann erhältst du eine Benachrichtigung, wenn die Autorin ihr nächstes Buch veröffentlicht. Um der Autorin zu folgen, gehe bitte folgendermaßen vor:

Desktop:

1) Suche auf Amazon.de oder in der Amazon App nach dem Namen der Autorin.
2) Klicke auf den Namen der Autorin, um auf die Autorenseite zu gelangen.
3) Klicke auf den »Folgen«-Button.

Smartphone und Tablet:

1) Suche auf Amazon.de oder in der Amazon App nach dem Namen der Autorin.
2) Klicke auf einen Titel der Autorin.
3) Klicke auf den Namen der Autorin, um auf die Autorenseite zu gelangen.
4) Klicke auf den »Folgen«-Button.

Kindle eReader und Kindle App:

Wenn du dieses Buch auf einem Kindle eReader oder in der Kindle App liest, wird dir automatisch angeboten, der Autorin zu folgen, nachdem du die letzte Seite des Buches gelesen hast.

FSC
www.fsc.org
MIX
Papier | Fördert
gute Waldnutzung
FSC® C083411

Zeitfracht Medien GmbH
Ferdinand-Jühlke-Straße 7
99095 Erfurt, Deutschland
produktsicherheit@kolibri360.de

Druck:
CPI Druckdienstleistungen GmbH
im Auftrag der
Zeitfracht Medien GmbH
Ein Unternehmen der Zeitfracht - Gruppe
Ferdinand-Jühlke-Str. 7
99095 Erfurt